JIAFU DE ZIBEN
BIAN FENGZHENG, BIAN SHIWEI

贾府的资本

边丰整，边式微

◇ 钱杰 —— 著

天津出版传媒集团

天津古籍出版社

图书在版编目（CIP）数据

贾府的资本：边丰整，边式微 / 钱杰著. -- 天津：天津古籍出版社, 2024. 12. -- ISBN 978-7-5528-1537-5

Ⅰ. I207.411

中国国家版本馆CIP数据核字第2024XA3973号

贾府的资本：边丰整，边式微
JIAFU DE ZIBEN：BIAN FENGZHENG BIAN SHIWEI

钱杰/著

出　　版	天津古籍出版社
出 版 人	任　洁
地　　址	天津市和平区西康路35号康岳大厦
邮政编码	300051
邮购电话	（022）23517902
责任编辑	门　辉
封面设计	儒圣文化
印　　刷	北京捷迅佳彩印刷有限公司
经　　销	新华书店
开　　本	710毫米×1000毫米 1/16
印　　张	15.75
字　　数	225千字
版次印次	2024年12月第1版　2024年12月第1次印刷
定　　价	76.00元

版权所有　侵权必究

图书如出现印装质量问题，请致电联系调换（022-23517902）

序

《红楼梦》是举世公认的中国古典小说的巅峰之作、四大名著之首,被称为中国封建社会百科全书式的长篇小说,同时也是一部颇具世界影响力的人情小说。2014年,英国《每日电讯报》曾评出"史上十佳亚洲小说",《红楼梦》位列第一。

《红楼梦》作者自云此书"大旨谈情""实录其事"。小说采用了"真事隐去,假语存焉"的笔法,融合诗词曲赋,以高超的文学技巧,展现了作者对社会、对人生、对爱情的深刻感悟,或显性或隐性地给中国现当代文学以无穷的滋润。有人说,曹雪芹写了四百多个人物,与莎士比亚所写总数差不多。但莎翁笔下的几百个人物是分散在三十几个剧本中的,而曹雪芹则将他们严密地组织在一部作品中,其中形象生动、个性鲜明的也不下几十个。每个人物都有自己独特的性格和命运,如贾宝玉的叛逆与多情、林黛玉的才情与哀怨、薛宝钗的温婉与矛盾、王熙凤的聪明与狠辣等。

毛泽东主席一生反复阅读《红楼梦》,曾多次向党的高级领导干部和身边工作人员推荐。他说,"《红楼梦》不仅要当作小说看,而且要当作历史看","要看五遍才有发言权"。书中名句也常常被毛泽东主席引用,比如用林黛玉的话"东风压倒西风"比喻国际形势，用丫鬟小红说的"千里搭长棚，没有不散的筵席"言明事物发展规律。

《红楼梦》所展现的人本主义精神，不仅体现在对个体的关怀上，更在于对整个社会和人性的深刻洞察，以及对封建礼教的批判和对女性命运的关注。这些精神内涵与新时代中国文艺创作一脉相承，即要把人民放在心中最高位置，创作更多满足人民文化需求和增强人民精神力量的优秀作品。

《红楼梦》的魅力不仅在其文学价值，更体现在其跨学科的研究价值。它为历史学、社会学、政治学、文化学、民族学、美学、艺术学、园林学等多个领域提供了研究范例，成为新的知识与文化的生长点，展现了其作为"百科全书"的地位。如当代作家王蒙所说，"《红楼梦》是经验的结晶。人生经验，社会经验，感情经验，政治经验，艺术经验，无所不备"。

几百年来，红学逐渐发展为一个跨学科的门类，与甲骨文、敦煌文化研究一起并称为中国三大显学。清代学者运用题咏、评点、索隐等传统方法研究《红楼梦》，被称为"旧红学"。五四运动前后，王国维、胡适、俞平伯等人引进西方现代学术范式研究《红楼梦》，被称为"新红学"。

借鉴新红学的研究方法，经过作者多年的潜心研读、铢积寸累，《贾府的资本：边丰整，边式微》终于出版了。在这部书中，读者可以通过不同的视角重温古典名著《红楼梦》。

首先，作者从经济学视角出发，探讨了《红楼梦》中反映的封建经济模式。如，观察贾氏家族发迹史，我们可以看到这个家族是如何将军功资本变现为土地等固定资产和特权等柔性资产的；通过观察其家族生活，我们可以看到这个家族的有形资产是如何在"大观园"中不同层级的掌权者之间流动的，进而一窥封建制生产关系下围绕土地所有权及由此衍生的地租制度而展开的权利争夺。

其次，作者通过对四大家族的兴衰变迁、封建官场的腐败和权力滥用的解读分析，揭示了贵族家庭内部的权力斗争、婚姻联盟，以及经济因素对家族命运的影响。"人无千日好，花无百日红"。读者可以去细细品味一个看似稳定且运转正常的封建华丽家族是如何一步步走向衰败的：既是贾母、贾敬、贾政、王夫人等关键位置上的当家人指导思想和决策的失误，更是生产力发展与封建生产关系的矛盾运动所带来的历史必然。

另外，此书的又一笔墨着力点是反思，即：通过阅读《红楼梦》，分析消费行为如何反映和塑造社会阶层；与读者共同思考《红楼梦》中蕴含的丰富的理财观念，以及交易背后的人际关系和社会网络。

希望通过对《红楼梦》不同角度的解读，我们能够进一步理解这部伟大作品的深层内涵，从中汲取智慧，应用于我们的现实生活中，更好地理解和应对复杂的社会矛盾。

同时，《贾府的资本：边丰整，边式微》一书将有助于引导读者从《红楼梦》这一中华优秀传统文化经典中汲取和领悟修身做事之道、为人处世之道和知人用人之道。

是为序。

丁海堂

2024年7月

前 言

　　《红楼梦》是中国古典长篇小说中最优秀的作品，是悠久、灿烂的中华文化的杰出代表，是世界文学宝库中的珍品，也是我们伟大的中华民族的骄傲。

　　《红楼梦》故事的时代背景是清代康熙、雍正、乾隆三朝。这是我国最后一个封建王朝——大清帝国的鼎盛时期。然而，在国力强大、物质丰富的"太平盛世"表象背后，各种隐伏着的社会矛盾正在逐渐显露出来。封建社会的经济基础已日益腐朽。封建伦理道德的虚伪、败坏，政治风云的动荡、变幻，统治阶层内部各政治集团、家族及其成员间兴衰荣辱的迅速转化，以及人们对现存秩序的深刻怀疑、失望等，都说明封建社会的上层建筑也在发生动摇，正逐渐滑向崩溃。曹雪芹以他无可比拟的传神之笔，给我们留下了一幅有封建末世社会重要时代特征的、极其生动而真实的历史画卷。

《红楼梦》又是一部涉及领域极广的百科全书式的奇书,成为中国封建社会的《清明上河图》。读者在品味人物和故事的同时,还进行了大自然和古典园林、古代文化的朝圣之旅。最让人称奇的是,书中诗词歌赋,描写的建筑园林、饮食医药等,与人物和故事水乳交融。人物命运在"天上人间诸景备"的大观园中展开,自然和故事谐和无间,文化和人物天衣无缝……

当下,我们读《红楼梦》,正如老作家王蒙所说,"时代当然不同了,今天的中国今天的世界,已经与贾氏们在大观园的生活大相径庭了,但是许多事体情理,许多人性善恶,许多爱爱仇仇,许多阴差阳错,许多吉凶祸福、兴衰消长仍然令人觉得亲切,觉得似曾相识,觉得有令人警醒、给人启示、发人深省之处"。

许多红学研究者、《红楼梦》爱好者喜欢探究小说中的"经济账"。我们如果把《红楼梦》读得细一些,就会感觉到,在曹雪芹创作的全盘设想中,有一个完整的经济体系在发展变化,它同时还配以一套完整的管理机构与制度,故而作者能采用网络式的结构展开故事,从而表现各种错综复杂的矛盾冲突。在中国古代小说史上,能运用如此高超的艺术手法的作品,《红楼梦》可以说是唯一的一部。作品在叙述过程中,先后涉及二十几个管理机构,如总管房(又称总理房)、账房、银库等。曹雪芹能有条不紊地展现荣国府的奢华生活,那一套完整的管理机构与制度的支撑是重要的因素。

恩格斯在给玛·哈克奈斯的信中论及巴尔扎克作品时曾写道:"我从这里,甚至在经济细节方面(如革命以后动产和不动产的重新分配)所学到的东西,也要比从当时所有职业的历史学家、经济学家和统计学家那里学到的全部东西还要多。"(恩格斯:《致玛·哈克奈斯》,《马克思恩格斯选集》第四卷,人民出版社,1972年。)《红楼梦》在经济描写方面的成功,也同样可使读者获得类似的收益。

所以，有不少人说，贾府的崩溃，关键是经济出了很大的问题，比如入不敷出、财务混乱、人浮于事、管理不善、潜规则横行、资金链断了等。

但也有人说，贾府的垮台，是由贾家在政治上的失势所导致的，靠山倒了，皇帝不待见了；更有人把贾府的败落归咎于其家风的堕落、教育的失败，是礼崩乐坏，文化出了问题……

我们觉得，撇开因果循环"你方唱罢我登场"这些宏观的"规律"不说，贾府的失败，不会仅仅是某一方面的问题，而是系统的失败。

本书所谓贾府的"资本"，便指的是一套维持其生存、支持其发展、助力其繁荣的运动着的支撑系统。经济当然是其中重要的一个方面。

这套"系统"并不单指宁荣二府继承的遗产、每年获取的地租与岁俸等这些看得见的物质财富，同时还有其政治影响、家族势力、朋友圈，以及包括教育、礼仪、秩序等在内的家庭文化等，软硬件俱全。而它的"运动性"特点，又给这个庞杂的支撑系统带来很大的不稳定性——换句话说，好也是它，歹也是它！

清乾隆年间官员戚蓼生早年赴京应试，购得曹雪芹八十回本《石头记》早期抄本，大为赞叹，书序一篇，对《石头记》的写作艺术推崇备至。戚序中有这样一句评价："状阀阅则极其丰整也，而式微已盈睫矣。""阀阅"指有功勋的世家，这里是说贾府。这句话的意思是，描绘功勋世家的外观，那是极其富有、极其整肃，即有规矩、有秩序，但其式微颓败的态势也同时很明显了。在《红楼梦》这部书里，正像戚序所云，这些贾府的"资本"一边是看着

"极其丰整"，一边却是"式微已盈睫矣"。其实这也正是第一回中一僧一道说的"那红尘中有却有些乐事，但不能永远依恃；况又有'美中不足，好事多磨'八个字紧相连属，瞬息间则又乐极悲生，人非物换，究竟是到头一梦，万境归空"——脂批"四句乃一部之总纲"。

我们一度试图以列宁在他的《谈谈辩证法问题》一文中阐述的"统一物之分为两个部分以及对它的矛盾着的部分的认识，是辩证法的实质"这个原理，来作为本书的立论依据，开辟新的《红楼梦》解读路径——所谓"开生面""立新场"。但限于理论功底、文字水平，尤其是对《红楼梦》这门大学问研究的肤浅，导致此书最终显得有些粗糙，使我们没有太多的自信敢说这本书突破、建构了些什么。只希望，至少通过我们体现在这本书里的那一点探索和努力，能吸引读者朋友对这部经典文学著作做进一步阅读研究，则"是所至盼"，夫复何求！

本书引文主要出自中国艺术研究院红楼梦研究所校注、人民文学出版社2022年出版的《红楼梦》。书中插图均为清代孙温绘制。著述内容多为作者近年来研读之体悟随感。其中也有部分观点、文字另有援引。所引内容可能因理解有误或侧重点不同而"引喻失义"，敬请原创者谅解。

2024年7月

JIAFU DE ZIBEN
BIAN FENGZHENG BIAN SHIWEI

目 录

·上编·

状阀阅则极其丰整：贾府有哪些资本

贾府的核心资本——"贵族"品牌　　　　　　　　　　/ 003

贾府的有形资产　　　　　　　　　　　　　　　　　/ 014

　◆ 房产及大观园……………………………………014
　◆ 地租与岁俸……………………………………019
　◆ 从"月例"到"利钱"…………………………024
　◆ 抄家和老底儿…………………………………028
　◆ 还有洋货………………………………………031

贾府的人力资本　　　　　　　　　　　　　　　　　/ 036

　◆ 熠熠生辉的闺阁列传……………………………036

1

目录

- ◆ 被严重低估的"总经理"……………………054
- ◆ "全挂子武艺"的管家们………………………058
- ◆ 附庸权贵的清客相公……………………………062

贾府的无形资产　　　　　　　　　　/ 068

- ◆ 翰墨诗书贵族风…………………………………068
- ◆ "四王八公"朋友圈……………………………089

林家财产之谜　　　　　　　　　　　/ 106

· 下编 ·

式微已盈睫：资本出了问题

人际关系日趋紧张　　　　　　　　　/ 117

- ◆ 三观不和的母子…………………………………117
- ◆ 微妙的婆媳关系…………………………………120
- ◆ 奇特的伯侄亲情…………………………………123
- ◆ 不会聊天的舅妈和甥女…………………………127
- ◆ 袭人"袭"黛玉…………………………………131
- ◆ 美人、扇子、蝴蝶及蛇…………………………133

- ◆ 惜春撵入画……………………………………135
- ◆ 别开生面的各种"妒"……………………139

经济困顿明显加剧　　　　　　　/ 142

- ◆ 运转早就出了问题………………………142
- ◆ 大小蠹虫竞相"藏掖"……………………152
- ◆ 摆脱困境的努力…………………………160

家庭教育令人撇嘴　　　　　　　/ 164

一家之主心神不定　　　　　　　/ 170

繁华排场难掩凄凉　　　　　　　/ 180

关于贾府的"假命题"

- ◆ 假如能把焦大当作一位"积古"的老人家 ……………193
- ◆ 假如贾敬不去修道 …………………………196
- ◆ 假如贾政早点儿去查账 ……………………199
- ◆ 假如王夫人是个"贤内助" …………………204
- ◆ 假如多几个林黛玉似的理家小帮手 …………207

目录

附 录

◆ 附录一 《红楼梦》中的兵戎之象
　　——兼话元春之死 …………………………………… 213
◆ 附录二 "贾史王薛",还是"贾史薛王" …………… 220
◆ 附录三 "笑"比"哭"好
　　——兼谈程乙本几处让人"哭笑不得"的改动 ……… 227

参考书目 ……………………………………………… / 233
《红楼梦》四大家族关系表 …………………………… / 234
《红楼梦》宁荣二府奴仆表 …………………………… / 235

JIAFU DE ZIBEN
BIAN FENGZHENG BIAN SHIWEI

·上编·

状阀阅则极其丰整：贾府有哪些资本

如今我们家赫赫扬扬,已将百载……眼见不日又有一件非常喜事,真是烈火烹油、鲜花着锦之盛。

——第十三回秦可卿语

贾府的核心资本——『贵族』品牌

军功起家 跻身贵族

宁国公贾演、荣国公贾源是一母同胞弟兄两个。

从第七回焦大骂人时语无伦次的醉话粗话,以及尤氏对他无可奈何的介绍中,我们可以听出这样几条关于宁荣二公的信息:

尤氏说焦大"从小儿跟着太爷们出过三四回兵,从死人堆里把太爷背了出来,得了命;自己挨着饿,却偷了东西来给主子吃;两日没得水,得了半碗水给主子喝,他自己喝马溺";焦大说"你祖宗九死一生挣下这家业"。

还有第一〇六回,贾政说"我祖父勤劳王事,立下功勋,得了两个世职"……

这些描述说明二公当年出生入死,功劳很大,这才得到公爵的封号。

又从"太爷们出过三四回兵",以及七十五回贾赦贾政赞许东府老侄子贾珍"习射"时说他们家本"在武荫之属"等,可知宁国公贾演、荣国公贾源老哥儿俩系军功出身。

与贾家有"世交"的"中山狼"孙绍祖家,"祖上系军官出身,乃当日宁荣府中之门生"。与贾家子侄过从甚密的冯紫英是神武将军冯唐之子,喜欢飞鹰射猎、打架斗殴。曹雪芹的上祖曹振彦原是明代驻守辽东的下级军官,后归附后金,并随清兵入关。《红楼梦》充溢的可不只是姹紫嫣红、脂粉文艺。兵戎之象、刚武之气不时穿插其中(见附录一)。

在清代,分封有两种情况,一种是宗室分封,一种是异姓分封。宗室分封有十二个等级,即:和硕亲王、多罗郡王、多罗贝勒、固山贝子、奉恩镇国公、奉恩辅国公、不入八分镇国公、不入八分辅国公、镇国将军、辅国将军、奉国将军、奉恩将军。异姓分封为九级,即:公、侯、伯、子、男、轻车都尉、骑都尉、云骑尉、恩骑尉。公,列为第一等级,又细分一至三等,一等最为尊显。

宁国公与荣国公属于异姓分封,处于公的最高等级——《红楼梦》第十四回,在为秦可卿送灵"压地银山一般"的队伍中,表示秦氏身份的铭旌上有这样的文字:"一等宁国公冢孙妇。"

四大家族 排列有序

贾史王薛"四大家族"中,排序是按"官本位",公、侯、伯……贾府是公爵府,爵位最高;其次史家是侯爵府,王家是伯爵府。

《红楼梦》第四回中,门子出示给贾雨村看的"护官符",对"四大家族"的实力是这样描述的:

贾不假,白玉为堂金作马(**小字注**:宁国、荣国二公之后,共二十房分,除宁荣亲派八房在都外,现原籍住者十二房)。

阿房宫,三百里,住不下金陵一个史(**小字注**:保龄侯尚书令史公之后,房分共十八,都中现住者十房,原籍现居八房)。

东海缺少白玉床,龙王来请金陵王(**小字注**:都太尉统制县伯王公之后,共十二房,都中二房,馀在籍)。

丰年好大雪,珍珠如土金如铁(**小字注**:紫薇舍人薛公之后,现领内府帑银行商,共八房分)。

我们看这"四大家族"的关键词。先说史、王、薛三家:

史家的"阿房宫,三百里,住不下",是强调其"势"力。史家是金陵世勋、侯爵之家。当年曾国藩镇压太平天国,清廷也不过只赏他一个一等侯爵。《红楼梦》第三十三回,贾政痛打宝玉,惹恼了老太太,不就扬言要回南京她那个煊赫的娘家吗?直到贾母的侄子辈,他们家尚有两个侯爵,其中保龄侯史鼐又迁委了外省大员。而这时贾家的两个公爵衔已经逐代降袭到一等将军和三品威烈将军了。贾赦贾珍除世袭爵位外,似无实职在身。

王家拥有东海龙宫都寻不到的珍奇之物，透出他家"奇"货可居。所谓"奇"，实系于"洋"。王熙凤说过，她爷爷那时"单管各国进贡朝贺的事"，凡外国人来，都是她家养活，粤、闽、滇、浙的洋船货物，都是她们家的。这很像是早期的买办兼官僚家庭。所以她手边稀罕的洋玩意儿特别多。

薛家无爵，到薛蟠这一辈儿，连个官儿也不是了，摆明就是一个"富"，皇商嘛。即便是打死人这种关天的大事，在薛蟠看来，也是"花上几个臭钱，没有不了的"。

而贾家的"白玉为堂金作马"，却是主打一个"贵"字。汉乐府《相逢行》曰："黄金为君门，白玉为君堂"，极言其门阀尊贵。

还有一点，书中说得明白，这个"口碑"的排序，不仅系于其家族"始祖官爵"大小，还有"房次"的因素。

四大家族中，贾家支庶最为繁盛、房头最多，共有二十房分，其中亲派八房在都中；其次史家，有十八房，而其中在都中的房头比贾家还多，有十房，所以说他家势力大；王家差些，共十二房，在都中只有二房；薛家总只八房分，未说有住在都中的，看来都在原籍。

为什么还要强调在"都中"的房分人口？这是因为谁都知道地处京城的重要性、特别是政治意义。住在"都中"的房分人口多，就说明这个家族的地位高、影响大、核心竞争力强，朝中有人好做官呀！当然这也是双刃剑，伴君如伴虎。提拔重用的机会多，同时风险也大得多。一旦"坏了事"，便是万劫不复、"树倒猢狲散"。

贾家虽是军功起家、"武荫之属"，但江山坐稳、天下太平后，第三代就要偃武修文、以"翰墨诗书"标榜了。这样一来，荣国府这边贾政、贾敏兄妹就都是读书人了。宁国府那边甚至还出了贾敬这样一个"乙卯科进士"。贾敏更嫁了一位科场大赢家、前科探花郎。

玉堂金马 贵气逼人

贾家的"贵"气逼人，只从两个小女孩的视角便可领略一二。

第三回林黛玉进贾府，在"正经正内室"堂屋中，抬头迎面先看见一个赤金九龙青地大匾，匾上写着斗大的三个大字，是"荣禧堂"，后有一行小字："某年月日，书赐荣国公贾源"，又有"万几宸翰之宝"。

金字匾额，这是皇帝御笔了。

又看到大紫檀雕螭案上，设着三尺来高的青绿古铜鼎，悬着待漏随朝墨龙大画——这是隐喻上朝陛见君王之意，一边是金蜼彝，一边是玻璃盒。地下两溜十六张楠木交椅，又有一副对联，乃是乌木联牌，镶着錾银的字迹，道是：

座上珠玑昭日月，堂前黼黻焕烟霞。

下面一行小字，道是"同乡世教弟勋袭东安郡王穆莳拜手书"。

又出现了银字对联——

周汝昌先生著《红楼夺目红》（作家出版社2003年10月出版）中有一篇文章《座上珠玑"照"日月》，关于这"赤金""錾银"的"一匾一联"，是这样说的：

受刘心武先生的提示，我方注意考证黛玉入府，目中所见，一匾一联，匾是"赤金"，是为皇帝御书规制；而联是"錾银"，正合"千岁"（太子）品级（犹如俗言"金銮殿"与"银安殿"之分）。"同乡世教弟"，指他们皆来自辽东，历代亲谊。"东安郡王"，东是太子"东宫"之义。"穆莳"，莳是种了花木又复移植的一个不多用的专词——隐喻太子胤礽立了废、废了立、最后遭黜的命途变动。而联文"座上珠玑昭日月，堂前黼黻焕烟霞"，又合胤礽"楼中饮兴因明月，江上诗情为晚霞"（见《居易录》所载）的风格句法。

因此可证：荣禧堂大匾是康熙御笔，对联是太子所书。

曹家"获罪"，正因胤礽是雍正的政敌和"心腹之患"。

联想到第十六回，元春甫一封妃，贾政前脚从皇帝那里出来，后脚就去"东宫"，可知贾氏与太子"穆莳"的关系非比寻常。

第五十三回，贾府的小客人薛宝琴"细细留神打量这宗祠"，但见——

宁府西边另一个院子，黑油栅栏内五间大门，上面悬一匾，写着是"贾氏宗祠"四个字，旁书"衍圣公孔继宗书"。两旁有一副长联，写道是：

肝脑涂地，兆姓赖保育之恩；
功名贯天，百代仰蒸尝之盛。

亦衍圣公所书。进入院中，白石甬路，两边皆是苍松翠柏。月台上设着青绿古铜鼎彝等器。抱厦前上面悬一九龙金匾，写道是"星辉辅弼"。乃先皇御笔。"星辉辅弼"者，代指辅佐帝王的重臣，以日月比帝王，以星辰比大臣。两边一副对联，写道是：

勋业有光昭日月，功名无间及儿孙。

亦是御笔。五间正殿前悬一闹龙填青匾，写道是"慎终追远"。旁边一副对联，写道是：

以后儿孙承福德，至今黎庶念荣宁。

俱是御笔⋯⋯

再至秦可卿出殡的熏天气焰、元妃省亲的皇家气概，老贾家的荣耀显贵无以复加。

宁荣二府 恩遇有殊

皇家也确实一直没忘了他们这个功臣之家。五十三回，贾蓉去光禄寺领了"春祭的恩赏"，虽只是"一个小黄布口袋"，估计也没多少真家伙，但如他爸爸贾珍所说，"多少是皇上天恩"。那黄布口袋上有印记，就是"皇恩永锡"四个大字，那一边又有礼部祠祭司的印记，写着一行小字道是"宁国公贾演荣国公贾源恩赐永远春祭赏共二分，净折银若干两。某年月日龙禁尉候补侍卫贾蓉当堂领讫，值年寺丞某人"，下面一个朱笔花押。

钱不多，他们贾家也"不等这几两银子使"，但皇家"恩赏"却"永远"都有，而且总是"二分"（两份）。

这个"小黄布口袋"，为何要贾蓉去领呢？因为他们宁国府是"长房"，他爸爸贾珍是现任族长，"彼乃宁府长孙，又现袭职，凡族中事，自有他（贾珍）掌管"。（第四回）

宁、荣二公府，宁府虽为长房，但在曹雪芹笔下，其在皇帝朝廷心目中的荣宠地位，却似远较荣府而下之。

一个很重要的表现，就是国公的爵位，宁府这边，一代而斩，再往下，代代降袭——清代除少数"铁帽子王"可以世袭罔替之外，一般都要遵照降等袭爵的原则。贾家自然也不例外。当然《红楼梦》作者为避文字狱，书中尽量不提"朝代年纪、地舆邦国"，许多地名、官名便用了些似是而非的"假语村言"。但基本的时代文化背景，比如当时的科举、官爵制度等，却不那么容易都能完美避开。因为如果你全是不着四六的瞎话，人家就不拿你的作品当回事了。更何况作者很可能还要有意借此书透露给我们一些真实信息呢。

宁国公贾演死后，第二代贾代化，继承到的便不再是公爵，而是京营节度使（这是"实职"）、世袭一等神威将军（这是"世职"、爵位，但在公爵之下了）（见十三回）；第三代贾敬，乙卯科进士，袭爵后，因"一味好道""一心想做神仙"，人还在世，就把爵位让给了儿子贾珍，自己跑到城外和道士们胡羼（第二回）；第四代贾珍，世袭三品爵威烈将军（见十三回），和贾敬两代人共用了一个爵位（或贾敬最高为"二品"），后被革去；第五代贾蓉，身份底子为江南江宁府江宁县监生，现为五品"防护内廷紫禁道御前侍卫龙禁尉"（十三回中，花了一千二百两银子向大明宫掌宫内相戴权买得。这也是个虚头巴脑的官职，而不是爵位）。看如此袭法，弄到最后，若贾珍死后，即使宁国府不会遭到抄家的灭顶打击，贾蓉袭到手的爵位，也只会比贾珍的"三品爵威烈将军"更低，甚至可能这个爵位在袭过几代之后就消失了。比如，林如海家的侯爵就是当初说好只封袭三代，到林如海之父，是"额外加恩"又袭了一代，至第五代林如海，便不再享受世袭爵位，而只能读书做官"从科第出身"了（见第二回）。这就是所谓的"君子之泽，五世而斩"，不能让后辈儿孙无功受禄、袭起来没完没了。

而在荣府这边，荣国公贾源死后，第二代贾代善，只说"袭了官"，却未说是什么官爵；第三代长子贾赦袭的是"一等将军"爵位（后被革去）；第四代只说到贾赦的长子贾琏捐了一个同知——这像贾蓉一样，是花钱买的官职，不是爵位。因他爸爸还没死，爵位没给他腾出来。

那么荣国府第二代贾代善袭到的爵位是什么？我们分析，很可能没有降袭，仍为荣国公。这样猜测的理由有：

一、贾代善的儿子，第三代贾赦袭到的是一等将军，这与宁国府第二代贾代化袭到的爵位一样。

当然，这个理由不充分。这只能反证上一代贾代善袭到的爵位不会比"一等将军"低，但不能证明就一定会比"一等将军"高。也就是说，贾代善袭到的也可能是个一等将军，未降袭的是贾赦。但从贾家第三代的口碑看，这个可能性实在很小。

二、证明贾代善有可能继续是国公，还有更充分的理由。第二十九回，贾母到清虚观打醮，书里写得明白：观主张道士，"是当日荣国公的替身儿"。接下来一是贾母与他互称"老神仙""老太太"，这像是平辈人的口气；二是贾珍、凤姐、宝玉均称他为张爷爷，而不是太爷爷或祖爷爷。这关乎辈分，更不是乱叫了。凤姐（贾琏）、宝玉他们的"爷爷"便是贾代善。

更为可靠的是，随后张道士与贾母攀谈中，感慨说宝玉形容举止"怎么就同当日国公爷一个稿子"，贾母垂泪回应："我养了这些儿子孙子，也没个像他爷爷的，就只是玉儿还有个影儿。"坐实了宝玉的爷爷贾代善确实没有降等袭爵，而仍继续是"荣国公"。

即：同样是国公的爵位，宁国府只有贾演这一代受用，而荣国府却受用了贾源、贾代善两代。这自然是来自老皇帝的"旷世恩典"。

事实上，按照作者的意思，皇家对荣国府的看法，一直比对宁国府要好得多！

林黛玉、刘姥姥先后进荣国府，所见所闻，透出的气势之大、气场之足、气焰之嚣张，显非一般公侯人家可比。

但宁国府那边呢，虽然"贾氏宗祠"在他们那边，那是因为他们是长房；当然宗祠里匾额楹联的题字规格也是顶级，既有衍圣公的，也有"先皇御笔"和"御笔"，但那是赐给宁荣两家的，并非只给宁府一家。而说到他们自己府中的陈设，就有些语焉不详。至于第五回，以贾宝玉的视角，看秦可卿的房间（也是宁国府未来继承人贾蓉的房间），视野内尽是些暧昧香艳的玩意儿——"案上设着武则天当日镜室中设的宝镜，一边摆着飞燕立着舞过的金盘，盘内盛着安禄山掷过伤了太真乳的木瓜"……简直让人哭笑不得。这就不像个正经人家嘛！

宁国府闹出的那些奇闻丑闻绯闻，满城风雨，朝野上下谁不知道？柳湘莲就毫不客气地说到贾氏家族的重要成员贾宝玉脸上："你们东府里除了那两个石头狮子干净，只怕连猫儿、狗儿都不干净"（六十六回）。"东府"就是宁国府。市井皆知的事情，眼线众多、敏感多疑的皇帝岂能无闻？荣国府当然子孙也不争气（以贾赦为代表），但皇帝最烦的一定是宁国府。相比之下，荣国府还算是乖些的。我们但从贾政这位做家长的那读书谨慎、教子严苛及为官尚能独善其身，可窥一斑。

所以，第一代荣国公之后，公爵又让他家袭了一代。贾母继续是公爵夫人。这就可以解释她在家里家外的地位为何是那样崇高尊贵，并不单只凭着辈分高。二代荣国公贾代善临终，因皇帝对他看法较好，除马上让其长子贾赦袭爵外，还格外关切地询问他还有几个儿子。得知还有个老二贾政，"立刻引见，遂额外赐了这政老爹一个主事之衔，令其入部习学，如今现已升了员外郎了"（第二回。注意，这里脂批："嫡真实事，非妄拟也"，是说有原型的）。真可说是"圣眷优隆"了。

当然，荣国府登峰造极的际遇是出了贾元春这样一位贵妃。贾政所云，这真是"上锡天恩，下昭祖德"，也确是他的感恩戴德肺腑之言。说到家，仍然还是皇家对他家的看法好。他家的门第，随着时间形势推移，确实逐渐变得比宁国府阔些。人家皇家选妃也要尽量讲个门当户对，有大的不挑小的。

当年"一母同胞弟兄两个"、一同受封公爵的宁国公贾演、荣国公贾源，何以弄到后头，在皇帝眼中、甚至在柳湘莲这种普通市民心目中，两府差距变得如此之大？祸福无门，唯人自召。这与宁荣两府长期以来家庭教育、家长行事、门风养成的差别是有很大关系的。

"漫言不肖皆荣出，造衅开端实在宁"；"箕裘颓堕皆从敬，家事消亡首罪宁"。

荣国府诚然是没好到哪儿去，但宁国府那边糟糕到一再刷新堕落底线，是尽人皆知：第三代贾敬"一概不管"，任由第四代贾珍这个族长带头"一味高乐不了，把宁国府竟翻了过来"，第五代贾蓉又是如此这般长江后浪推前浪。一家子自暴自弃、躺平摆烂，一直折腾到被抄家玩儿完算拉倒。让谁能瞧得起呢？

我们费时用力解读评析书中这些内容，并非意在津津乐道什么官爵高下、门阀贵贱，而是要以此说明，读《红楼梦》一定要做到文本细读（更进一步的就是考证研究），否则对书中的一些人物关系、感情亲疏、性格来历、命运走向、量变质变就弄不明白，如对高鹗续书中写"抄家"只说封了宁国府而"保全"了荣国府，等等，也就不好理解，就总认为近百万字的《红楼梦》是部不好读的书。而只有通读细读，才能读出这部代表中国文化形象的世界级文学经典的妙处，真是句句含情、字字有意！

·上编·

状阀阅则极其丰整：贾府有哪些资本

贾府的有形资产

房产及大观园

关于贾家的房产，大家首先想到的是富丽堂皇的敕造宁荣二府。但实际上，这两座国公府的所有权，并不真正属于贾家。他们只是拥有居住的权利。

学者、作家王彬先生在他的《清朝的封爵制度与荣国府的主要建筑》（见王彬著《无边的风月》，商务印书馆2015年出版。本书援引王彬先生观点内容，均出自此书）一文中指出：

在清代，爵位等级不同，府第的规制也不一样。王府有王府的规制，贝勒府有贝勒府的规制，而贝子，包括公的府第的规制是"正门一重，堂屋四重，各广五间"。意思是说，贝子，包括公的府第可以建造四层堂屋，堂屋也就是正房，最多只能五间。王府中的主要建筑可以有七间，可以称殿，称寝。贝子以下府第的主要建筑则只能称房、称屋，不能够称殿、称寝。对照黛玉所见荣国府内的主要建筑"五间大正房"，无论是间数，还是名称，与清代公府的堂屋完全吻合。而在建筑的形制上，王府屋脊两端可以采用吻兽，公府则只能够使用低一等级的望兽。吻兽与望兽，都是龙，所谓龙生九种的一种。二者的区别是吻兽的口相向而对，口含屋脊，望兽则相反，口相背而设。造型的差异反映了府主的不同身份。在我国的封建时代，建筑不仅有居住功能，而且是制度的物化，这种物化不仅体现于建筑的主体形态，诸如墙壁、梁枋、屋顶的形状、质地与颜色，而且体现于某一个构件的方寸之中，不容丝毫错误，错了就是僭越，是要按律治罪的。

无论是王还是公，他们的府第，在清代都是官产，由内务府管辖。府第的主人辞世了，后人如果不再袭爵，或者承袭的爵位与居所等级相差甚远，便要迁移出去，也就是撤府，内务府重新为其安排与其身份相当的住宅。如果犯了罪，成为缧绁之臣，则不仅要被抄家，而且要被轰出府第。原因是，这是朝廷的产业，罪臣没有资格居住。《红楼梦》第一〇五回讲述贾府被查抄，在司员登记查抄物件时有这样的文字："一切动用家伙攒钉登记，以及荣国赐第，俱一一开列……"荣国府是皇帝敕建的，自然要依法收回，宁国府当然也是这样。查抄的结局是，贾政居住的荣国府由于主上开恩，许其继续居住，贾珍所居住的宁国府则被抄检入官，他的妻子尤氏与儿子贾蓉只能寄住荣府了。

唐代诗人张籍的"汾阳旧宅今为寺，犹有当时歌舞楼"，讲的是郭子仪的故事。郭子仪平定安史之乱、抵御吐蕃入侵，有再造唐室之功。唐代宗封他为汾阳王，敕建汾阳王府。王府工程开工后，退了休的郭子仪到工地监工，嘱咐一位正在干活的老泥水匠"墙要砌得结实些，才好住得长久"。老泥水匠笑着对郭子仪说："请王爷放心，我家祖孙三代都是泥水匠，不知盖了多少府第，只见过房屋主人被扫地出门，新人换旧人，还未见过哪栋房屋倒塌了的。"听了这番话，郭子仪拄着拐杖扭头就走，以后再也不去监工了。王府落成之日，郭子仪设宴庆贺，来宾非富即贵，济济一堂。令人奇怪的是，造屋工匠们也受邀出席，而且酒席设置在贵宾上首，郭子仪子侄的酒席反而设在下首。有客人不解，郭子仪指指造屋工匠："他们是造房子的。"又指指子侄："他们是卖房子的。"

《红楼梦》中对宁荣二府的处理便是清朝封爵府第制度在小说中生动而真实的反映。这就说明，许多时代背景模糊的文学作品，比如《红楼梦》虽然刻意避开"朝代纪年"，以避免可以预见的政治旋涡，但当作家遇到特殊的礼仪制度时，仍然难以藏匿真实而不漏泄时代的溃痕，从而为我们提供了可以在历史与艺术之间行走与探析的可能。

至于大观园，第十六回写的是，"从东边一带，借着东府里的花园起，转至北边，一共丈量准了，三里半大，可以盖造省亲别院了"……"先令匠人拆宁府会芳园墙垣楼阁，直接入荣府东大院中。荣府东边所有下人一带群房尽已拆去。当日宁荣二宅，虽有一小巷界断不通，然这小巷亦系私地，并非官道，故可以连属"。说明这个"省亲别院"仍然是位于宁荣二府之内，就地改建，而未另加占地扩张。当年曹寅即在织造府内（亦其所居）就地改建行宫。

"衔山抱水建来精""天上人间诸景备"的大观园，会一共只有"三里半大"？学者、著名红学家蔡义江先生就在这里评注说："倘若死认'三里半大'是容不下大观园的。今北京据此面积建造大观园，结果连袖珍型也谈不上，只能当作一般园林景观看。"（见《蔡义江新评红楼梦》，商务印书馆2022年出版。本书援引蔡先生观点内容，均出自此书）

作为国学大师、清皇室后裔的启功先生（1912—2005），不仅是书画大家，也是著名的红学专家，曾于20世纪50年代主持撰写程乙本《红楼梦注释》。他说：

> 我有一位搞古建筑的朋友曾画大观园的平面图，按书中所写，排列各个房屋，始终对不起位置。比方说：乙处在甲处之右，丙在乙之后，丁在丙之左。找来找去，丁之前却又是乙。大观园为什么竟成了迷魂阵？不难理解，这正是作者有意的安排，如果今天有一处现有的园林完全符合大观园，或说大观园完全符合某一处现有的园林，那么大观园便不是曹雪芹所写的了！

（《启功给你讲红楼》，中华书局，2006年）

大观园为什么竟成了迷魂阵？此处脂批明白："大观园系玉兄与十二钗之太虚幻境，岂可草率！"是又把人间与天上联系了起来。联系第五回警幻仙姑带领宝玉漫游太虚幻境时，脂批便说"已为省亲别墅画下图式矣"。可想而知，所谓大观园本是虚构的小说叙事载体，是太虚幻境投射到贾府花园。现实世界中是不存在这样一处园林的。

据此，我们可得出结论：大观园既选址在宁荣二府宅第范围内，体量大小尽是虚写，故也不算贾家私产，尤其无法估算其价值。

宁荣二府及大观园虽不是贾家私产，但却是贾家极其重要的贵族形象、政治资本。

先说二府在金陵的老宅。第二回贾雨村向冷子兴讲述道："去岁我到金陵地界，因欲游览六朝遗迹，那日进了石头城，从他老宅门前经过。街东是宁国府，街西是荣国府，二宅相连，竟将大半条街占了。大门前虽冷落无人，隔着围墙一望，里面厅殿楼阁，也还都峥嵘轩峻；就是后一带花园子里面树木山石，也还都有葳蕤润润之气，哪里像个衰败之家？"当然作者这样写法的重点，在于引出后面冷子兴那"百足之虫，死而不僵"的分析和"如今外面的架子虽未甚倒，内囊却也尽上来了"的评价，但即使正在走向衰败，大门前已"冷落无人"，也还是保持着"瘦死的骆驼比马大"的"峥嵘轩峻"之势和"葳蕤润润"之气。

而在京都，其气势气焰，就更加非同凡响。

第三回，林黛玉的眼中，"忽见街北蹲着两个大石狮子，三间兽头大门，门前列坐着十来个华冠丽服之人。正门却不开，只有东西两角门有人出入。正门之上有一匾，匾上大书'敕造宁国府'五个大字。黛玉想道：'这必是外祖之长房了。'想着，又往西行，不多远，照样也是三间大门，方是荣国府了"。

第六回，初进荣国府的刘姥姥找至宁荣街，来至荣府大门石狮子前，只见簇簇的轿马，刘姥姥便不敢过去，且掸了掸衣服，又教了板儿几句话，然后蹭到角门前，只见几个挺胸叠肚指手画脚的人，坐在大凳上，说东谈西呢。

地地道道的京都豪门。

大观园，在元妃省亲后，便因是皇家"驻跸关防之处"，一度成为禁地，贾政"敬谨封锁，不敢使人进去骚扰"。好在有元妃一道谕旨，让家中能诗会赋的姊妹并宝玉进园居住读书，这才成为世界文学经典中的青春女儿乐园、诗意爱情王国。总因"奢华过费"、太过招摇，以致贾母临终前对贾政说了一句，"你到底把这园子交了才好"。

地租与岁俸

进入腊月,年味渐浓了。贾府也是如此。这一边,王夫人命凤姐治办年事。那一边,贾珍打开宗祠,着人打扫,收拾供器,"又打扫上房,以备悬供遗真影像"。忙乱之间,贾蓉捧了一个小黄布口袋进来。贾珍见那黄布口袋上印有"皇恩永锡"四个大字与礼部祠祭司的印记。又写着一行小字:"宁国公贾演荣国公贾源恩赐永远春祭赏共二分,净折银若干两,某年月日龙禁尉候补侍卫贾蓉当堂领讫",下面是一个朱笔画押。

这份"恩赏"虽然只要不"坏了事",年年都有,但数量不会很大,只是一个勋贵之家世代享受皇家恩典的象征而已。正像贾珍两口子说的"咱们家虽不等这几两银子使,多少是皇上天恩。早关了来,给那边老太太见过,置了祖宗的供,上领皇上的恩,下则是托祖宗的福。咱们哪怕用一万两银子供祖宗,到底不如这个又体面,又是沾恩锡福的。除咱们这样一二家之外,那些世袭穷官儿家,若不仗着这银子,拿什么上供过年?真正皇恩浩大,想得周到"。

贾珍带着贾蓉捧了"小黄布口袋"来到荣府,回过贾母、王夫人,又回了贾赦与邢夫人,再回到宁府,取出银子,"将口袋向宗祠内大炉内焚了"。之后,拟定请吃年酒的日期单子,去大厅看"小厮们抬围屏,擦抹几案金银供器"。这时一个小厮手里拿着禀帖并一篇账目,回说:"黑山村的乌庄头来了。"

贾珍展开单子,只见上面写着:

大鹿三十只,獐子五十只,狍子五十只,暹猪二十个,汤猪二十个,龙猪二十个,野猪二十个,家腊猪二十个,野羊二十个,青羊二十个,家汤羊二十个,家风羊二十个,鲟鳇鱼二个,各色杂鱼二百斤,活鸡、鸭、鹅各二百只,风鸡、鸭、鹅二百只，野鸡、兔子各二百对，熊掌二十对，鹿筋二十斤，海参五十斤，鹿舌五十条，牛舌五十条，蛏干二十斤，榛、松、桃、杏穰各二口袋，大对虾五十对，干虾二百斤，银霜炭上等选用一千斤，中等二千斤，柴炭三万斤，御田胭脂米二石，碧糯五十斛，白糯五十斛，粉粳五十斛，杂色梁谷各五十斛，下用常米一千石，各色干菜一车，外卖梁谷、牲口各项之银共折银二千五百两。

看过单子，贾珍很不满意，对乌进孝说，"你这老货又来打擂台来了"，这也太少了，"我算定了你至少也有五千两银子来，这够做什么的！如今你们一共只剩了八九个庄子，今年倒有两处报了旱涝，你们又打擂台，真真是又教别过年了"。

乌进孝解释，"今年年成实在不好。从三月下雨起，接接连连直到八月，竟没有一连晴过五日。九月里一场碗大的雹子，方近一千三百里地，连人带房并牲口粮食，打伤了上千上万的，所以才这样"，"爷的这地方还算好呢！我兄弟离我那里只一百多里，谁知竟大差了。他现管着那府里八处庄地，比爷这边多着几倍，今年也只这些东西，不过多二三千两银子，也是有饥荒打呢"。

王彬先生在《贾府的地租与岁俸》一文中指出，根据乌进孝提供的单子，一部分是大鹿、鸡、鱼、柴炭、胭脂米、碧糯米等实物地租；一类是外卖的梁谷、牲口各项折银两千五百两。大鹿等实物折合多少银两，这里不算，只算那一千石米，乾隆十六至十八年每石米为一两二钱，一千石则约为1200两白银。

分析贾珍与乌进孝的对话，宁府有八九处庄子，每处庄子每年至少有五千两银子，但今年的黑山村却只有2500两，让贾珍很不高兴。对此，乌进孝的解释是，相对荣府，宁府已然好多了，让贾珍知足吧！依据贾珍的计算，正常年景，一处庄子不算实物，至少应交5000两银子，八处便是40000两，荣府也应如此，两府相加是80000两。但这只是贾珍的理论，实际则要打折扣。比如，今年，荣府的八处庄子统共也只有5,000两上下，难怪凤姐"要偷出老太太的东西去当银子呢"。

除地租外,贾府还有一笔进项,即:男性的岁俸。根据乾隆二十九年(1764)钦定的《大清会典·户部俸饷》:"亲王岁支俸银万两,世子六千两。郡王五千两,长子三千两。贝勒二千五百两,贝子一千三百两。镇国公七百两,辅国公五百两。一等镇国将军至奉恩将军,凡十有三等,禄自四百十两,每降一等,减二十五两。宗室云骑尉八十五两。授云骑尉品级者八十两。"又规定"禄米自王公至文武官弁均以俸定数,每俸银一两支米一斛"。以亲王为例子,每年的俸禄是10000两白银和10000斛大米。以此类推,一等镇国将军岁俸是:银410两,米410斛;二等镇国将军是:银385两,米385斛;三等镇国将军是:银360两,米360斛;一等辅国将军兼一云骑尉是:银335两,米335斛;一等辅国将军是:银310两,米310斛;二等辅国将军是:银285两,米285斛;三等辅国将军是:银260两,米260斛;一等奉国将军兼一云骑尉是:银235两,米235斛;一等奉国将军是:银210两,米210斛;二等奉国将军是:银185两,米185斛;三等奉国将军是:银160两,米160斛。在红楼人物的谱系里,贾赦是一等将军,贾珍是三品爵威烈将军,他们应该对应哪个系列的将军呢?这当然只能假设。假设他们都属于最高级别的镇国将军系列,则贾赦的岁俸是:410两白银、410斛大米。贾珍是:360两白银、360斛大米。在清代,一石等于两斛,如果折合白银,则410斛大米折银为205两401钱,360斛大米折银为180两360钱。二者相加而取其整数,贾赦是615两,贾珍是540两。

那么,贾赦的兄弟贾政,他的岁俸是多少?在贾府被抄家之前,贾政没有爵位,而是在工部任职,先是做主事,后来擢为员外郎,到了第九十三回,当年京察,"工部将贾政保列一等",而"放了江西粮道"。工部主事是正六品,员外郎是从五品。那么,江西粮道呢?这就牵涉道员的出身。在清代,由京堂(在京之寺、卿)等官补授道员者,为参政衔,秩从三品;由掌印给事中、知府补授者,系副使,秩正四品;由各部郎中、员外郎、主事或同知补授者，系签事，秩正五品。贾政从员外郎外放江西粮道，应该是正五品。六品、从五品、正五品的岁俸禄各是多少呢？《大清会典·户部俸饷》规定："在京文职，八旗武职，一品官百八十两，二品百五十五两，三品百三十两，四品百有五两，五品八十两，六品六十两，七品四十五两，八品四十两，均正从同禄。九品三十三两，从九品三十一两，各有奇。未入流与从九品同。笔帖式七品三十三两，八品二十八两，九品二十一两。文职于正俸外加增一倍，曰恩俸。又，一品至九品，月给银五两至一两有差曰公费（每银一两折制钱九百文）。"禄米也是"每俸银一两支米一斛"。据此可知，贾政做工部主事时岁俸是60两，恩俸也是60两，公费以2两计算，60斛米折银30两60钱，总计152两60钱。做员外郎时，岁俸80两，恩俸80两，公费以2两500钱计算，80斛米折银40两80钱，则为202两580钱。至于江西粮道，其正俸与京官同，只是恩俸转变为养廉银，姑且以十倍计算则为800两，这样贾政任江西粮道期间的岁俸应为1002两580钱。但是，贾政在这个位置上，由于属下贪渎而受到牵累很快落职，因此这部分岁俸，可以不计，仍以其任职最久的员外郎岁俸计算。这样，贾赦、贾政、贾珍三人的岁俸取其整数，应为1358两；而地租，贾府——宁国府与荣国府，不计算实物地租，只计算上交的银两，正常年景应是80000两白银，与贾赦等人俸银相加总计81358两白银。

贾府的地租与岁俸大抵如此。

贾府的岁俸只占地租的不到2%。贾府经济的崩盘，在于地租的缺口过大，按照书中叙述，缺口分为这样几种情况：

（一）不能如数收上地租。第七十五回，王夫人对贾母说："这一二年旱涝不定，田上的米都不能按数交的。"第一〇六回，贾府被抄，贾政问起历年居家用度，那管总的家人将近年支用簿子给他看，"东省地租，近年所交，不及祖上一半，如今用度比祖上更加十倍"。

（二）提前支取地租。第一〇七回，贾赦与贾珍被流放，贾母问贾政："咱们西府银库,东省土地,你知道到底还剩了多少?他两个起身,也得给他们几千两银子才好。"贾政回说:"旧库的银子早已虚空,不但用尽,外头还有亏空","东省的土地,早已寅年吃了卯年的租儿了,一时也算不转来。"

(三)应付眼前难处而变卖土地。第一〇六回,贾赦、贾珍、贾蓉在锦衣府使用,账房内实在无款可支,贾琏无计可施,"只得暗暗差人下屯,将地亩暂卖了数千金,作为监中使费"。第一〇七回,"家人们见贾政忠厚,凤姐抱病不能理家,贾琏的亏缺一日重似一日,难免典房卖地"。凡此种种,地租的来源越来越少,而开支越来越大,享福的人又不思变革,这样的经济如何不垮?

从"月例"到"利钱"

在《红楼梦》中,"月钱"是指各人每月按"分例"领取的零花钱,故而又称"月例"。

黛玉进京见贾母是荣国府故事的开端,就在这一回里,读者开始接触到"月钱"一词。黛玉听到王夫人问王熙凤:"月钱放过了不曾?"此后,"月钱"一词屡见,前后共有十七回直接写到与月钱相关的故事。与此相关联的人物,从贾母一直到府内的小丫鬟。而未明确提及月钱但实与此相关的描写还有许多。其间,王熙凤的挪用放债、赵姨娘的抱怨、王夫人的过问、袭人与秋纹的催讨以及宝玉与麝月不识星戥,乃至小丫鬟对干娘侵占的愤恨,等等,都引发了大小不等的矛盾冲突,是《红楼梦》故事情节中的重要内容。而综合这些故事进行梳理,可以发现作者将贾府的月钱发放等级与制度交代得清清楚楚,也使读者明白了月钱对不同人的作用与意义。在这些描写中,还含有涉及其他经济问题的伏笔,如第二十六回中写到,林黛玉以及潇湘馆丫鬟们的月钱并非王熙凤发放,而是贾母派人送来的。这一反常的安排意味着什么?这是曹雪芹留给读者思索的问题。

月钱只是贾府经济生活的一个方面。

著名红学家、华东师范大学终身教授陈大康先生(1948年12月—2024年3月)在他的红学著作《荣国府的经济账》(人民文学出版社2019年出版)中指出,提及"月钱",人们就会想到王熙凤挪用众人月钱放债的故事,其数目是三百两银子(第十一回)。荣国府二门内从主子到丫鬟的月钱数都有"定例",各位主子能使唤不同等级丫鬟的数目也有明确规定,根据这些基数略做计算,可发现其总数也正是三百两左右,这说明曹雪芹关于王熙凤放债的数目并非随手填写。当然,曹雪芹不会在做一番加法后再来写故事,如果处处都要做一番计算，那也不是文学创作了。但书中不少经济数据都给人以强烈的真实感。更使人佩服的是，《红楼梦》中不仅有大量的前后左右可相互照应的经济数据，而且它们虽散见于各情节中，却非孤立状态式的存在，而是附着于作者描写的经济管理制度与管理机构，一起构成了一个经济体系。尽管它在故事发展过程中只是断断续续地无斧凿痕迹地点滴显示，但我们阅读《红楼梦》会时常体会到这个经济体系的客观存在。其生成并非是依靠作者创作时的悬空构想，更何况它又这般地浑然一体。《红楼梦》的创作能做到这一点，其原因就在于曹雪芹在那样的封建大家庭中生活过。即使后来他的家族衰败了，社会上这样的家族还有的是。

王熙凤是荣国府的当家少奶奶，了解她的银钱收入，对于分析贾府财产这个话题的意义不言而喻。

第三十九回里，平儿对袭人说："这几年拿着这一项银子，翻出有几百来了。她的公费月例又使不着，十两八两零碎攒了放出去，只她这梯己利钱，一年不到，上千的银子呢。"

王彬先生在《凤姐的银钱收入》一文中分析：按照平儿的说法，众人三百两银子的月例，凤姐拿去放债，几年翻出"几百"来，则估算一年为一百，加上凤姐的"梯己利钱"，二者相加，每年就是一千一百两。但这相对于凤姐的积蓄，不过是秋毫之末而已。

第一百〇五回，查抄荣国府时，在凤姐房内抄出了"两箱房地契"和"一箱借票"，对此，北静王也难以维护。故而在下一回，其长史对贾政说："惟抄出借券令我们王爷查核，如有违禁重利的一概照例入官，其在定例生息的同房地文书尽行给还。"事后，贾政质问贾琏，那些重利盘剥的事情，"究竟是谁干的？"而那些重利盘剥所得，"如今入了官，在银钱是不打紧的"，然而"这种声名出去，还了得吗！"贾琏自然推得一干二净，但是"及想起历年积聚的东西并凤姐的体己，不下七八万金，一朝而尽，怎得不痛？"

凤姐的月例，在第四十五回她与李纨的掰扯中透露出来。当时凤姐说李纨"你一个月十两银子的月钱，比我们多两倍子"，让我们知道凤姐的月例不足李纨的三分之一，最多3.3两银子而已，一年不到40两。我们按凤姐十五岁嫁入荣国府即掌管家事，到二十五岁死去（第一百〇一回，凤姐对平儿说自己活了二十五岁，此时的确离她辞世不远），以十年计算，则为400两。她将梯己以及众人的，甚至包括贾母的月例放出去，十年下来总计11000两，二者相加为11400两，距"七八万金"相差甚远，余者，凤姐是通过什么手段获得的？

分析起来，一是地租与年例。在第四十五回，凤姐说到李纨的收入时，说李纨的月例是20两，"又给你园子地，各人取租子。年终分年例，你又是上上份儿"，"你娘们儿、主子、奴才总共没十个人，吃的穿的仍旧是官中的。一年统共算起来，也有四五百银子"。"四五百"按500两计，减去李纨的月例20两即全年240两，则为260两。凤姐的待遇即使不如李纨，一年下来，不包括月例也应该得到200两吧？十年下来则为2,000两。这样，与前述所得相加，总计是13,400两，距离七八万金仍然有很大的差距。这个差距需要什么补足呢？那就只有受贿与欺诈了。

关于受贿，让我们记忆最深刻的，莫过于第十五回，馒头庵的老尼净虚向凤姐请托之事。"长安府府太爷的小舅子李衙内"，要娶张姓财主的女儿金哥，但是金哥已经接受了原任长安守备公子的聘礼，张家要退亲，守备不依，就要打官司告状。张家上京寻找门路，老尼请凤姐帮忙："长安节度云老爷与府上最契，可以求太太与老爷说声，打发一封书去，求云老爷和那守备说一声，不怕那守备不依。若是肯行，张家连倾家孝顺也都情愿。"凤姐先是推脱，后来答应了，"你叫他拿三千两银子来，我就替他出这口气"。第二天凤姐将老尼之事，说与家人来旺儿，"来旺儿心中俱已明白，急忙进城找着主文的相公，假托贾琏所嘱，修书一封，连夜往长安县来，不过百里路程，两日工夫俱已妥协"。迫于节度使的压力，"守备忍气吞声地收了前聘之物"，结果是金哥与守备的儿子双双殉情，"凤姐却坐享了三千两"，自此以后"胆识愈壮，以后有了这样的事，便恣意的作为起来，也不消多记"。这一次收了3,000两，如果一年办个一两次，十年便是三四万两，这应该是凤姐那七八万金来源的大头。

这是对外人，对荣国府内的奴仆甚至是同宗的亲戚也是如此，凡是想在凤姐那里谋差事的，都要有所"表示"。第二十四回，贾芸从醉金刚倪二那里借了15两3钱4分2厘银子，往大香铺里买成冰片麝香，孝敬给凤姐，这才得到大观园种树种花的"巧宗儿"工程差事。

没有钱不会给好处，而且给了钱也未必给好处——凤姐的逻辑是："这是他们自寻的，送什么来我就收什么，横竖我有主意。"这样的主意当然都是狠主意。尤其是当她知道了贾琏偷娶了尤二姐之后，立即给察院送了300两银子打点。之后去宁国府哭闹，说是为了平息此事花了500两银子，从而讹诈了200两。凡此种种，聪明到头，锱铢必较，机关算尽，累计了七八万两银子，谁承想一朝被抄个一干二净。这对凤姐当然是致命打击，以致抱病不起。正应了第五回她的判词"聪明累"所云：

> 机关算尽太聪明，反算了卿卿性命。生前心已碎，死后性空灵。家富人宁，终有个家亡人散各奔腾。枉费了，意悬悬半世心；好一似，荡悠悠三更梦。忽喇喇似大厦倾，昏惨惨似灯将尽。呀！一场欢喜忽悲辛。叹人世，终难定！

抄家和老底儿

虽然《红楼梦》正式开篇之后，贾府已呈现衰败的趋势，但一张"护官符"，仍向我们展示了以贾家为首的四大家族不仅都地位显赫，而且财富惊人。这四大家族之中，谁家的家底是最厚的呢？《红楼梦》是以贾府为主线的，其他三家穿插其间。贾母说过的一番话，更是表露出贾府曾经的家底，足以秒杀其他三家。

第四十回，王家的老亲刘姥姥，再次来到荣国府，投了贾母的脾气。贾母带着刘姥姥畅游了大观园。在黛玉的房间，贾母看到外孙女的窗纱旧了，就与王夫人说："我记得咱们先有四五样颜色糊窗的纱呢，明儿给她把这窗上的换了。"

王熙凤忙道："昨儿我开库房，看见大板箱里还有好些匹银红蝉翼纱，也有各样折枝花样的，也有流云卍福花样的，也有百蝶穿花花样的，颜色又鲜，纱又轻软，我竟没见过这样的……"贾母听了笑道："呸，人人都说你没有不经过不见过，连这个纱还不认得呢，明儿还说嘴。"薛姨妈等都笑说："老太太何不教导了她，我们也听听。"

于是，贾母就现场给这些分别来自四大家族中的其他三家的薛姨妈、王熙凤、史湘云等，上了一堂关于"软烟罗"的知识普及课："那个纱，比你们的年纪还大呢。怪不得她认作蝉翼纱，原也有些像，不知道的，都认作蝉翼纱。正经名字叫作'软烟罗'。那个软烟罗只有四样颜色：一样雨过天晴，一样秋香色，一样松绿的，一样就是银红的，若是做了帐子，糊了窗屉，远远地看着，就像烟雾一样，所以叫做'软烟罗'。那银红的又叫作'霞影纱'。如今上用的府纱也没有这样软厚轻密的了。"薛姨妈笑道："别说凤丫头没见，连我也没听见过。"

薛姨妈出身王家，嫁与皇商薛家，她的一句"连我也没听见过"，足以证明王家和薛家都不曾有过这么高级的纱。而史家的衰败之象，也是早就显示出来了，史家的奶奶和小姐们，都开始自己动手做针线活计了。

仅凭贾母这一番关于"软烟罗"的高谈阔论，就可以看出，《红楼梦》中的四大家族，贾家才是家底最厚的。所以，在那个讲究"高门嫁女，低门娶妇"的年代，其他三家都往贾家嫁女儿。贾家的女儿，却从来都没有嫁到其他三家。

当然，贾母的炫耀，放在此时已成回味，好汉不提当年勇。但应了刘姥姥那句"瘦死的骆驼比马大"的粗话，即便是闹到最后被皇帝抄了家，只看那张锦衣府司员与贾政核对登记的查抄物件清单，也足以让人感慨不已：

> 赤金首饰共一百二十三件，珠宝俱全。珍珠十三挂、淡金盘二件、金碗二对、金抢碗二个、金匙四十把、银大碗八十个、银盘二十个、三镶金象牙筋二把、镀金执壶四把、镀金折盂三对、茶托二件、银碟七十六件、银酒杯三十六个。黑狐皮十八张、青狐六张、貂皮三十六张、黄狐三十张、猞猁狲皮十二张、麻叶皮三张、洋灰皮六十张、灰狐腿皮四十张、酱色羊皮二十张、猁狸皮二张、黄狐腿二把、小白狐皮二十块、洋呢三十度、毕叽二十三度、姑绒十二度、香鼠筒子十件、豆鼠皮四方、天鹅绒一卷、梅鹿皮一方、云狐筒子二件、貉崽皮一卷、鸭皮七把、灰鼠一百六十张、獾子皮八张、虎皮六张、海豹皮三张、海龙十六张、灰色羊四十把、黑色羊皮六十三张、元狐帽沿十副、倭刀帽沿十二副、貂帽沿二副、小狐皮十六张、江貉皮二张、獭子皮二张、猫皮三十五张、倭股十二度、绸缎一百三十卷、纱绫一百八十一卷、羽线绉三十二卷、氆氇三十卷、妆蟒缎八卷、葛布三捆、各色布三捆、各色皮衣一百三十二件、棉夹单纱绢衣三百四十件。玉玩三十二件、带头九副、铜锡等物

上编·状阀阅则极其丰整：贾府有哪些资本

五百余件、钟表十八件、朝珠九挂、各色妆蟒三十四件、上用蟒缎迎手靠背三分、宫妆衣裙八套、脂玉圈带一条、黄缎十二卷。潮银五千二百两、赤金五十两、钱七千吊。

还有在贾琏凤姐处抄出的"实系盘剥"的一大箱借券文书。

在与贾府交好的两位办差王爷千方百计庇护下,这次抄家没有动到贾母的箱笼。

书中说,来抄家的是"多多少少的穿靴戴帽的强盗","翻箱倒笼的来拿东西","箱开柜破,物件抢得半空"——即还不知有多少财宝被这些强盗似的官差匿入私囊,未被登记。

贾府的资本

边丰整,边式微
JIAFU DE ZIBEN BIAN FENGZHENG BIAN SHIWEI

还有洋货

锦衣军查抄贾府时，登记的财物中有"洋呢三十度，哔叽二十三度，姑绒十二度"，"钟表十八件"……（第一〇五回），这些都是洋货。

历史学家方豪（1910—1980）在他的《红楼梦新考》（见吕启祥、林东海主编《红楼梦研究稀见资料汇编》，人民文学出版社2001年出版）一文中，对《红楼梦》书中涉及的外国地名、外国物品做了详尽的统计枚举，并研究分析了这些洋货的来历，以及书中人物与外国人的关系。

关于《红楼梦》中提到的外国地名，方豪先生认为，除"西洋"这一笼统地名外，暹罗（第二十五回等）、俄罗斯（第五十二回）、波斯（第六十二回）等三国为实指。其他如爪洼国（第十回），国名虽非虚构，但观书中口气，可知作者也与当时其他小说家一样，以爪洼为一渺茫荒远之地而已。原文曰："金氏听了这番话，把方才在她嫂子家的那一团要向秦氏理论的盛气早吓得丢在'爪洼国'去了。"至于女儿国（第十七回）、茜香国（第二十八回）、真真国（第五十二回）、西天大树国（第一〇一回），则俱抄袭陈说，并非真有此国。女儿国，在贾政、宝玉父子认为，系出于文人捏造，荒唐不经（第十七回）。

《红楼梦新考》重点罗列了贾府的洋货，让我们从一个侧面看到这个贵族家庭生活的新奇豪奢。

外国呢布类

各种衣料，包括毛织物，丝织物及棉织物。如凤姐有翡翠撒花洋绉裙（第三回），大红洋绉银鼠皮裙（第六回），及大红洋绉袄（第九十回）等。宝琴自谓八岁时曾在西海沿上见一真真国女，身穿洋锦袄袖（第五十二回）。此事虽出宝琴信口一说，但作者知有洋锦一物，则为实情。李纨有哆罗呢对襟褂子、宝玉有哆罗呢狐狸皮袄（皆见第四十九回）及荔枝色哆罗呢箭袖（第五十二回）。凤姐并以哆罗呢为包袱（第五十一回）。洋巾在书中亦颇多见（第五十三回等），凤姐用以包裹银箸（第四十回），黛玉则包匙箸（第五十九回），颇似西餐格式。宝钗更有一件莲青斗纹锦上添花洋线番靶丝鹤氅（第四十九回）。贾母赐予宝玉之孔雀毛氅衣名"雀金呢"者，则系俄罗斯国出品（第五十二回）。赐予宝琴之凫靥裘，为野鸭子头上的毛制成，非常珍贵，或亦为俄国货（第四十九回）。荣国府荣禧堂王夫人房内大炕上，铺有猩红洋毯（第三回）。至所谓琪官送给宝玉的茜香国汗巾（第二十八回）为何国货，不得而知。

钟表类

西洋钟表是在贾府经常出现的洋货。

凤姐受命管理宁国府之始，对执事人等训话："素日跟我的人，随身俱有钟表，不论大小事，皆有一定的时刻。"（第十四回）有人据此以为，凤姐随从人员都有钟表，则贾府钟表之多，可想而知。方豪先生则认为不一定，这是凤姐以此恐吓宁国府的奴仆，使他们有所忌惮，遵守时间，不致偷懒。否则，何以一部《红楼梦》中，只见凤姐屋内有钟，不见其身上有表，亦不见凤姐如宝玉之时时命人取表而看。此乃书中常见的写凤姐似曹操般刁诈欺人之处。如黛玉初进贾府，王夫人吩咐凤姐给林妹妹准备裁衣服的缎子，凤姐信口说"我已预备下了"；又如第十五回，凤姐诳诈静虚老尼，说她不稀罕那破人婚姻的三千两银子贿赂，吹牛说"便是三万两，我此刻也拿得出来"……在这几处描写一侧均有阿凤"欺人"的脂批。凤姐自知夸张过甚，怕露马脚，所以接着说："横竖你们上房里也有时辰钟，卯正二刻，我来点卯，已正吃早饭……"荣国府凤姐屋内之钟，乃一挂钟。刘姥姥初次候见凤姐时，曾略受虚惊——"只听见咯当咯当的响声，大有似乎打箩柜筛面的一般，不免东瞧西望的。忽见堂屋中柱子上挂着一个匣子，底下又坠着一个秤砣般一物，却不住的乱晃。刘姥姥心中想着：'这是什么爱物儿？有甚用呢？'正呆时，只听得当的一声，又若金钟铜磬一般，不防倒唬得一展眼，接着又是一连八九下"（第六回）。

此外，宝玉怡红院内有自鸣钟（第五十一、五十二、六十三、八十八回），乃在宝玉卧室"外间房里槅上的"，似为座钟。此钟不时损坏，常需修理。晴雯曾说："这劳什子又不知怎么了，又得去收拾"（第五十八回）。

贾府中还有一架最值钱的自鸣钟，被凤姐变卖，值银560两（第七十二回）。同时变卖的四五箱大铜锡家伙，仅得银300两。以此对比，可知这架自鸣钟在当时所值之价甚是不菲。

宝玉有多少表，为一疑问。第十九回及六十三回，提到宝玉命人取表观看，可知此表不在身边。晴雯去世后，宝玉曾偷偷向两个小丫头探询晴雯临终时情形。一小丫头说："我听了这话，竟不大信，及进来到屋里留神看时辰表时，果然是未正二刻她咽了气，正三刻上就有人来叫我们，说你来了"（第七十八回）。宝玉怀内曾有"核桃大的金表"一枚（第四十五回）。第八十八回亦记宝玉看表。

其他工艺品

西洋工艺品中有洋漆茶盘（第五十三、六十二回），洋漆几（第三、五十三回），洋漆架（第四十回），乌银洋錾自斟壶（第四十回）。还有一个西洋珐琅天使像鼻烟盒（第五十二回），原文描写此盒颇为精致："麝月果真去取了一个金镶双金星玻璃小扁盒儿来，递给宝玉，宝玉便揭开盒盖，里面是个西洋珐琅的黄发赤身女子，两肋又有肉翅，里面盛着些真正上等洋烟。"又有十锦珐琅杯（第四十回），及荷叶形反射镜，镜上有洋錾珐琅活信，可以扭转向外，将灯影逼住，照着看戏，分外真切（第五十三回）。这相当于今天舞台演出常用的灯光设备，想不到将近三百年前的《红楼梦》时代就用上了。只不过那时没有电灯，是用这西洋镜子反射烛光达到舞台聚光的效果。荣禧堂有一玻璃盒为陈设品（第三回）。大观园有一舟，"两石栏上，皆系水晶玻璃"（第十八回）。宝玉则以水晶缸盛水果（第三十一回）。

宝玉房内有大穿衣镜一具，配有镜套（第十七、二十六、五十六回），嵌在门上，有"西洋机栝"即开关。刘姥姥曾误触机关，门遂自启，门后即宝玉卧床所在（第四十一回）。贾母八旬大庆，粤海将军邬家送一架玻璃围屏，在礼物中列为第二（第七十一回）。晴雯说宝玉不知弄坏了多少玻璃缸（第三十一回）。又第四十五回，宝玉探视黛玉后，因下雨不便夜行，黛玉即命以玻璃灯燃烛送去，宝玉说他"亦有这么一个"。最奇巧者，乃一（或作一双）金质西洋自行船，为宝玉寝室陈设品之一（第五十七回）。宝玉宝琴生日，凤姐所送礼物中，有一件波斯玩器（第六十二回），不详其名。

外国食品

宝玉被父亲责打后，王夫人曾以"木樨香露"及"玫瑰清露"各一小瓶，交给宝玉饮用，每一碗水，只需用清露一茶匙。此二瓶皆有鹅黄笺，系"进上"所用，似为西洋浓缩饮品。原文称"两个玻璃小瓶，却有三寸大小，上面螺丝银盖"（第三十四回）。螺丝银盖，非当时中国所能制造。玫瑰露又见于第六十回，芳官想送玫瑰露给柳五儿，宝玉即命袭人取出，只剩半瓶，宝玉平时"不大吃"，估计便是上次王夫人所送的那一小瓶。柳五儿与她母亲见"里面有半瓶胭脂一般的汁子，还当是宝玉吃的西洋葡萄酒"，又透露出宝玉平时饮西洋葡萄酒。

黛玉病中，宝钗曾送一包洁粉梅片雪花洋糖（第四十五回）。凤姐还曾赠黛玉暹罗贡茶两瓶，黛玉颇为欣赏。宝玉、宝钗也吃过此茶，但俩人都觉得不太好（第二十五回）。

外国药

鼻烟在当时视同药品，前引第五十二回之鼻烟瓶，便盛着宝玉为晴雯治疗头疼的"汪恰洋烟",酸辣异常。晴雯用后连打嚏喷,涕泪交流,但太阳穴仍未止疼。宝玉又主张"越性尽用西洋药治一治",遂命麝月往凤姐处取"西洋贴头疼的膏子药,叫做'依弗哪'"。"依弗哪"原名不详。其形状与用法是所谓"拿了半节来,便去找了一块红缎子角儿,铰了两块指顶大的圆式,将那药烤和了,用簪挺摊上"。

外国动物

宝玉院内似乎有一只"西洋花点子哈巴儿"狗。晴雯等曾借以讥嘲袭人(第三十七回)。

黑山村庄头乌进孝年下送呈贾珍的物品账单内,有暹猪十二个,孝敬哥儿顽意之"西洋鸭"两对(第五十三回)。

薛蟠生日,请宝玉参加宴会,有古董行程日兴送来暹罗进贡的"灵柏香薰的暹猪"(第二十六回)。

西洋美术

《红楼梦》中的建筑样式,是纯粹的中国风,但怡红院一进门即有一大幅西洋油画——刘姥姥"于是进了房门,只见迎面一个女孩儿,满面含笑迎了出来,刘姥姥忙笑道:'姑娘们把我丢下了,叫我碰头碰到这里来。'说着,只觉那女孩儿不答。刘姥姥便赶来拉她的手,'咕咚'一声,便撞到板壁上,把头碰得生疼。细瞧了一瞧,原来是一幅画儿。刘姥姥自忖道:'原来画儿有这样活凸出来的?'一面想,一面看,一面又用手摸去,却是一色平的,点头叹了两声。"(第四十一回)

……

这些洋货的来历,正如方豪先生在文章中指出:根据第十六回王熙凤和赵嬷嬷所炫耀的,我们可略知,"贾王二府之富,与接驾及管理外国进贡二事,极有关系","必有一部分外国物品系得自彼时"。

贾府的人力资本

熠熠生辉的闺阁列传

冷子兴演说荣国府时评论道:"如今生齿日繁,事务日盛,主仆上下,安富尊荣者尽多,运筹谋划者无一;其日用排场费用,又不能将就省俭,如今外面的架子虽未甚倒,内囊却也尽上来了。这还是小事,更有一件大事:谁知这样钟鸣鼎食之家,翰墨诗书之族,如今的儿孙,竟一代不如一代了!"

这真是对贾家知根知底之人的大实话。贾府的衰败,从表面看是政治的失势、经济的崩盘,实际是人的失败,是人力资本的断档、人才资源的匮乏,是"关键少数"的颓废、堕落。

综观宁荣二府本族的男丁,多为须眉浊物,庸俗不堪,苟且偷安,得过且过,更有甚者,好色贪财,伤天害理,成为家国祸害。倒是一帮粉黛裙钗,对贾府当家理财的贡献颇大,建树颇多,担当不少,而且见解不凡,她们堪称贾府的巾帼英雄,如贾母、王熙凤、探春、秦可卿、宝钗等都是其中杰出的代表。《红楼梦》开篇,作者自云：

"今风尘碌碌，一事无成，忽念及当日所有之女子，一一细考校去，觉其行止见识，皆出于我之上。何我堂堂须眉，诚不若彼裙钗哉？实愧则有余，悔又无益之大无可如何之日也！当此，则自欲将已往所赖天恩祖德，锦衣纨绔之时，饫甘餍肥之日，背父兄教育之恩，负师友规训之德，以至今日一技无成、半生潦倒之罪，编述一集，以告天下人：我之罪固不免，然闺阁中本自历历有人，万不可因我之不肖，自护己短，一并使其泯灭也。虽今日之茅椽蓬牖，瓦灶绳床，其晨夕风露，阶柳庭花，亦未有妨我之襟怀笔墨者。虽我未学，下笔无文，又何妨用假语村言，敷演出一段故事来，亦可使闺阁昭传，复可悦世之目，破人愁闷，不亦宜乎？"

这不仅是作者的感叹，也不仅是宝玉的愧叹，更应是贾府爷们自贾敬、贾赦、贾政、贾琏而下所有庸碌男丁的悲叹。

"金紫万千谁治国，裙钗一二可齐家"！有关贾府裙钗团队的诸多当家理财事迹，几乎穿插闪烁在《红楼梦》的每一个章回，她们或锱铢必较，精于算计；或闪转腾挪，盘活银两；或广开财路，承包园林……秦可卿的预言，可谓扣住贾府经济的命门；探春的新政，又何尝不是荒园里的一条生路；固定资产如何投资，如何保值增值，凤姐既有心得，又有实践；大树轰然倒下，猢狲如何安顿，贾母"散尽余资"，成为末日的回光返照。这其中一件件，一桩桩，都有值得挖掘的经济学价值。

"当年比凤哥儿还来得"的贾母

《红楼梦》描写人物喜欢采用"影子"法,捉对儿呈现。比如晴为黛影、袭为钗副,甄士隐是出家后的贾宝玉,前有张道士、后有王一贴,等等。第三十五回,贾母自信地说道:"当日我像凤哥儿这么大年纪,比她还来得呢。"王熙凤身上那精明强干的一面,就是当年史太君做孙媳妇、儿媳妇时的影子——而她身上那撒泼无赖的一面,分明又像是后来夏金桂的影子。

贾母,是金陵世勋史侯家的小姐、第二代荣国公贾代善的夫人、贾赦贾政贾敏的亲妈、侯门后裔探花出身钦点扬州巡盐御史林如海的丈母娘、贾贵妃贾宝玉等贾府心尖儿宝贝的亲奶奶、林黛玉的亲姥姥、史湘云的姑奶奶、贾府最红最红的红太阳,一生享尽荣华富贵。

虽然出场时,她已是个鬓发如银、雍容富态的老太太,但就遗传学的观点看,有元春宝玉这样品貌的孙女孙子,可以推想她当年的模样儿不差,至少是受看的。她的个性基本属于活泼外向型,这把年纪了还喜欢和年轻人玩笑,年少时贪玩淘气,差一点儿掉在水里淹死,头上还跌出个窝。她溺爱宝玉,有一部分原因是宝玉的"形容身段、言谈举动"很像他爷爷,从这一点看,她和贾代善的感情想来也说得过去。

她品位高雅,很有生活情趣,讲究吃穿,爱喝"老君眉"这样的养生茶,还要用旧年蠲的雨水冲泡(第四十一回);她懂得吟风赏月,说"如此好月,不可不闻笛"(第七十六回),比小资还小资;她的戏曲音乐审美趣味,是把戏台"铺排在藕香榭的水亭子上,借着水音更好听"(第四十回);她督促指导惜春画画(第五十回)、教宝钗居室布置、告诉凤姐蝉翼纱和软烟罗的区别;在潇湘馆发表的窗纱配色理论，更显示了她在家庭装饰装修方面的艺术天分（第四十回）。

她的见识和修养，固然是有优越的家世底气撑着，但活得粗糙的女富人、女强人还少吗？她在细节上的婉转心思，其实是一种生活态度。用心生活，往往是幸福生活的前提。

贾母从重孙媳妇做起，一直到自己有了重孙子媳妇，稳坐贾家最高统治者的金字塔尖。遥想老太太一生，必定饱经风浪，在鼎盛期的贾府管理层，在数十年媳妇熬成婆的过程里，在大家族的钩心斗角中，她有着比凤姐更多姿多彩的人生经历，见识过更宏大壮阔的世面，具备了更丰富有效的理家之才和不容置疑的治家之威。贾母的太上家长位置，是用青春和智慧一点点置换出来的。

六十年里她经历了太多，这些阅历让她洞悉人生。所以她有一种"睁一只眼闭一只眼"的通达。她能任用有明显缺点但肯干能干的年轻干部王熙凤，能看透"哪个猫儿不偷腥"，想得开"凡百事情，都自己减了"，安享天年。

但千万别忘了，她还有睁着的一只眼。表面上不亲庶务自得其乐的贾母，在关键时刻明锐果决、凛然不可犯。看看她在贾赦谋娶鸳鸯一节时的发飙和整肃大观园风纪的霹雳手段，就会明白，她一把手的位置和相应的警觉，一时一刻没有放松过。

贾母的管理理念相当先进，知人善任，抓大放小，适时退居二线，在一切场合力挺主事新人凤姐，既能放权享受，又能统领全局。她还善于带队伍，她调理的丫鬟，遍布大观园各房，袭人、紫鹃、晴雯辈，从相貌到气质到才干，哪个不令人竖大拇指？

作为女性管理者，贾母有一些柔性的管理方式。她怜贫惜老，优礼刘姥姥，宽待犯错的小道童，女性基本的善良和同情心贯穿贾母的为人处世。她的福分，很多是她自己修来的。

面对被抄家这突如其来的家族危机，贾府上下一片恐慌，"各门上妇女乱糟糟的"，"人人泪痕满面"。府中几位头面人物的反应也都乏善可陈。贾政先是"发怔"，"心惊肉跳"，后是动怒、责难，说一些"马后炮"的话；邢夫人先是四处乱窜，放声大哭，后是一言不发；王夫人也只是围着贾母无言流泪；一向干练沉着的大总管王熙凤竟"面如纸灰,合眼躺着",人们认为她已死去。贾母毕竟是年过八旬的老人,受了刺激,也晕过去了一阵子。

但贾母很快就回过神来。令全府人猝不及防的这场灾难,竟由这位处变不惊的泰斗级人物一一化解。资深媒体人、作家张麒在他所著《红楼梦经济学》一书中,对此时贾母的表现(见程高本续书第一〇七、一〇八回)给予高度评价,认为其有五大举措值得称道:

其一,散余资,为大厦已倾的贾府输血续命。贾母在弥留之际将自己几十年积攒下来的私房钱一一分配给了儿孙、儿媳及门人。共计:贾赦三千两,贾珍三千两,熙凤三千两,黛玉名下五百两(为其安葬的费用,由贾琏代收并专用);金银等物折银几千两给宝玉;又分给李纨、贾兰娘儿俩些。拢共加起来,约有二万两银子。这笔"余资"分给各房,对一败涂地的贾府经济,无疑算是一针强心剂,可勉强维持"百足之虫,死而不僵"的最后体面。

其二,留下用于自己身后事的银两。此举既是贾母"明大义"顾大局的表现,也体现出她不同寻常的经济思维。贾母深知,府中已败,各房存银均无,对自己后事的处理势必引起推诿,不可避免地引起你多出一些我少出一些之争,这是有碍这个大家族的家风和体统的。同时,即便儿孙们勉强承担了这笔费用,也势必会影响到各房各户日后的生计。而处理后事资金再有"余的",都留给服侍自己的丫头。

其三,裁员、放奴。贾母临终前交代:现在家里用的人过多,只要各家有人使唤就行。府里头的家奴佣人要好好分派,该配人的配人,赏去的赏去。裁员问题,王熙凤及府中其他主子,还有一两位上年岁的管家都曾有过动议,但一朝解决此事还是在贾母手上。贾府被抄家后,府中花名册上的仆从只有三十余家,男女二百一十二人,比先前最高峰时期少了一大半。加上"树倒猢狲散"自行溜走的,府中所剩的奴仆家佣已经很少,但贾母仍要瘦身"放奴",这将大大减少贾府的日常用度,是度过经济危机难关的必做功课。

其四,交出大观园。大观园既然作为元妃的省亲别院,就是皇家御用，现如今元妃已薨，园中众姑娘和丫鬟也死的死、嫁的嫁、离的离、散的散，实际上已经荒芜冷落，理应移交给朝廷。这既可铲除危机后贾府子孙奢靡安逸的土壤，又不至于再蹈"违例使用"的覆辙。但后来朝廷不收，那是另外一回事了。

其五，安定人心，重振家族精神。面对一片悲戚之声和萧条冷落的门庭，贾母对回门的娘家侄孙女史湘云说："如今这样日子在我也罢了，你们年轻轻儿的人还了得！"于是她在被抄家后银钱特别拮据的非常时期，仍大气地拿出上百两银子为宝钗过生日，"预备两天的酒饭"，叫来众人照样和先前一样笑一笑、乐一乐，其用意主要是为了振作子孙们的精气神。

贾母特别不满意王熙凤在危机前的失态，说"凤丫头也见过些事，很不该略见些风波就改了样子，她若这样没见识，也就是小器了"。

大器如鼎的史太君深知，人对未来要有信心，只要精神不垮，家业就有中兴的希望。故而，她在生命的最后时刻，还亲手交给宝玉一块汉玉玦，再次表达自己对宝玉的疼爱和对孙媳妇宝钗孝顺的满意（见续书第一〇九回）。赠送玉玦，当然有诀别之意。同时，老太太说到，这块祖传汉玉是她的祖爷爷传下来的。自己出嫁时，她的父亲将这块汉玉亲手递给她，说："这玉是汉时所佩的东西，很贵重，你拿着就像见了我的一样。"贾母留玉的这一细节描写，读来令人动容。在我们中国人心目中，玉是财富的象征，是君子美德的载体，贾母又赋予其家族记忆的不凡意义。将此汉玉传至儿孙，无疑寓意着期待家族优秀精神的传承。

家有一老如有一宝。对一个家族来说，贾母这样的老当家人，该是一笔多么宝贵、多么重要的活的资本啊。

"不见凤姐想凤姐"

著名红学家王昆仑先生（1902—1985）曾把王熙凤这个人物与《三国演义》中的曹操相提并论，说读者"恨曹操，骂曹操，曹操死了想曹操"，"恨凤姐，骂凤姐，不见凤姐想凤姐"(见王昆仑著《红楼梦人物论·王熙凤论》北京出版社2004年出版，下引内容亦出自此书)。

"东海缺少白玉床，龙王来请金陵王"。金陵王家和贾、史、薛三家本是地位相仿的大门阀，而且世代姻亲，互相支持。后来三家都逐渐衰落，独有王熙凤的叔叔王子腾从京营节度使升任九省都检点，是现实的在朝统领军权、声势煊赫的人物，贾、薛两家都仰仗他。王熙凤出身于如此高贵又在当权的大家庭，她幼小时又曾穿着男装，当作男孩子教养，因此她比普通闺秀能更广泛接触各种各样的生活，见闻丰富，多具有待人处事的才能。她嫁到贾府做了孙少奶奶，既是王夫人的内侄女，又受委托管理荣府家务。她能居于优越的地位，也由于她在主子阶层中确有出众的才能。

周瑞家的曾对刘姥姥介绍说："这位凤姑娘虽小，行事却比别人都大呢。如今出挑得美人儿一般的模样儿，少说些有一万个心眼子。再要赌口齿，十个会说话的男人也说不过她呢！"贾珍说她"从小儿顽笑时就有杀伐决断，如今出了阁，越发历练老成了"。我们只看她协理宁国府秦可卿之丧，一开始就看定宁府的五大弊端："头一件是人口混杂，遗失东西；第二件，事无专执，临期推诿；第三件，需用过费，滥支冒领；第四件，任无大小，苦乐不均；第五件，家人豪纵，有脸者不服钤束，无脸者不能上进。"多么全面，又多么明敏！她对症施药，加以整顿：首先是分班管事，职责分明；其次是精细考核，不容混冒；第三是赏罚严明，树立威信。于是头绪清楚、成绩立见，"如这些无头绪、慌乱、推托、偷闲、窃取等弊，次日一概都蠲了"。宁府中人"这才知道凤姐利害"。"凤姐见自己威重令行，心中十分得意"，"并不偷安推托，恐落人褒贬，因此日夜不暇，筹划得十分的整肃。于是合族中上下无不称叹者……一应张罗款待，独是凤姐一人周全承应。合族中虽有许多妯娌……俱不及凤姐举止舒徐，言语慷慨，珍贵宽大；因此也不把众人放在眼里，挥霍指示，任其所为，目若无人"。

作者在这里解释出为什么贾府那么高贵庞大的家庭，执行内部统管的大权会落到一个孙媳妇辈的年轻人身上。我们看了这一段记载，会感觉到那贾府上有了一个王熙凤，就形成"脂粉须眉齐却步，更无一个是能人"的局势。可这才不过是凤姐发挥才智树立权威的开始。

做贾府的当家媳妇断乎是不容易的。在那长辈、平辈、小辈、本家、亲戚和男女奴仆之间，彼此都有着极复杂的矛盾，若不具备独到的权术机变，一个孙媳妇辈的年轻女子是会被压得粉碎的。可是她凭着自己的才智与苦心，竟能够见风驶船，多方应付。她的婆婆邢夫人要她去向贾母为贾赦讨鸳鸯做妾，她很巧妙地摆脱了；王夫人疑惑大观园中的绣春囊是她所有，她很委婉地洗刷了；王善保家的怂恿着王夫人搜检大观园，她心里觉得这是一种轻举妄动，也伤害了作为荣府当家奶奶的面子，她就自己站在侧面，消极参与，留给探春去给王善保家的以迎头痛击；凤姐生病，探春暂代家务，她很快地感觉到必会首先拿她"作法子"，同时也能识透探春的"新政"也必不会得到真正推行，于是就以退让迁就态度避免冲突；她看出贾母王夫人偏爱宝钗，就加倍铺张地为宝钗过生日；她看出王夫人选定了袭人为宝玉的候补侍妾，就从各方面去优待袭人；李纨带领众姊妹声势浩大地找她加入诗社，她知道这不过是要她出钱，她就答应担任"监社御史"职务，先出五十两银子，免得被人们看做是"大观园的反叛"；从农村来告帮的刘姥姥忽然为贾母所欣赏，她立刻发觉了这是老太太最妙的消遣品，就把这乡下老太婆当作"宝贝"看待了……作者对于这一位目光如炬、神气四射、手腕灵活的少妇，随处都以极巧妙生动的手法加以刻画，使读者到处接触到她才智的锋芒和活跃的形象。

权术家的特长之一是善于在诸般矛盾之中紧握住最有利于自己的那一环。贾府的最高权威者是贾母。这老太太似乎在现实生活中没有什么缺憾了。她不像贾敬整天幻想得道成仙这些虚妄的东西，所不可少的只是要所有人来满足自己的晚年享受。凤姐就把如何经常为贾母制造热闹、博取欢心，当作自己最主要的工作。在贾母宠爱支持之下，凤姐恃宠而骄，要风得风要雨得雨，别人无可奈何。

凤姐是当时贾府家庭战场上的一个胜利者，作者早就使秦可卿向她托梦，指出这一个大家族的危机，而善后的办法只有多置义田、立家塾，即使抄家没产之后，子孙也还有点依靠。难道凤姐对于这一告诫毫无警惕吗？然而她认为那些公众的事、以后的事，绝不比目前自己的利益来得重要。凤姐总揽贾府家务，她最看得清这一大家族的种种矛盾与危机。但她的想法，既不是贾政式的使宝玉继承祖业、绵延世泽；也不是秦可卿式的及早回头、留有退路；更不是探春式的兴利除弊、锐意革新。她所要的只是这一个大家族得到暂时的存在，以便供她自己的支配与索取。她越感到好景不长，越不宽容别人，越不放松自己，她日夜辛劳，拼着自己一人的精力，为个人私利而奋战到底。因此不能不在贾母面前，"效戏彩斑衣"，以点缀升平；不能不"恃强羞说病"，以支持局面。在程高续书中，到了最后，她还要秉承贾母和王夫人的意旨，玩了一出"掉包计"把戏，拆毁了宝黛的婚姻，结果是黛玉死亡和宝玉出家。

当查抄的轰雷落到贾府屋顶上的时候，这位纵横一世的"女英雄"王熙凤，也正到了心血耗尽威力垮光的末日，于是她终于被压在自己所拉坍的这座大厦底下了。

"娶妻当如薛宝钗"

王昆仑先生在《红楼梦人物论》中提到薛宝钗时说，直到今天，不少中国人还有"娶妻当如薛宝钗"之想。诚然，宝钗美貌、端庄、平和、多才，是一般男子最感到"受用"的贤妻。

如果你是一个富贵大家庭的主人，她可以尊重你的地位，陪伴你的享受；她能把这一家长幼尊卑的各色人等都处得和睦而得体，不苛不纵；她能把繁杂的家务管理得井井有条，不奢不吝。如果你是一个中产以下的人，她会维持你合理的生活，甚至帮助你打理穷苦的家计，减少你的许多烦恼。如果你多少有些生活的余裕，她也会和你吟诗论画，满足你风雅的情怀。她让你爱，令你敬，永远有距离地和平相处度过这一生。不合礼法的行动，不近人情的说话，或是随便和人吵嘴怄气的事，在她那里是绝不会有的。寻找人间幸福的男子们大概没有谁不向望着有宝钗这样一个妻子。

黛玉和宝钗虽然都同样是自幼受了高级的闺秀陶养，作者却指出这两位女才子的教育目的之区别。黛玉是因为她父亲"膝下无儿"，而她又聪明绝顶，因此姑且当她个男孩子来教养。而宝钗呢，因为皇帝"征采才能……凡仕宦名家之女，皆亲送名达部，以备选为公主郡主入学陪侍，充为才人赞善之职"（见第四回）。因此，黛玉的博览诗书，只为了满足文艺兴趣，发挥性灵，于是醉心于《西厢记》《牡丹亭》这种浪漫传奇。而那"学以致用"的宝钗，对于求知就有个一定的规范。她不但认为那些"杂书移了性情，就不可救了"，甚至于说"咱们女孩儿家不认字的倒好"。

一个候选入宫的少女，她的行为当然要适合于正统的标准。另一方面，商人世家无形中赋予了宝钗以计较利害的性格。善于把握现实利益的人必须能控制自己的感情。她永远以平静的态度、精细的方法处理着一切。

宝钗是《红楼梦》所有人物中第一个生活技术家。元妃省亲回来要姊妹们作诗，她看见宝玉写了"绿玉春犹卷"的句子，便指点他元妃不喜欢"红香绿玉"的字样，教他把"绿玉"改为"绿蜡"。贾母喜欢热闹，看戏的时候宝钗就专点《西游记》这一类的闹戏。湘云要请客而又没有钱，她便替她设计，并从自家店铺里要了些螃蟹给她做东。

金钏儿受委屈投井而死，王夫人心里懊恼，宝钗却解释说："据我看来，她并不是赌气投井……或是在井跟前憨顽，失了脚掉下去的……纵然有这样大气，也不过是个糊涂人，也不为可惜。"（第三十二回）王夫人正为了临时要赏一套装裹衣服给金钏儿而为难，宝钗便立刻答应自己有两套新做的衣服可以拿来用，而自己是从不忌讳的。和王熙凤相处是最难的。在王熙凤眼中的宝钗，却是"拿定主意：不干己事不开口，一问摇头三不知"这样不讨人嫌的角色。

王熙凤病了，探春代管家务，王夫人派宝钗参加，这当然是个难题。可是她能以消极应付的本质取积极协助的姿态，做出使一家都满意的事来。探春决定了把大观园中的花果生产交给几个老婆子掌管，宝钗就接着提出一种调剂性的主张：凡经管生产收入，除供应头油香粉外，其盈余不必再行交到账房，作为经管人的贴补，而且应当也分些给其他的婆子媳妇们。这样，公家虽然省了钱，却不显得太啬刻；其他未经手的人们得到利益，也便不致抱怨或暗中破坏别人。于是各方面都欢喜感服。作者十分精当地说她这一措置是"小惠全大体"。

宝钗对人事的警觉性是最高的。她从不做任何一件妨碍人的事，从不说任何一句刺激人的话。大观园人事复杂，情弊日多，危机四伏，宝钗看得清清楚楚，但她却从不指摘什么。到了绣春囊事件发生而进行大抄检，虽然例外地不查她的蘅芜苑，然而她断定这是搬出去的机会了，于是假托母亲身体不好无人照看，毫无痕迹地搬回自己家里去住，从此再不回来。

这种种处世的技术，绝不是黛玉湘云等人所能领悟。宝钗年纪虽比黛玉大不许多，而为人行事已完全是一个精通世故的成人姿态了。

"重孙媳中第一个得意之人"

第十三回开篇,凤姐刚睡下,恍惚就见秦可卿走到跟前,跟她好一通交代,语重心长。除了一堆"月满则亏,水满则溢""乐极悲生""盛筵必散"之类大路边上的道理和最后甩下一句云山雾罩的"三春去后诸芳尽,各自须寻各自门"谶语外,对整个家族要在"荣时筹划下将来衰时的世业",以冀"常保永全",可卿却也有非常具体、可操作性很强的嘱咐,那就是对"祭祀产业"的高度重视和超前运筹:

> 趁今日富贵,将祖茔附近多置田庄房舍地亩,以备祭祀供给之费皆出自此处,将家塾亦设于此。合同族中长幼,大家定了则例,日后按房掌管这一年的地亩、钱粮、祭祀、供给之事。如此周流,又无争竞,亦不有典卖诸弊。便是有了罪,凡物可入官,这祭祀产业连官也不入的。便败落下来,子孙回家读书务农,也有个退步,祭祀又可永继……

关于警幻仙子和秦可卿能准确预知贾府各色人物命运并发出"警报"的写法,满族学者关纪新先生从萨满教角度做了解读——萨满教顶礼女性神祇,警幻仙子刚好和满洲人眼里法力无边的女萨满如出一辙。别忘了秦可卿可是警幻仙子的妹妹,所以她也有萨满技能,可以给王熙凤托梦,说的也尽是预卜未来的"警幻"之语。(关纪新著《我是满洲人》,辽宁民族出版社2016年出版,第130页)

即将咽气的"东府蓉大奶奶",对于贾府那"迟早要来"、是由"大气候和小气候"所决定了的"登高必跌重""树倒猢狲散"的结局看得很清。对于如何应对这不可逆转的颓势、收拾残局徐图振作,她有着成熟的思考和成体系的对策——可惜天不假年,无法在自己手中实现,只好拜托凤姐。而她的这个对策的逻辑前提,就是所谓"祭祀产业不入官"理论。

出生于清末民初王公府邸的满学家金启孮先生曾说:"各府邸世家在没收旗地后,穷了下来,好多家都曾搬到祖先坟地园寝中暂住。民国对禅让的清朝后裔,十分苛刻。对坟地,在封建社会虽获罪抄家,坟地也不没收。"(《金启孮谈北京的满族》第256页,中华书局2009年出版)

文康著长篇小说《儿女英雄传》第一回"隐西山闭门课骥子,捷南宫垂老占龙头"中,"正黄旗汉军世族旧家"安学海老先生的父亲临终嘱咐他说:"将来我百年之后,不但坟园立在这里,连祠堂也要立在这里……你们既可以就近照应,便是将来的子孙,有命做官固好;不然,守着这点地方,也还可以耕种读书,不至冻饿。"这些话与秦可卿的嘱托内容何其相似乃尔。后来安老爷便谨遵父命一一照办,家道兴旺。而王熙凤却当了耳旁风。

关于《儿女英雄传》,要多说两句。这部总计四十一回、近六十万言的古典小说名著成书于"《红楼梦》出世之后一百二三十年"(胡适作《儿女英雄传》序),作者文康,姓费莫氏,镶红旗人,字铁仙,号燕北闲人,清道光至光绪年间在世,出身满洲军功世家。他的祖父辈出过大学士、尚书、总督级别的大官,封过公爵,比曹雪芹前辈还要阔些,有点老贾家的意思了。他本人也做过理藩院郎中、知府、道台、驻藏大臣(因病未赴任),晚年因诸子不肖,家道中落。

胡适在"亚东本"《儿女英雄传》序中说:"依我个人看来,《儿女英雄传》与《红楼梦》恰是相反的。曹雪芹与文铁仙同是身经富贵的人,同是到了晚年穷愁的时候才发奋著书。但曹雪芹肯直写他和他的家庭的罪恶,而文铁仙却不但不肯写他家所以败落的原因,还要全力描写一个理想的圆满的家庭。曹雪芹写的是他的家庭的影子;文铁仙写的是他的家庭的反面。"

尽管胡适先生点出《儿女英雄传》思想性上的局限,不仅难与

《红楼梦》相比，也远不及与《红楼梦》大约同时期成书的《儒林外史》，但并不妨碍他对这部"评话"小说的偏爱，特别是对旗人文学的好评："旗人最会说话。前有《红楼梦》，后有《儿女英雄传》，都是绝好的记录，都是绝好的京语教科书。"

而以上两种资料的说法，足可验证秦可卿所说的"祭祀产业不入官"，在当时不过是一个政策常识、社会共识。王彬先生在他的读红随笔中，常常提到文学的"语境"概念。而秦可卿提到的"祭祀产业不入官"云云，无疑也是时代语境的衍生物，有意无意透露出《红楼梦》反映的历史年代背景——尽管曹雪芹一再声明他的小说无"朝代年纪、地舆邦国"可考。

但即便是这么一个常识共识，在贾家这群"腹内原来草莽""愚顽怕读文章"的"富贵闲人"看来，无疑也成了极有见识的远见。所以秦可卿这样一个在贾母心目中"重孙媳中第一个得意之人"的死，对于贾家是一个重大损失和打击；所以贾家长一辈平一辈下一辈的，尽管对她的暴亡"无不纳罕，都有些疑心"，但想起她素日的各种周全各种好，"莫不悲号痛哭者"——在老贾家"一个个不像乌眼鸡，恨不得你吃了我，我吃了你"的这样一个家族气氛里，死后混到她这么个人人缅怀、倍极哀荣的份上可真不容易；所以，公爹贾珍那"哭得泪人一般"、感慨她"这媳妇比儿子还强十倍！如今伸腿去了，可见这长房内绝灭无人了"、顿足捶胸要尽他所有为其大办丧事的不寻常反应，虽然离谱跑调得很，一时间竟也淹没在阖府的悲哀气氛中了……

像秦可卿具有的这种"问题导向、最坏打算"的底线思维意识，别说贾府一众"安富尊荣"的大小爷们儿无一具备，就是现任当家主事的"脂粉队内的英雄"王熙凤，也难摸头脑——她的嗜好兴趣和研究方向是不分里外的重利盘剥、中饱私囊。但秦氏为何还是要把临终的"政治警告"和"经济嘱托"单独托梦交代给王熙凤？这是由这一个孙子媳妇和一个重孙子媳妇宗族地位决定的大局观念和责任担当意识使然——宁荣二府的爵位，如不出意外（可这个"意外"到底是出了），将来会被她们各自的丈夫即贾蓉和贾琏承袭，她俩则将是二府顺理成章、名副其实的当家奶奶。她们的交好莫逆，像是当年美苏两个超级大国修好，有着"强强联手、把控未来、通吃全局"的重大意义。

贾府的资本

边丰整，边式微
JIAFU DE ZIBEN BIAN FENGZHENG BIAN SHIWEI

讨厌"折腾"的平儿

第六十五和六十六回中，贾琏的心腹小厮兴儿，在聊到平儿之所以能被王熙凤这种醋缸醋瓮所容纳时，直言道：

"那平姑娘又是个正经人……也不会挑妻窝夫的，倒一味忠心赤胆伏侍她，才容下了。"

兴儿还说：

"她倒背着奶奶常作些个好事。小的们凡有了不是，奶奶是容不过的，只求求她去就完了。"

平儿是王熙凤的陪嫁丫头。当初陪嫁过来一共四个丫头，因为王熙凤超难伺候，嫁人的嫁人、死的死，只还剩下平儿。

作为荣国府总当家人王熙凤的心腹和得力助手，平儿在治家方面有着自己的见解和理念，那就是"不折腾"。

她对凤姐动不动先"打二十板子""革他一月银米"以及"叫他们垫着磁瓦子跪在太阳地下，茶饭也别给吃"，或是"拿绳子鞭子，把那眼睛没主子的小蹄子打烂了"等等这套戾气十足的高压管理模式，大不以为然。

在第六十一回结尾，她当面对凤姐说：

"'得放手时须放手'，什么大不了的事，乐得不施恩呢！"

在六十二回开头，平儿又进一步对林之孝家的阐释她的"不折腾"理论：

"大事化为小事，小事化为没事，方是兴旺之家。若得不了一点子小事，便扬铃打鼓的乱折腾起来，不成道理。"

但祈盼家宅安宁、世界和平的平儿姑娘们，向来人微言轻、事与愿违。一个个乌眼鸡似的"恨不得你吃了我，我吃了你"的好战分子、乱折腾派，却总是扬铃打鼓、甚嚣尘上。

晴雯撕扇、顽童闹学堂、司棋打砸小厨房，这算是折腾里的小清新；邢夫人、赵姨娘没完没了的瞎折腾来自一肚子的气不忿儿；宝玉、黛玉的"文艺折腾"；贾敬、惜春消极的蔫儿折腾；贾赦、贾珍、贾琏、薛蟠、贾蓉这些不肖子弟没人伦、要人命的胡折腾……而这些跟建大观园、接贵妃娘娘省亲这种超级折腾一比，简直都是小把戏！

从没事找事、小事折腾为大事、大事折腾成事件、事件折腾成事变，一直折腾到"自杀自灭""一败涂地""落了片白茫茫大地真干净"，贾府一部"红楼梦"，无非一通"折腾史"。

第四十八回，平儿咬牙痛骂贾雨村："都是那贾雨村什么风村，半路途中哪里来的饿不死的野杂种！认了不到十年，生了多少事出来！"

厌倦"折腾"、憎恶"生事"的平儿，是贾家的一股清流、暖流。

我们仅从"俏平儿软语救贾琏"（第二十一回）、"俏平儿情掩虾须镯"（第五十二回）、"判冤决狱平儿行权"（第六十一回）这些充满赞许的回目名就可看出，作者该有多么喜欢他着意刻画的这个善良、知性的大女孩。

在那"浑不吝"两口子跟前的忍气吞声、夹缝求生，也一直没有改变她平和温婉、乐于给他人解围排难的性情。

心善的人往往对人情公道、天理报应心存敬畏，所以喜欢自省，还很容易自责、忏悔（而像王熙凤这类人绝不会有此心态，他们是"从来不信什么阴司地狱报应的"——第十五回）。

比如平儿对尤二姐被王熙凤赚入大观园、又毫无悬念地遭受到因妒生恨带来的一系列虐待迫害这件事，就深感惭愧。因为"二爷在外边偷娶老婆"，是她先听说后报告给凤姐的。所以，看到尤二姐的惨状，平儿由衷地自惭、自责，当面滴着泪向尤二姐忏悔、道歉：

"想来都是我坑了你。我原是一片痴心，从没瞒她的话。既听见你在外头，岂有不告诉她的？谁知生出这些个事来！"

这便是平儿襟怀坦荡、不欺人神之处。

落到"少说也有一万个心眼子"的"女曹操""胭脂虎"王熙凤手心里的尤二姐，被人家"借剑杀人"泼满了脏水，如同陷入一个软绵绵、黑沉沉的陷阱罗网中，四面楚歌，人人鄙视，冰凉一片，生无可恋。

　　深深内疚的平儿，甘冒贾府之"大不韪"，顶着"醋缸""醋瓮"凤姐劈头盖脸的叱骂，屡次三番关照这个可怜的、几乎成了万人嫌的女人。她看不过凤姐唆使人送给尤二姐吃的饭菜"都系不堪之物"，便"自拿了钱出来弄菜与她吃，或是有时只说和她园中去玩，在园中厨内另做了汤水与她吃"；尤二姐平白受了秋桐的窝囊气，平儿又赶来宽慰她："好生养病，不要理那畜生"……

　　平儿的几句温言善语，成为尤二姐在人世享用的最后一丝暖意。她拉着平儿哭道："姐姐，我从到了这里，多亏姐姐照应。为我，姐姐也不知受了多少闲气。我若逃得出命来，我必报答姐姐的恩德，只怕我逃不出命来，也只好等来生罢！"当夜，她吞金自逝。

　　即便对那位"机关算尽太聪明、反算了卿卿性命"的凤姐，平儿也仍是只存善念，不计前嫌，与刘姥姥一起合力保护了她临终最大的挂念——巧姐。

　　平儿一以贯之的与人为善，是她以一个"通房丫头"的尴尬身份，而能受到上下老少一致好评敬重、赢得体面尊严地位的立身之道。续书最后写她被贾琏扶正，有了一个好的结局，也不是没有道理的。

被严重低估的"总经理"

在很多读者心中,贾琏是一个乏善可陈的风流纨绔,偷狗戏鸡,不务正业,是导致贾府败亡的重要责任人之一。而从书中字里行间的细节描写,不难看出贾琏虽贪财好色,但在管家理事、人情往来、裁夺盘算等方面并非一无可取。

贾琏在书中一直被称作"琏二爷",但他是贾赦的长子,亦即荣国府的长房长孙,娶的是叔叔贾政之妻的内侄女王熙凤。他在荣国府的地位其实很高、权力很大,是除了贾母、贾赦和贾政之外,可以全权代表荣国府甚至贾府的人。王熙凤收黑钱办损事儿,干涉张金哥婚姻,再怎么能胡折腾,她还得假借贾琏的名义联络官府。林如海病重,带着林黛玉去处理后事的,还得是贾琏。别人没有这个身份,也就没有这个权力。就是族长贾珍,有些事情,也得顾及贾琏的感受。比如,他一心想把去姑苏采买唱戏女孩子、聘教习、置办乐器行头的美差,交给与他关系暧昧的侄子贾蔷,也还得让贾蓉和贾蔷按程序去征求贾琏的意见,还须王熙凤暗中帮忙。如果摆上桌面动真格的,贾琏是可以提反对意见,有否决权的。元妃省亲后管理小沙弥小道士的差事,王熙凤想给贾芹,但她一个人说了不算,还得通过贾琏。花钱动银子的事,必须要贾琏"一支笔"批票画押、发出对牌来才生效。

《红楼梦》一书是站在贾宝玉的视角来看闺阁内闱,会让人误以为王熙凤是荣国府说一不二的当家人,一应事务都是凤姐在料理,而贾琏似乎只是个寻花问柳一味高乐的公子哥儿。但事实上,贾琏才是荣国府"集团公司"的"总经理"。

贾府从上至下的大小主子们一味只知安享富贵,而鲜有人为整个家族"运筹谋划",这是事实;贾府从第三代起就缺乏高瞻远瞩的领路人，也是个无奈的现状。但仕宦大族人家的日常运转，仍需要一个懂经营会理事的管家人，这个人就是贾琏。

贾琏"身上现捐的是个同知，也是不肯读书，于世路上好机变，言谈去的，所以如今只在乃叔政老爷家住着，帮着料理些家务"。冷子兴的评价概括了贾琏的性格特点和办事能力：一是有点小职务，除了懂得人情世故，官场上的事也知道一点，在浑浑噩噩的第四代公子哥儿里算是个"明白人"；二是虽然肚里墨水不多，但能说会道，办事灵活；三是在管理家族事务中得到重用。

在王熙凤未嫁给贾琏之前，那些纷繁复杂的贾府事务，里里外外都是贾琏一人帮着贾政两口子料理安排的。不过后来娶了"模样极标致、言谈又极爽利、心机又极深细"的精明能干的王熙凤，才衬得"琏爷倒退了一射之地"。

王熙凤管家驭下自有一套章法，但她一贯是用严管苛责的法子，达到威重令行效果的同时，也为自己招恨埋祸。她喜听奉承，得意忘形，胆子上不封顶，"凭是什么事，我说要行就行"；廉耻下无底线，"从来不信什么阴司地狱报应"。被黑心老尼净虚忽悠一通，为着三千两银子，她就敢插手守备公子与李衙内的夺妻大战。这个弄不好就会让贾府背上交通外官、结党营私、以势压人的罪名恶名。她也缺乏识人之明，用人不当，往往遗患无穷。元春省亲之后，一班和尚道士须挪出大观园来，遣发到铁槛寺中。贾琏本想让人品可靠些的贾芸料理此事。但贾芹的母亲会奉承王熙凤，贾芹便截胡谋取这个差事，贾琏打怵凤姐，只好应允。而贾芹人品低下，德不配位，根本不具备管事能力，到了铁槛寺胡作非为，如贾珍申饬其所言，"到了那里自然是爷了，没人敢违拗你。你手里又有了钱，离着我们又远，你就为王称霸起来，夜夜招聚匪类赌钱"。失职渎职不算，贾芹还贪要贾府发放给"闲着无事的无进益的"子弟的过年物资。相形之下，能看出贾琏在识人用人上比凤姐来得靠谱。

王熙凤也曾向出远门归来的贾琏诉苦："你是知道的，咱们家所有的这些管家奶奶们，哪一位是好缠的？错一点儿她们就笑话打趣，偏一点儿她们就指桑说槐地报怨。'坐山观虎斗''借剑杀人'‘引风吹火’‘站干岸儿’‘推倒油瓶不扶’，都是全挂子的武艺。况且我年纪轻，头等不压众，怨不得不放我在眼里。"女强人在丈夫跟前也有小鸟依人、撒娇示弱的一面。

贾府每况愈下，衰败渐显，经济上左支右绌，入不敷出，但在贾琏的打理下，还能表面维持下去，各处相安无事。只要贾琏在家，那些悍奴骄婢就会有所收敛，不敢轻易逾矩捣鬼。

除了会找可靠的人办事，贾琏自己也有一定的办事能力。修建大观园这样的大工程，名义上是由贾赦、贾珍牵头，一班清客相公襄助，但涉及具体事务都是贾琏在经办。

在大观园选址问题上，我们看到，贾琏一直全力赞成利用贾府原有的空间改建大观园。第十六回，宁国府（即所谓"东府"）家长贾珍的儿子贾蓉，向远行刚刚归来的荣国府当家人之一、叔叔贾琏报告说："我父亲打发我来回叔叔：老爷们已经议定了，从东边一带，借着东府里的花园起，转至北边，一共丈量准了，三里半大，可以盖造省亲别院了……"贾琏立即表示这是个正经主意、很好，而不赞成再去考虑占用别的地方，说这样一是省事，盖起来容易，二是如果再"采置别处地方去"，不光"费事"，而且"不成体统"。这很说明贾琏还算贾府中一个相对清醒明白些的当家人。所谓"采置别处地方去"，其实就是仗势扩地、与民争利了，那当然"不成体统"，会招致民怨物议，传到上层，更是不妙。而这种缺德事，之前贾家不知做过多少。第六回就暗写贾府管春秋两季地租子的管家周瑞曾在乡下"争买田地一事"，刘姥姥的女婿狗儿还做过帮凶。后来贾琏的老爸贾赦为几把古扇玩物，能纵容无良地方官贾雨村强取豪夺，逼死人命，贾琏略露不以为然之意，嘀咕了一句"为这点子小事，弄得人坑家败业，也不算什么能为"——这种本来属于正常人的思维方式，却让他在贾府一干主子中很是显得有些另类——便不出所料地招致了贾赦的一顿毒打。所以贾琏再三嘱咐贾蓉"你回去说，这样很好。若老爷们再要改时，全仗大爷谏阻，万不可另寻地方"——他这里说的有可能把好主意改糟的"老爷们"，主要是指他那个既不靠谱又蛮横霸道的老爸、荣国府大老爷贾赦。

大观园竣工，贾政带着宝玉及一众清客相公游览，实际也是验收。问起具体事项，整天花天酒地、不干正事的贾珍自然说不明白，还得是贾琏，从靴掖取出一个纸折略节来，胸有成竹、有条有理地回答说："妆蟒绣堆、刻丝弹墨并各色绸绫大小幔子一百二十架，昨日得了八十架，下欠四十架。帘子二百挂，昨日俱得了……"这些细节能不让我们为贾琏点赞？

贾琏的办事能力得到了贾府上下的认可。林如海病重，贾母放心不下，定要贾琏送林黛玉回姑苏去，料理完林如海丧事后又要他护送黛玉回来。贾母宠爱黛玉，待她比嫡亲的孙女还好。护送体弱多病的黛玉回去奔丧，是一个艰巨的任务。一是山水迢迢，再是丧事繁巨，还有遗产处理，桩桩件件都是繁难事务。必得办事可靠、经验老到的亲族精干，方能周到妥帖。而贾琏没有辜负贾母的信任，处理好各项事务，将黛玉平安送回了贾府。

贾母本是极具智慧的大家长，她疼爱贾琏、王熙凤不亚于宝玉、黛玉，原因就在于贾琏夫妻会办事。至少在筹划家族庶务、管辖奴仆人口上，他们是真正得用的人。贾琏的才干毋庸置疑。父亲贾赦也很信赖儿子贾琏，让贾琏往返平安州办事。第六十九回说贾琏不知给他老爸办成了一件什么见不得人的事，这回贾赦"十分欢喜，说他中用"，一高兴，赏了他一百两银子，又将自己房中一个十七岁的丫鬟秋桐赏给他做妾，以资鼓励——这就是"世袭一等将军"贾赦与儿子的交流方式，称心了就金钱美女，稍不如意就"板子棍子""混打一顿"……读来令人哭笑不得。

贾琏并不是一个道德高尚、品行端方的人，但是他本性尚存善良。凤姐的陪房旺儿家的儿子看中王夫人的丫头彩霞，强行求婚。可彩霞与贾环有情，不愿嫁过去。于是，旺儿来求凤姐帮忙。凤姐一为撑住自己的面子，二是为欺压打击赵姨娘，便答应了。而贾琏听说旺儿这个儿子"吃酒赌钱，在外头无所不为"时，立即气愤地说："我竟不知道这些事。既这样，哪里还给他老婆，且给他一通棍子，锁起来，再问他老子娘。"他劝凤姐不要管这个闲事，白糟蹋了人家女儿，但被凤姐怼了回来。贾琏对凤姐的不满，愈来愈形诸辞色。

这就是贾琏，一个血肉丰满、有优点也有缺点的贵族公子哥儿。

"全挂子武艺"的管家们

《红楼梦》这部文学巨著描写了贾府的芸芸众生。其中数量庞大的男女奴仆处于贾府这座风雨飘摇的"大厦"的底层。在世事打磨下,这些人中出头的那些"人精"——管家们,都练就了"全挂子的武艺",具有强大的混世能力。

他们为贾府效劳出力、献计献策,甚至"献了青春献子孙",成为主人家的"家生奴才",世代为奴,毫无尊严。但同时他们也最大化地攫取个人利益,为贾府"忽喇喇似大厦倾"的结局贡献了自己的负能量。树倒猢狲散的那一天终究会来到,他们也早做好了准备。

装聋作哑的林家夫妇

贾府家大业大,管家们也各有分管。平时看上去为人做事十分低调的林之孝夫妇,原是荣国府中世代的旧仆,负责收管各处房田事务。林之孝家的还是凤姐倚重的管事婆子。

林家夫妇在凤姐眼里"一个天聋,一个地哑"。可要真是这种基因,又怎能生出口齿伶俐、"刁钻古怪"的女儿小红呢?所以这对装聋作哑的夫妻可不是那么简单。林家夫妇极会巴结主子,就从林之孝家的老着面皮认凤姐这个比自己女儿大不了几岁的主子当干妈,便可见一斑。

认主子当干妈吃不了亏。林家夫妇是贾府奴仆里手握实权的管理者。能管人自然就会被人巴结。第六十二回,大观园小厨房事件,秦显家的因傍上林之孝家的,"悄悄地备了一篓炭,五百斤木柴,一担粳米,在外边就遣了子侄送入林家去了",得以暂时取代了厨房原总管柳嫂的位置,可惜只兴头半天就倒台了,实惠却留在了林家。玫瑰露失窃事件中，林之孝家的审问五儿，声色俱厉，可见其在下等奴仆面前又是何等威风，哪是什么"天聋地哑"？

至于林之孝，更非等闲之辈。他曾和贾琏聊家事，一是早早就看出贾雨村这个人不宜跟他走得太近，偏贾赦与贾珍与他臭味相投，时常往来，弄得尽人皆知。他便提醒贾琏，免得日后受牵连。二是对贾府的"家道艰难"深有感触，当面提出裁员节支的方案："人口太重了，不如拣个空日回明老太太老爷，把这些出过力的老家人用不着的，开恩放几家出去……如今说不得先时的例了，少不得大家委屈些，该使八个的使六个，该使四个的便使两个。若各房算起来，一年也可以省得许多月米月钱。"

林之孝已经隐隐约约预感到了贾府糟糕的未来。

陪房的威风

贾府里有一类仆人来自主子的陪房，他们是贾家娶的媳妇带到夫家来的"活嫁妆"。陪房们是女主子娘家人，如果女主子在夫家得势，他们也能沾光。而且作为女主子的办事员、传声筒，有些陪房混得挺嘚瑟，比如王夫人的陪房周瑞家的。有的陪房地位就尴尬些，如邢夫人的陪房王善保家的。因为邢夫人在贾府的形象就是个"尴尬人"。

王夫人、凤姐姑侄是荣国府的实际掌权人。作为亲信陪房，周瑞掌管了府里春秋两季地租子，闲时带着小少爷们出门子，这可是有里有面的上等差事。周瑞家的更是个不省油的灯，虽平时"只管跟太太奶奶们出门的事"，但"素日仗着是王夫人的陪房，原有些体面，心性乖滑，专管各处献勤讨好，所以各处房里的主人都喜欢她"。

周瑞的女婿冷子兴是个古董商。当然那年头商人地位不算高，但重要的是，这说明周家女儿在婚嫁问题上已经能够"走出去"，具有范围较大的选择权力，而不是像府里那些低等仆役的子女也只能在仆役堆里找对象。这个冷子兴还颇有些见识，能和革职官员贾雨村聊四大家族的八卦。冷子兴曾惹下官司，让老婆找丈母娘疏通关系。这点儿小破事在丈母娘眼里"有什么大不了的",不过是去给王夫人、二奶奶说几句话的事。由此可知周瑞家的能力有多强。

周瑞的儿子不成器,继续在贾府当奴才,非但没有父母做事的眼色,还摆不正自己的位置。他曾经在凤姐生日宴会上惹乱子,还没伺候主子,倒先自己喝醉。凤姐对这小子老大不满,发恨要撵了他:"那边送了礼来,他不说在外头张罗,他倒坐着骂人,礼也不送进来。两个女人进来了,他才带着小幺们往里抬。小幺们倒好,他拿的一盒子倒失了手,撒了一院子馒头。人去了,打发彩明去说他,他倒骂了彩明一顿。这样无法无天的王八羔子,不撵了作什么!"在场的赖嬷嬷闻听后,打哈哈劝她道:"我当什么事情,原来为这个。奶奶听我说:他有不是,打他骂他,使他改过,撵了去断乎使不得。他又比不得是咱们家的家生子儿,他现是太太的陪房。奶奶只顾撵了他,太太脸上不好看。依我说,奶奶教导他几板子,以戒下次,仍旧留着才是。不看他娘,也看太太。"凤姐一想是这么回事儿,投鼠忌器,打狗看主,也只得雷声大雨点小,打了这货几十棍子了事。(第四十五回)

成功转型的赖大总管

贾府里最牛的管家还属人家赖大,其余大小管家和老赖一比都是小把戏了。

赖大、赖二兄弟分别担任荣、宁二府大总管,把姓贾的装进了姓赖的口袋。赖家伺候了贾家三代人,可谓劳苦功高。所以母亲赖嬷嬷在贾母面前倍儿有面子,她可以坐在一张小凳子上与贾母聊天,而贾府里正经八百的孙媳妇们都得在一旁站着。

在贾母眼里,"你们这几个都是财主"。贾母是侯爵家的小姐、公爵的夫人,什么世面没见过,都要称赖家是"财主",可见赖家的钱财绝对不赖。

比如,赖家有个微缩版的小观园——"那花园虽不及大观园,却也十分整齐宽阔,泉石林木,楼台亭轩,也有好几处动人的"。造这个园子的经费,我们猜想很可能是当年赖家监工营造贵妃省亲花园时，给自己"省"出来的。

赖大的儿子赖尚荣身上不沾一点儿"奴仆"色彩。他从小过着锦衣玉食的生活，和贾府公子哥儿差不多。他奶奶赖嬷嬷说他"也是公子哥儿似的读书写字，也是丫头、老婆、奶子捧凤凰似的"捧大的，从小儿"花的银子照样打出你这个银人儿来了"。

按说赖尚荣是贾府的"家生子儿"，即奴才的子孙，也是主子的财产，地位十分低下。但是赖家很懂得改变命运，抓住机会，金钱开道，实现了"翻身奴才把官儿当"：二十岁时，赖尚荣蒙贾府恩典，捐了前程；三十岁时，靠着贾府关系当了知县——贾政对贾宝玉还是按照好好读书参加科举入仕途来要求的，而赖家就能拿着贾家的钱、借着贾家的势走终南捷径。"赖尚荣"，真是"赖上荣国府"得来的"荣耀"。

在任上，"奴才秧子"赖尚荣大肆贪污，连他兄弟都说他"手长"，"我哥哥虽是做了知县，他的行为只怕也保不住怎么样呢？"后贾府败落，贾政扶贾母灵柩回南方，因遇着班师的兵将船只过境，河道拥挤，不能速行，算来盘缠不够，便写信差人到赖尚荣官衙借银五百两，但赖尚荣只给银五十两，并在回信中叫苦连天，贾政看了大怒……

赖家一手敛财，一手搞经营，这和他们长期从事实际银钱过手的工作密不可分。所以赖家搞的"承包制"十分接地气。探春就曾将此模式照搬为"大观园承包责任制"。"谁知那么个园子，除他们戴的花，吃的笋菜鱼虾之外，一年还有人包了去，年终足有二百两银子剩"。不同的是大观园搞改革失败，赖家却能把自家的"小观园"盘活，落有现银。看来"家生子儿"确实"挣出来"了，比主子们混得都强！

附庸权贵的清客相公

"红楼梦学刊"公号2016年1月12日刊发的《贾政身边的清客相公们》（作者：夜何其）一文中谈到，贾府这样的豪门府第占据着太多的自然资源与社会资源。贾府的主子穷奢极欲，仍有大量剩余。这些剩余资源像大型食肉动物吃剩的残骸，吸引来众多啄食者。这就是形形色色来贾府打秋风者。这众多的打秋风者，有宫里的太监、庙里的僧尼、转弯抹角的乡下穷亲戚，还有一些不得志的厚脸皮文人。

这些不得志的厚脸皮文人，就是书中所说的清客相公。

出了门前呼后拥，回到家妻妾成群，这是身份的标志。闲暇时往书房里一坐，就有几位清客相公在那里候着，想聊天他们就陪着谈天说地，想下棋他们就陪着对弈。这也是身份的标志。

贾府里豢养的形形色色人物之中，最能显示贾府尊贵气派的，不是府里那数以百计的奴仆，也不是田庄上那数以千计的农夫，而是那个小戏班子和这些清客相公。

戏班子不是买上十几个女孩子就够了，而是要聘教习、买乐器、置服装、购道具、请琴师，最大花费并不在买戏子上。戏子不是丫头，不能灰头土脸粗手大脚的样子，而是要面若桃花、腰若杨柳、指若春葱，要饮食起居样样精细，还要配上保姆或助理照料她们的生活，这得花多少钱！得多大家业才养得起！

清客相公就是帮闲文人。文人很少出自赤贫人家。在没有义务教育的时代，读书是很奢侈的事情，能够读书考科举的人，不是家里有几个钱，就是祖上曾经阔过，祖宗八辈没摸过书又穷得揭不开锅的人家，是不会想到送孩子去读书的。要读也只是粗读几本书，能够到铺子里记个账就够了，谁家会让孩子饿着肚子去学写八股文呢？

文人这个阶层，总体来说不穷也不贱，但是个体之间有很大差距。有的人科举高中，进入精英阶层。有的百考不中，贫困落魄，这些人就得自谋生计，通常是去做幕僚或是当塾师，比如蒲松龄。曹雪芹也给地方高官做过短暂的西宾幕客。做幕僚需要很强的专业知识和应变能力，不是寻常人能做得了的；当塾师门槛低，可是待遇低、没前途，是最不得已的选择。也有些文人，幕僚做不得，塾师不愿做，又想出去混碗饭吃，或是混点社会关系，就去那有钱有势的人家做帮闲。

能有文人来做帮闲，本身就证明这户人家在社会上有能量。至于这户人家能量高低，就看这些帮闲的水平高低了。

第四十回，鸳鸯说："天天咱们说外头老爷们吃酒吃饭都有一个篾片相公，拿他取笑儿。咱们今儿也得了一个女篾片了。"这个"篾片相公"与清客相公基本同义，就是那些帮闲，说好听点叫"清客相公"，说难听点叫"篾片相公"。若要追究两者的差别，"篾片"一般指那些层次比较低的帮闲，老爷们吃喝时，他们插科打诨，活跃气氛；老爷们嫖赌时，他们在嫖客妓女或赌友之间做牵线人。《金瓶梅》中的应伯爵就是个这样的角色。《红楼梦》第五十三回，贾府庆祝元宵佳节，贾赦领了贾母之赐，回到自己的住处，"与众门客赏灯吃酒"，这众"门客"应当就是应伯爵这样的人，也就是鸳鸯说的"篾片相公"。

贾珍那里不知道有没有帮闲，如果有，肯定也是应伯爵这样的货色，或者比应伯爵更不堪。

贾政那里的帮闲，是名副其实的清客相公。他那里的帮闲人数多、品位高，在书中的出场次数也最多。前面说戏班子和清客相公最能显示贾府的尊贵气派，就是指贾政的这些清客相公。

清客在贾赦那里是装饰品。有他们，生活中添些快乐；没他们，也不耽误寻欢作乐。贾赦身边有一大群美姬艳婢，这些人就足够让他的生活丰富多彩。贾政却太端正、太严谨，这过分的端正严谨拉开了他与家人的感情距离，使他与母亲、妻子、儿女都存在交流障碍。为避免这种交流障碍带来的尴尬，他很少跟家人在一起，上班之余，大部分时间坐在书房里。对他来说，清客相公不是装饰品，而是生活必需品。如果没有这些清客相公，他的生活就太索然无趣了。

我们看到，除非过年过节举家团圆，别的时候只要贾政出现，大都是跟清客相公在一起。贾政在第九回才正式出场，他的清客相公在第八回就上场了。

贾政跟他的清客相公从不谈吃喝嫖赌之类龌龊事，他们在一起看书、下棋、吟诗赋词，都是很高雅的活动，类似于文人聚会，只是由贾政提供聚会场所与经费而已。

帮闲的品位与主人是相对应的。主人高雅，吸引来的帮闲也品位高雅；主人下流，吸引来的帮闲也下流。

虽说帮闲大多是不得志文人，却不是不得志文人都做得帮闲。呆头呆脑的做不得，心骄气傲的做不得。贾雨村落魄之时做过塾师，也没有去做帮闲。他很想攀附权贵势力，但做帮闲太跌份儿，他不屑为之。他那副魁梧傲慢的形象也不适合做帮闲。

帮闲要善于窥察主人心思，懂得什么场合说什么话，奉承起来要不怕肉麻，还不能呆呼呼地只用一种方式奉承，而是要变着花样。贾政门下的两个清客相公詹光、单聘仁一出场，就是"一见了宝玉，便都笑着赶上来，一个抱住腰，一个携着手，都道：'我的菩萨哥儿，我说做了好梦呢，好容易得遇见了你。'说着，请了安，又问好，唠叨半日，方才走开"。贾宝玉这时不过是个十二三岁的小男孩儿，并不是百年不遇的大人物，两个成年人见了他却做出激动万分的样子，又是请安，又是问好，极尽溜须拍马之丑态。

作者写这些清客相公，最精彩的是他们两次集体出场，一次是第十七回"大观园试才题对额"，一次是第七十八回"老学士闲征姽婳词"。第七十八回，书中有时说他们是"众幕友""众幕宾"，有时说他们是"众清客"，都是这一群人。因之前贾政担任过三年学政，有些清客可能跟着他到学政衙门里充当过幕宾。幕宾与清客本无明确界线，他们与主家都是私人关系：主家支工薪，他们就是幕宾；不支工薪，他们就是清客。

第十七回，贾政带着众清客去大观园中游览，拟写对联匾额，在园门口遇到贾宝玉，贾政便把他带了进去。宝玉尚不知是何意，众清客已经猜到贾政是要测试宝玉的才思。他们本是来当配角的，见此情景，自动又降一级，变为跑龙套的，把展示才华的机会留给贾宝玉。他们一路就做两件事：一是称赞园中景致好，二是夸赞贾宝玉题的对联匾额妙。一首诗或一副对联怎么好，要有参照物才能比出来。此刻，园中除了贾宝玉就是贾政和这些清客，总不能让贾政去当他儿子的参照物，清客们就承包了这项业务。每次贾宝玉题咏之前，他们先拟几个看上去不错实际上浅俗、或者看上去雅致实际上不应景的题词，待贾宝玉拟出更好的，他们才恍然大悟似地一片叫好。

第七十八回，有贾环和贾兰写的诗做对比，清客们不必充当参照物，只负责夸好就够了，也不能只说好好好，还要点评出好在哪里。

宝玉写出第一句诗，贾政嫌粗鄙，一幕宾道："要这样方古，究竟不粗。"

宝玉写完前四句，他们都道："只这第三句便古朴老健，极妙。这四句平叙出，也最得体。"

宝玉又写两句，他们都叫妙："好个'不见尘沙起'！又承了一句'俏影红灯里'，用字用句，皆入神化了。"

宝玉又写两句，他们拍手笑赞："益发画出来了。当日敢是宝公也在座，见其娇且闻其香否？不然，何体贴至此。"

宝玉又写一句，他们又都说："转'绦'，'萧'韵，更妙，这才流利飘荡。而且这一句也绮靡秀媚得妙。"

宝玉再往下写，他们的动作是拍案叫绝，评语则有——"好个'走'字！便见得高低了。且通句转得也不板"，"妙极，妙极！布置、叙事、辞藻，无不尽美"，"铺叙得委婉"……

待宝玉写完，他们更是一齐大赞不止。

作者在贾政身边安排这些清客，并非仅是展示他们的丑态，而是贾政与贾宝玉这对父子性情相去甚远，父子只要一正面相对就起摩擦，众清客在其中起滑润油的作用，调和他们父子的矛盾，消解他们父子因巨大落差造成的违和感。

如果没有这些清客，第十七回和第七十八回很不好写。这两回都是贾政与贾宝玉正面相对，还都是让贾宝玉大逞才思。贾政本来就迂腐得不近情理，贾宝玉的飘逸才思会衬得他越发迂腐可笑，像个讽刺剧中的丑角。这会让作者很为难——不让贾宝玉逞才思，这两回没法写；让贾宝玉逞才思，儿子把父亲衬得很难看，有违父子之道。让这些清客相公们掺和进来，他们就成为贾宝玉的参照物，他们活色生香的表演分散了读者对贾政的注意力。这样，既能让他们烘云托月，衬托出贾宝玉的不凡才思，又能让贾政继续维持住正人君子的形象。

贾政的这些清客相公都是有些才气的，在"大观园试才题对额"一回中，他们拟的题词俗浅或不应景，却不是很差。很差就拿贾政当傻子了，很好又让贾宝玉没有发挥的余地。要拟得不好也不差，这分寸是很难拿捏的。他们的分寸感掌控得很好，正说明他们很在行，是高手，知道怎样拟是好，怎样拟是差。他们评论贾宝玉的《姽婳词》也评得很有道理，虽说是奉承，也奉承得有理有据，不是没章法的胡乱奉承。

清客们往往多才多艺，不见得行行精通，至少要粗通一些，这样才能应付主人的各项爱好与需求。贾政的这些清客除了诗赋题咏，还有些别的强项。贾宝玉说"詹子亮的工细楼台就极好，程日兴的美人是绝技"。詹子亮应该就是詹光。程日兴是古董行的，除了擅长人物画，在古玩字画的鉴赏方面必定有一手。贾政跟他们在一起又能聊天，又能下棋，诗词歌赋，名人字画，无所不知，如此这般其乐融融，他才宁可待在书房，也不去老婆的卧房。

作者对这些清客的看法很不好，这从几个清客的名字就可听出来，詹光——沾光，卜固修——不顾羞，单聘仁——善骗人。社会上对清客的评价也不好，因他们之所以厚着脸皮出来做清客，不是想混吃混喝，就是想骗财骗物。

贾政的这些清客比较有品位，家境似乎不很差，有些家境还挺不一般。比如程日兴，在古董行里做生意，看他送薛蟠的生日礼物，家里是很有些钱的。

这些人来贾府做清客，不是只混吃混喝那么低级的需求。单聘仁、卜固修跟着贾蔷到姑苏采买小戏子，贾府拨银三万两，两个人跟着大捞一笔还用说吗。程日兴有贾府做靠山，生意会比较好做。古董这行跟别的买卖行业不一样，它是"雅"买卖，与平民百姓关系不大，日常必须与王孙公子打交道。薛蟠过生日，程日兴送了一份大礼，因为薛家开着当铺，可以跟他的古玩店建立生意上的合作关系。别的那些清客相公们，也是看中贾府的人脉，他们在贾府阿谀奉承，好话说尽，到外面狐假虎威，包揽词讼，讹人钱财，还不知是怎样嘴脸。

他们既然是希图贾府的人脉，当贾府被查抄，元气大损，自顾不暇之时，他们离开贾府另攀高枝儿也就不奇怪了。程高本续书第一一四回，写贾家势败被抄之后，"那时清客相公渐渐的都辞去了，只有个程日兴还在那里"，时常陪着贾政说说话儿——其为人的可贵，算是清客相公里的一朵奇葩。或许这与他的经济条件稍好有点关系，故能略保持人格的独立，而不至那么可笑、可鄙、可悲。

贾府的无形资产

翰墨诗书贵族风

贾府从军功起家的勋贵门庭，历经三代，成功转型成为所谓"翰墨诗书之族"。

当年宁荣二公动刀动枪冲冲杀杀、从死人堆里爬出来喝马尿的艰苦卓绝打天下时代已经远去。其实从荣国府第二代媳妇、金陵世勋史侯家的小姐、后来尊称史太君的这拨后代开始，贾家就已经逐渐融入格调高雅、讲究吃穿、懂音乐、会听戏还喜欢美术的文化味儿很浓的上流社会了。

宁国府那边，第三代贾敬中过"乙卯科进士"。

荣国府这边，第三代次子贾政天性"诗酒放诞""自幼酷喜读书"（其实"诗酒"和"读书"，在那个时代，是两种迥然不同的文化志趣，而竟集于某人一身，谁能说这不也是"正邪两赋"），原来也是想走科举之路的，只不过父亲贾代善临终前遗本一上，皇上体恤，不仅即时令其长子贾赦袭爵，而且"额外"赏了贾政一个主事的官衔。心心念念的科举"正途"被祖宗余荫和皇帝恩赏意外打断,但这并没有影响贾政下班后躲进书房与一班清客相公谈诗论文的雅兴,更没冷却他逼着三个儿子读书考试、接续他完成"学而优则仕"理想的那股子邪火。

贾政的妹妹贾敏,更嫁了一位侯门公子、前科探花林如海。两口子的文化修养,只从他们宝贝女儿黛玉才五六岁便熟读诗书可窥一斑。黛玉老师贾雨村逢人便夸赞说"这女学生读至凡书中有'敏'字,皆念作'密'字,每每如是;写字遇着'敏'字,又减一二笔……不与近日女子相同。度其母必不凡,方得其女"。

贾敬、贾赦、贾政、贾敏——仅从其辈分名号中的"文"字旁,就看出他们身上寄托着老一辈对"偃武修文"的强烈期待。再到下一代,第七十九回,说起贾赦女儿迎春的亲事,做叔叔的贾政心里极不乐意,除了认为孙家"虽是世交,当年不过是彼祖希慕荣宁之势"即家风人品可疑外,还有一条重要原因,他觉得孙家"并非诗礼名族之裔"。

到了第四代,贾府的文化风采简直光芒万丈。

女孩子里,看"元迎探惜"四姐妹:

元春在家时,是宝玉的启蒙老师。入宫晋封,除了"贤德妃"的位号,还有"凤藻宫尚书"职务。这个虚拟的宫殿以凤藻名之。凤藻,如凤毛之有文采。"凤藻宫"而设"尚书",一听就像是担负着掌管后宫文墨的职责。省亲时,她"亲搦湘管",为大观园赐名题诗,文采斐然,名不虚传。似乎她还善抚琴。所以随她入宫的丫鬟叫做抱琴。

探春,是书法家。她的房中"当地放着一张花梨大理石大案,案上磊着各种名人法帖,并数十方宝砚,各色笔筒、笔海内插的笔如树林一般","西墙上当中挂着一大幅米襄阳《烟雨图》,左右挂着一副对联,乃是颜鲁公墨迹"。所以她的丫鬟叫做待书(有版本亦作"侍书")。

小惜春是画家。刘姥姥走了之后,贾母布置的大观园游乐图、被黛玉谑称作《携蝗大嚼图》的创作任务,就压在她肩上。她的丫鬟叫做入画。

只有二姑娘迎春，被她哥哥贾琏的小厮兴儿这些坏小子起外号"二木头"，可知为人木讷窝囊，才艺也不像别的姊妹那么出众，嗑了瘪子受了气只闷声不响，拿本《太上感应篇》躲一边儿去看。除了看书，她最大的爱好是下围棋。第七回，周瑞家的送宫花，送到她房间，"只见迎春、探春二人正在窗下围棋"；第七十九回即将出嫁时，平时和她并不特别亲厚的宝玉，感伤地为她写了一首诗，有"不闻永昼敲棋声，燕泥点点污棋枰"之语，可想迎春屋里，棋枰是常设。故而她的丫鬟叫做司棋。这个司棋脾气却跟她正相反，像个火药桶。

不仅本家"四春"小姐"琴棋书画"秀外慧中，住姥姥家的林黛玉、住姑奶奶家的史湘云、住姨妈家的薛宝钗、走亲戚的薛宝琴和邢岫烟……哪个不是"顾盼神飞，文采精华"，甚至还要压贾家小姐一头？元妃省亲见到家中姊妹的诗作，十分欣喜，又由衷夸赞："终是薛林二妹之作与众不同，非愚姊妹可同列者。"黛玉的才华、宝钗的学问，也都得到过贾政的亲口夸赞。

还有珠大奶奶李纨，她也是金陵名宦之女，父亲李守中，曾为国子监祭酒，"族中男女无有不诵诗书者"。贾珠早亡，留有一子贾兰，五岁即入学攻书。李纨的任务就是"侍亲养子""陪侍小姑等针黹诵读"。在她的教育下，贾兰成才显贵。

王熙凤在娘家时不大识字，嫁到贾家，耳濡目染，不但会看账本，还学会了看戏单——第十一回，"凤姐立起身来答应了一声，方接过戏单，从头一看，点了一出《还魂》、一出《弹词》"。芦雪广联诗，她起的头句"一夜北风紧"，居然得到众人表扬："这正是会作诗的起法。"

跟着薛家母子住到贾家的香菱，本有慧根，进了大观园，更是拜林黛玉为老师，成了"诗魔"……

因《红楼梦》的使命主要是"使闺阁昭传"，所以我们一说贾府的文化，女性自然说得多一些。至于第四代的公子，贾宝玉的诗文才华，就连他那一直戴着有色眼镜看他的老爸贾政，也时时心下点赞，偶尔溢于言表。贾环也不甘落后，他的诗才，在第七十五回、七十八回，都有所展示，贾政也承认"还不甚大错"。但可惜在贾政眼中，这哥儿俩"词句终带着不乐读书之意"，"发言吐气总属邪派"，"念了些流言混语在肚子里，学了些精致的淘气"……与他期待的那"四书"打底、"修齐治平"的"正经"方向，直是南辕北辙。当年贾氏始祖创设的义学私塾，也沦为纨绔子弟的游乐场、捣蛋顽童的演武厅——说来泄气。

贾府的"文化"背景，大致如此。接下来，我们从黛玉初进荣国府的"吃"和凤姐的"穿"等几个生活侧面，看看这个贵族豪门的日常起居"礼仪"。

·上编·

状阀阅则极其丰整：贾府有哪些资本

贾府的"吃"

我们看林黛玉进贾府后的第一顿正餐是怎么吃的：

这院门上也有四五个才总角的小厮，都垂手侍立。王夫人遂携黛玉穿过一个东西穿堂，便是贾母的后院了。

于是，进入后房门，已有多人在此伺候，见王夫人来了，方安设桌椅。贾珠之妻李氏捧饭，熙凤安箸，王夫人进羹。贾母正面榻上独坐，两边四张空椅，熙凤忙拉了黛玉在左边第一张椅上坐了。黛玉十分推让。贾母笑道："你舅母和嫂子们不在这里吃饭。你是客，原应如此坐的。"黛玉方告了座，坐了。贾母命王夫人坐了。迎春姊妹三个告了座方上来。迎春便坐右手第一，探春坐左第二，惜春坐右第二。旁边丫鬟执着拂尘、漱盂、巾帕。李、凤二人立于案旁布让。外间伺候之媳妇丫鬟虽多，却连一声咳嗽不闻。

寂然饭毕，各有丫鬟用小茶盘捧上茶来。当日林如海教女以惜福养身，云饭后务待饭粒咽尽，过一时再吃茶，方不伤脾胃。今黛玉见了这里许多事情不合家中之式，不得不随的，少不得一一改过来，因而接了茶。早见人又捧过漱盂来，黛玉也照样漱了口。盥手毕，又捧上茶来，这方是吃的茶。

第一，人不全不能开吃。要等王夫人和小客人林黛玉来到后，方能开饭。这是起码的规矩和礼貌。

第二，有趣的坐序问题。这需要多说几句。

有人从清代旗人家庭的风俗来解释这种特别优待未出嫁女孩儿的坐序。作家邓友梅的小说《烟壶》里说得明白，这种特别尊重女孩的风俗，只存在于"旗人"家庭中。这不难理解。清朝皇帝的后宫嫔妃、王公福晋，都要从八旗中产生，所以八旗女孩"入宫率"特别高。普通汉族人家不在旗，女孩子也很少会被选入后宫，当然不可能给她们这样特殊的地位。金启孮先生也指出，"这里有一个势利的问题：八旗人家之女的婚配对象，有可能是比自家地位高的文武大臣，甚至有可能被选为皇妃，机会碰巧还可能册封为皇后"（《金启孮谈北京的满族》中华书局2009年出版，第211页）。我们看贾家的"四春"小姐，确实是一位成了皇妃，一位成了王妃。旗人家族的曹雪芹家，也出过一位王妃（平郡王福晋）。

但是《红楼梦》既然声明"朝代年纪，地舆邦国，却反失落无考"，将时代背景架空，其中的伦理秩序、礼仪规矩，当然也不会完全遵从清朝风俗，更不会照搬旗人家族的生活习惯。所以，也有人对"女孩子的地位比媳妇高"不以为然。

芦雪广联诗时，贾母忽然来了，叫众人坐下，又特意叫李纨"你也坐下，就如同我没来的一样才好，不然我就去了"。

不错，"叫众人坐下"是叫女孩子们，李纨这个孙媳妇并不在此列，需要得到特别吩咐才敢坐下。这样看来，似乎是"一出嫁就一落千丈"了。但再往下读，就会发现，"众人听了，方依次坐下，只李纨挪到尽下边"——为什么李纨是"挪到尽下边"？那她原来坐在哪里？原来当然是坐在最上首。这时大观园里有十三人，"叙起年庚，除李纨年纪最长……"李纨是最年长的，所以她坐在上首。只有贾母出现，她才"挪到尽下边"的。这说明什么？并且，这"十三人"里是包括宝玉的。宝玉的地位，跟姊妹们一样的，有贾母在时就坐在李纨上边，没有贾母在场时就坐在李纨下边。这又说明什么？"一出嫁就一落千丈"的说法，原来并不客观。李纨平时地位高于小叔子小姑子，只有在婆婆、太婆婆面前，才需要站着侍候，坐也只能"挪到尽下边"。出嫁是个分水岭，标志着成年、成家。这些未婚的小姐少爷们并没有独立地位，才会跟着贾母坐。而成年的王夫人、李纨、王熙凤，则需要以成年人的义务，来侍奉长辈。

不管怎么说，贾府吃饭自有一套规矩。第四十回，刘姥姥看到李纨、凤姐两个做媳妇的伺候贾母等吃过后，才"又放了一桌""对坐吃饭"，不禁感叹道："别的罢了，我只爱你们家这行事。怪道说'礼出大家'。"

第三，食不言。吃饭时，"外间伺候之媳妇丫鬟虽多，却连一声咳嗽不闻"，以此形容吃饭的场面非常安静。"寂然饭毕"，丫鬟捧上茶来。

书中写贾府宴饮的场面很多，如贾母在大观园两次宴请刘姥姥、元宵开夜宴、中秋夜宴等，都是有说有笑。但那是阔人家的"宴饮"，必要喝酒行令、开心取乐的，跟日常的吃饭不同。日常吃饭，讲究的就是圣人教导的"食不言"。

当然，吃饭时是不是都得"寂然"无语，也要看场合、看规模。第十六回，贾琏、凤姐小两口在自家喝酒吃饭，正好贾琏的乳母赵嬷嬷也进来，娘儿仨便是一边吃喝一边聊家常了。然而再细看此处描写，就在赵嬷嬷进来前，即便是小夫妻对坐吃饭，摆着酒馔，"凤姐虽善饮，却不敢任兴，只陪侍着贾琏"——也并不是有说有笑的。这里脂批："百忙中又点出大家规范，所谓无不周详，无不贴切。"这里点出的所谓"大家规范"，自然是男权时代背景下大家族的尊卑礼法。

至于第十七至十八回，元妃省亲时，"园内各处，帐舞蟠龙，帘飞彩凤……静悄无人咳嗽"。那更是攸关皇家威严体面，一定要出警入跸，"肃静""回避"高悬了。

第四，饭前、饭中有规矩，饭后也有讲究，比如清洁口腔。

说到漱口，想起如厕。《世说新语》记载：大将军王敦娶了晋武帝司马炎的女儿襄城公主，进入皇宫。结婚礼仪繁琐，时间长了王敦内急，于是这个乡巴佬有幸在皇宫上了一个大号。蹲坑无聊之际，王敦发现手边摆着一个木漆盒子，盒子里装满了干枣。心想皇家果然奢侈，厕所还放着干果。也不客气，抓起来吃了个精光。吃完枣，方便完，出门又见宫女侍候。一个手捧装满水的金澡盘，一个手捧装满澡豆的琉璃碗。王敦以为这是"便后点心"，于是把澡豆倒进金澡盘，大口大口把"澡豆粥"喝了个精光。王敦的土老帽行为让宫女们忍不住捂嘴讥笑。原来干枣是如厕时用来堵鼻子拒臭味的，澡豆是便后用来洗手的。

这就是为啥说一个大家庭至少三代才能出贵族、五代出世家、九代出望族。别忘了林黛玉家也是累世侯门，假若林家没有与贾家接轨的这些礼仪规矩意识，初到贾家的小小女孩儿，想不出洋相还真挺难。

凤姐的"穿"

《红楼梦》这出精彩超群的大戏，曹雪芹不仅是最佳编剧，还是最佳服装师、化妆师、道具师。这其实与作者自己家庭的经历有着密切关系。由于祖辈父辈曾担任过多年的江宁织造，自幼耳濡目染，使得曹雪芹对于涉及服饰的称谓用途、乃至服装纺织的制作技法等知识，都十分熟悉和亲切。这是一种独特的家族文化。当他将这些融入骨子里的文化熟稔地弥散在《红楼梦》的写作中时，就为我们呈现出多姿多彩的人物形象。他笔下的角色每次出场穿什么戴什么，不仅高度契合剧情的具体需要，还能引起"看官"更多会心的人设联想。

我们以凤姐为例，看她几次重要出场时穿的是什么。

"洋"服盛装接黛玉

第三回，"那日"（未说几月，当在冬季。由下文黛玉见凤姐穿"窄褃袄""银鼠褂"和贾母安排说"等过了残冬，春天再与他们收拾房屋"可知），黛玉"弃舟登岸"（脂批：这方是正文起头处），"进入神京"城中。到宁荣街，自东而西，过宁国府，由"西边角门"进了荣国府。

黛玉初次见到王熙凤，只见：

> 这个人打扮与众姑娘不同，彩绣辉煌，恍若神妃仙子：头上戴着金丝八宝攒珠髻，绾着朝阳五凤挂珠钗，项上带着赤金盘螭璎珞圈，裙边系着豆绿宫绦、双衡比目玫瑰佩，身上穿着缕金百蝶穿花大红洋缎窄褃袄（脂批：大凡能事者，多是尚奇好异，不肯泛泛同流），外罩五彩刻丝石青银鼠褂，下着翡翠撒花洋绉裙。

从荣国府新一代当家媳妇凤姐的角度来说，新来的这个林家小妹子，来历不凡，是她最大最有力的靠山老太太的"心肝儿肉"。从来都自觉在思想上行动上与老太太保持高度一致、同频共振的凤姐，当然要高度重视这次见面。能体现出重视程度的一个重要标志，就是隆重华丽的服饰，让黛玉这个见过世面的官宦小姐也觉得她"彩绣辉煌，恍若神妃仙子"。

红色最能代表凤姐争强好胜、爱出风头的性格特点。所以这天她的服饰在包括"金黄""豆绿""石青"等在内的"五彩"基调上，主打一个"大红"。

如脂砚斋所提示，凤姐能干自负，她的衣饰也不肯随俗从众。凤姐衣服的不同凡响，并不仅仅因其鲜艳华贵——华贵到龙盘凤舞，不无"僭越"之嫌，联系到第六十八回，她竟放言"便告我们家谋反也没事的"，可知"四大家族"之败，是包括主子奴才皆"狂妄豪纵"在内的系统工程，咎由自取了——更有"奇"和"异"的因子。

而这个"奇"和"异"，又有很大成分来自于"洋"。如她衣服中的"洋缎袄""洋绉裙"。

王家的"洋"，可参看第十六回王熙凤自白，"那时我爷爷单管各国进贡朝贺的事，凡有的外国人来，都是我们家养活（脂批：点出阿凤所有外国奇玩等物）。粤、闽、滇、浙所有的洋船货物，都是我们家的"。

所以，我们看到第四回"护官符"提到的四大家族，贾家的"白玉为堂金作马"，是极言其"贵"；史家的"阿房宫，三百里，住不下金陵一个史"，是极言其"势"；薛家的"珍珠如土金如铁"，是极言其"富"——而王家的"东海缺少白玉床，龙王来请金陵王"，是极言其家"奇货可居"，或曰"洋"。

不仅她穿的衣服是洋料子的，她用的挂钟、玻璃炕屏（第六回），以至她炫耀自己的跟班都"随身各自有钟表"（第十四回），这都是"洋船"上舶来的奇货。

难怪她瞧不起走了下坡路的夫家，臊在贾琏脸上："把我们王家的地缝子扫一扫，就够你们过一辈子呢"（第七十二回）。

就连她姑妈皇商薛家送来的"宫里头作的新鲜样法堆纱花"，她也一点儿都不稀罕。四枝宫花，她转手就送了秦可卿两枝（第七回）。

"家常衣服"逗贾瑞

第十一、十二回：

腊月初二这天，凤姐看过病重的可卿，回来向贾母禀报。尽管她报喜不报忧，说可卿"暂且无妨，精神还好呢"，但经多见广的贾母已料知实情。她"沉吟了半日，因向凤姐儿说：'你换换衣服歇歇去罢。'"

让王熙凤赶紧"换衣服"，是老太太对疾病、对病重之人的一种忌讳。这是旧时家常陋俗，去去晦气的意思。哪怕这个"病重之人"，一度是老太太"重孙媳中第一个得意之人"。又如第十六回尾，可卿的弟弟、宝玉的密友秦钟病重，宝玉急去探望，贾母亦嘱咐他"到那里尽一尽同窗之情就回来，不许多耽搁了"。

凤姐回了家中，"平儿将烘的家常的衣服给凤姐儿换了"。

还没说两句话，贾瑞就来了。

"凤姐急命：'快请进来'"，却未再更衣。这里脂砚斋在"凤姐急命"侧批：立意追命。

"贾瑞见凤姐如此打扮，亦发酥倒，因饧了眼问道……"

"酥倒"一词，还曾用在第二十五回里写薛蟠的没出息劲儿上。

"忽一眼瞥见了林黛玉风流婉转，已酥倒在那里"。

当然，在脂砚斋看来，写"呆兄"这一笔也未见得是"唐突"颦儿之语，不过是写"情字万不能禁止者"。

而此时贾瑞见到的凤姐，是"如此打扮"的、穿着"家常衣服"的风情万种的居家少妇。

这个"家常的衣服"是什么样子呢？曹雪芹惜墨如金，此处没有明说。但我们可以猜一猜。

前面说了，凤姐爱穿红。初见黛玉时穿的是比较正式的"大红洋缎窄褃袄"。第六回，刘姥姥一进荣国府见到的凤姐，是"家常带着紫貂昭君套，围着攒珠勒子，穿着桃红撒花袄，石青刻丝灰鼠披风，大红洋绉银鼠皮裙，粉光脂艳，端端正正坐在那里"。

这就是所谓的"家常"衣着。

不过，我们想，因刘姥姥毕竟是外客，所以这天贾瑞看到凤姐所穿的，应该与刘姥姥见到的有所不同，当是一个简化版的"家常衣服"。又因说是"烘"过的，想来还是那件见刘姥姥时穿的"桃红撒花袄"吧。

见刘姥姥时，凤姐是"端端正正坐在那里"；见贾瑞，可就不一定"端端正正"了，有的只是"粉光脂艳"。

穿着"桃红撒花袄"的"粉光脂艳"的小媳妇，又加上别有用心的言语挑逗——脂砚斋批明"这是钩"，性饥渴的青年，立时不拿自己当外人，一口咬上美人钩"酥倒"了。

第八回描写宝玉、宝钗的初次单独相会，宝钗的装扮，与第七回周瑞家的见到宝钗时，是一样的，也都是"穿着家常衣服"。

无疑，"家常衣服"，穿在年轻漂亮的女子身上，对异性特别是年轻男子是有杀伤力的。故而这种特别讲究"男女大防"的"大族人家"里，对女子何时何场合穿什么衣服，素习有一定规矩。

比如，即便是像秦可卿这种病得要死的女病人，见个大夫，也得"一日换四五遍衣裳"（第十回）。

当然也不只如此要求女子，反过来也一样。宝玉这样的尚未成年的男孩子，第一次见到表妹黛玉，他祖母还笑着嗔怪他"外客未见，就脱了衣裳"（第三回），即礼仪不甚得体。所谓"脱了衣裳"，也是换了"家常衣服"的意思。

则凤姐"如此打扮"地见一个本不应单独见面的青年本家小叔子，意欲何为？

王熙凤很清楚也很自信自己"如此打扮""家常衣服"的"杀伤指数"。特别是对这位"癞蛤蟆想天鹅肉吃""没人伦"的瑞大爷来说，足以杀他个有来无回、片甲不留！

护花主人王希廉评曰："贾瑞固属邪淫，然使凤姐初时一闻邪言，即正色呵斥，亦何至心迷神惑，至于殒命？乃凤姐不但不正言拒斥，反以情话挑引……"

凤姐"挑引"贾瑞的"鱼钩",除了"情话",还有"如此打扮"。

短打素服战"小三"

第六十八回,凤姐要下套将尤二姐赚入大观园自己的手掌心里时,这天是个农历十五。几月没明说,"似是"十月(周汝昌《红楼梦新证》第五章"红楼年表")。

旧时民间有"初一、十五不拜(会)客"的风俗。所以前文贾母打发凤姐去探视可卿时,专门嘱咐"明日大初一,过了明日,你后日再去看一看他去"。

但尤二姐却"躲得了初一躲不过十五",凤姐偏要挑这么个好日子来与她"会晤"。

我们看她这天出场穿的又是什么。

带着贴身丫鬟、管家媳妇,还有一众恶奴凶仆,凤姐的人马浩浩荡荡,"素衣素盖",一径扑到"宁荣街后二里远近小花枝巷"贾琏的外宅。

兵临城下,尤二姐只得硬着头皮迎出来,只见凤姐"头上皆是素白银器,身上月白缎袄,青缎披风,白绫素裙"。

"红装"改了"素裹",几个意思?

从车马到衣着,从主子到奴才,从头上到脚下,这伙人一身素白,服的乃是"国孝""家孝"两层重孝。加倍映衬出贾琏"国孝家孝之中,背旨瞒亲","停妻再娶"这一行径的非法性、无耻性及其严重性。当然也就更把尤二姐这个"小三儿"的不堪、可恶,加倍放大在聚光灯下了。

"月白缎袄,青缎披风",这分明是短衣襟、小打扮,女将出征的风采。凤姐此来,起的是"卧榻之侧岂容他人酣睡"之心,动的是"宋太祖灭南唐"之意。姐们儿先礼后兵,好就好,乖乖地跟我走;若不好,今儿就今儿了!

王熙凤虽说是大家闺秀不假,但她没什么文化,"刘项原来不读书",脸说翻就翻,撒泼打滚撕头发,气质登时就能转换,毫无心理障碍，不必酝酿过渡。她这身披挂就是做好充分野战实战准备的作训服、战袍。

结果发现遇到的是尤二姐这种小白兔型的"小三"，备好的野战、实战计划根本用不着，代以心战、暗战即可。几句花言巧语，便把"小白兔"轻松搞定。

凤姐一肚子狂飙没发出来，精心设计的"战袍"白准备了。又攒了几天，到底跑到宁国府，摁着尤氏和贾蓉将后续打击方案实施了一遍。

闯进宁国府时，凤姐穿的什么衣服，书上没再细说。但1987央视版《红楼梦》电视剧所展现的画面，跟我们所理解和想象的一样，几乎还是头几天去抄小花枝巷时的那一身，只是少了披风，也没带那么多人马。因为宁国府她从小出入玩耍、长大后协理家务，地熟人熟，跟荣国府一样，都是她的主场，用不着那么麻烦。

那天是文攻，今天可是武斗。

但见凤姐变成了刀马旦，素服短打，单枪匹马，一趟急急风，长驱直入，如入无人之境，连哭带嚎，吓跑了贾珍，搬着脸骂够了尤氏，打足了贾蓉嘴巴子（还没用自己动手）……偌大一个宁国府，跟戏台似的，愣被这娘们儿跑了个圆场，闹得鸡飞狗跳、人鬼不安。

文学作品中，人物的服饰和对话、肢体动作等一样，都是很重要的细节。讲究的不仅是精细，还得自然、得体。能够写出味道、传出深意，则是最高境界。人物服饰描述刻画得好，简直可以起到没有台词的配角作用和无声胜有声的解说效果。《红楼梦》这种世界级文学经典就能做到。

"大家"的礼

"演习骑射"

第二十六回：

>……只见那边山坡上两只小鹿箭也似的跑来，宝玉不解何意。正自纳闷，只见贾兰在后面拿着一张小弓追了下来，一见宝玉在前面，便站住了，笑道："二叔叔在家里呢，我只当出门去了。"宝玉道："你又淘气了。好好的射它作什么？"贾兰笑道："这会子不念书，闲着作什么？所以演习演习骑射。"宝玉道："把牙栽了，那时才不演呢。"

这是《红楼梦》中充满家庭温情的一幕。在父母长辈眼中，宝玉这个"行为偏僻性乖张""古今不肖无双"的淘得出格的"混世魔王"、顽劣少年——他老子贾政见了就想捶他，却在比他矮一辈的侄子贾兰面前，还要硬充起大人模样，端起叔父架子、板着小脸教导一下人家"别淘气""留神把牙磕了"。这叫人忍俊不禁。别忘了，人家贾兰可是荣国府小学的三好学生。

在这轻松愉快的寥寥几句描写中，我们能感觉到当日像贾家这种豪门贵族家庭日常生活中的两个习惯，或曰门风：

一是强调长慈幼敬，注重礼数。

小鹿在前面"箭也似"地奔逃，说明后面的贾兰也追得飞快。但一见前面忽地冒出一长辈来，哪怕是他"宝二叔"这类比他大不了三两岁的、比他还淘气的"长辈"，跑得再快、玩得再嗨，也得赶紧"站住"，主动请安打招呼。遇到长辈垂询——"好好的射它作什么"，晚辈必须老老实实陪着笑脸回复明白——这会儿我们课间休息，正在锻炼身体！忖度其时贾兰之情状，正所谓"其貌也恭，其言也温"。

满族学者关纪新在他的著作《我是满族人》（"满族历史文化系列讲座"，2016年辽宁民族出版社出版）中提到曹雪芹和《红楼梦》时说："《红楼梦》是一位由社会走出来的文学家，在书写一个清代独特历史中豪门世家的故事。"

在这本著作中，关先生专拿出一讲来，介绍旗人的"讲礼儿""讲面儿"的公众形象。比如说起他早年在百货商店听两位女售货员的交谈——

甲：知道吧，那谁谁谁找对象啦，是家儿旗人。

乙：啊？要是我，我可不嫁到旗人家去！规矩、讲究忒多。

甲：可不。这北京城的老规矩老礼儿，都是他们弄的……

北京城的特别是旗人的"老规矩老礼儿"，我们在老舍先生的《茶馆》《四世同堂》《正红旗下》等经典作品中，充分领略过其风范。

在《红楼梦》中，对这样的长幼礼节描写得就非常多。第三回，黛玉随大舅妈邢夫人去见大舅贾赦，没见上面，只由仆人出来传了贾赦的几句话，无非是对外甥女儿的由衷欢迎和关爱疼惜之语（脂批："见有见的亲切，不见有不见的亲切。"批得真好）。但即便是聆听仆人代传的长辈这几句客气话，黛玉也"忙站起来，一一听了"。这便是大家闺秀的规矩。同样的，在第二十四回里，贾母听说贾赦偶感风寒，打发宝玉去探视。宝玉是贾赦的侄儿，但因是衔祖母命而来，转述老太太问候时，生着病的贾赦也得"先站起来回了贾母的话"。接着宝玉去见他大伯母邢夫人。"邢夫人见了他来，先倒站起来，请过贾母的安，宝玉方请安"。这里脂批："一丝不乱"，乃是指大家庭的长幼礼数。

当然关纪新先生也说到，如此讲究礼数的老北京人，也未必都是旗人，"但是说他们一准儿是受过旧时京城旗人式的老礼儿熏陶，并认为以这套方式待人接物才有道理，则谅无差错。不然，怎么以这种方式恪守和维护老礼儿的城市，您在国内就难找出如此这般的第二份呢"。

曹雪芹的祖辈原是明代驻守辽东的下级军官，后归附满洲正白旗。曹家深受康熙皇帝信任和器重，在江南"赫赫扬扬"历六十余年。曹雪芹笔下的荣宁二府，实际是对满洲贵族家庭的侧写。深受满洲旗人文化熏陶的作者，对他们的庆典仪轨、馔食服饰、行止则例，以至人伦秩序、嫡庶纠葛、亲友酬对，再到收支用度、家计运作等，写来得心应手——因为，这说的就是他们家的事儿。

关于满族文学的代表作家，除了曹雪芹、老舍两位大家之外，清代有名的还有纳兰性德、文康（《儿女英雄传》作者）等，当代则有叶广芩（著有长篇小说《采桑子》《状元媒》等）领军……

所以，曹雪芹在《红楼梦》中这样津津乐道荣宁二府中的一些满洲味儿很浓的"规矩""老礼儿"，就不足为奇了。

包括我们下面要说的这另一个习惯。

二是子弟不废骑射，文武兼修。

贾兰跟他"活宝"二叔说，既然"这会子不念书"，就要"演习演习骑射"。

除了写贾兰"演习骑射"外，第四十九回，还写宝玉在冬日"穿一件茄色哆罗呢狐皮袄子，罩一件海龙皮小鹰膀褂子"。关纪新书中说，这"鹰膀褂子"便是满洲阿哥骑马显示威武的时髦装束。

还有，第二十六回中。宝玉、薛蟠的好友，神武将军冯唐之子冯紫英，酒席间说起脸上的青伤，是"前日打围，在铁网山教兔鹘捎了一翅膀"所致。

可见，修文尚武、"演习骑射"是当时贵族世家子弟的生活习惯、主流风尚。

刁书仁先生著《历史上的满族社会生活》（2020年科学出版社出版）中介绍，满洲八旗向以骑射著称，其先世"尚飞缨走马"，其后世亦善"讲干戈战阵之事"。《建州闻见录》记载，"十余岁儿童亦能佩弓箭驰逐"。

但随着生活条件日渐优越，至皇太极时期，八旗子弟开始有"耽恋家室，偷安习玩"的现象——"家居佚乐，身不涉郊原，手不习弓矢"（《清太祖实录》卷24）。

比如《红楼梦》中那位"世袭三品爵威烈将军"的公子哥儿头头贾珍，既不肯读书，也懒得"骑射"，最大的爱好是"一味高乐"，聚麀胡闹。结果是"把宁国府竟翻了过来，也没有敢来管他的"。

第七十五回，贾珍居丧期间，百无聊赖，终于想起一个解闷的好法子——在天香楼下箭道内立个靶子，招引一伙跟他臭味相投的世家纨绔子弟，借骑射演武之名，行赌博玩乐之实。一开始，贾赦、贾政几个长辈不知就里，还夸奖他们这位宝贝侄子说"这才是正理，文既误矣，武事当亦该习，况在武荫之属"，并命令宝玉、贾环、贾兰等几个哥儿，饭后跑来跟着贾珍"习射一回"。但大家很快发现"贾珍志不在此"。没几天，"威烈将军"就以"歇养臂力为由"，先是晚间"抹抹骨牌""赌个酒东"，然后便"一日一日赌胜于射了"……这正是当时八旗贵族子弟"耽于安乐，不知以讲武习劳为务"（《钦定大清会典事例》卷573）、文荒武废、日渐走向颓败没落之路的生动写照。

"礼出大家"

第四十回，刘姥姥看到李纨、凤姐两个做孙媳妇的伺候贾母等吃过后，才"又放了一桌""对坐吃饭"，不禁感叹道："别的罢了，我只爱你们家这行事。怪道说'礼出大家'。"

"不学礼，无以立。"《论语》上说，阙里的一个童子，来向孔子传话。有人问孔子："这是个求上进的孩子吗？"孔子说："我看见他坐在成年人的位子上，又见他和长辈并肩而行，他不是要求上进的人，只是个急于求成的人。"对不懂礼仪、没有规矩的孩子，孔子认为是不会成器的。

《红楼梦》中对家庭礼仪的描写非常多、非常细。

除了前文说到的黛玉见大舅贾赦，第四十九回，宝钗、湘云、香菱等一帮姐妹正在跟新来的宝琴打趣说笑。"正说着，只见琥珀走来笑道：'老太太说了，叫宝姑娘别管紧了琴姑娘，说她还小呢，让她爱怎么着就由她怎么着，要什么东西只管要去，别多心。'宝钗忙站起身答应了"……

这都是大家闺秀的礼数。

《弟子规》上说："父母呼、应勿缓，父母命、行勿懒，父母教、须敬听，父母责、须顺承。"肃立恭听长辈话语，是古时做子女晚辈的从小就懂得的规矩。

还有，第二十三回，宝玉到父亲贾政房里去。"赵姨娘打起帘子，宝玉躬身挨入。只见贾政和王夫人对面坐在炕上说话，地下一溜椅子，迎、探、惜并贾环四个人都坐在那里。一见他进来，唯有探春、惜春和贾环站了起来"。

到父母跟前，为他掀门帘的又是一位长辈，所以宝玉要恭敬地弯下身子，一点点"挨入"进来。见宝玉进来，年龄比他小的妹妹、兄弟都要起身做恭迎状。而比他年龄大的姐姐迎春则可端坐不动。

第二十回，贾环跟丫鬟赌钱耍赖，正在闹腾，宝玉过来问"是怎么了"，"贾环不敢则声"。"宝钗素知他家规矩，凡做兄弟的都怕哥哥"。这里又有脂批："大族规矩原是如此，一丝儿不错。"

贾雨村跟冷子兴说起他在金陵甄家做家庭教师时的感受："谁知他家那等显贵，却是个富而好礼之家。"（第二回）

《论语》中子贡曾求教孔子，说有的人能够做到"贫而无谄，富而无骄"，问如何评价。子曰："可也。未若贫而乐，富而好礼者也。"

刘姥姥不识字，但她也爱贾府这长幼有序、"一丝不乱"的治家规矩、"行事"风格。若从"爱美之心人皆有之"而论，说明这种"行事"也是一种美，是秩序的美、礼仪的美、和谐的美、天伦的美、文明的美，说到家还是文化的美。刘姥姥不识字不代表她不懂得欣赏文化美，因为不识字不等于没文化。反过来也一样，识字多和有文化也经常统一不起来。

"正经礼数"

贾宝玉真的像他姑妈贾敏和他母亲王夫人对黛玉所说，是一个"顽劣异常""无人敢管"的"混世魔王"吗？或是像那首《西江月》和兴儿形容的，是一个"无故寻愁觅恨，有时似傻如狂"的"成天家疯疯癫癫的，说的话人也不懂，干的事人也不知……只爱在丫头群里闹"的"没上没下"的"纨绔膏粱"？

如果他真是这样的一个天天胡闹得不成样子的"悫懒人物""憨懂顽童",正如第五十六回中贾母所说,"若一味他只管没里没外,不与大人争光,凭他生得怎样,也是该打死的"。照此理而论,宝玉早就被打成个烂羊头了,谁也救不了他。

可您别忘了《红楼梦》还有一个名字,叫《风月宝鉴》——这面镜子"两面皆可照人"。书里的故事和人都不是单线推进、平面呈现的,很难让人一眼看穿、一语以蔽。所以贾宝玉免不了还有他的确保不会被打死的另一面,也就是他那"论理"和讲究"正经礼数"的一面。

第七回中有两处:

一、见到从宝钗处回来的周瑞家的,得知宝钗"身上不大好",他赶紧派了丫头茜雪代表他和林姑娘去请"姨太太姐姐安","问姐姐是什么病,现吃什么药"。又想到"论理"应该他亲自去的,但因为此时他正忙着跟黛玉玩九连环,便教茜雪去了以后谎称他"才从学里来,也着了些凉,异日再亲自来看"。

二、随凤姐到宁府。贾珍之妻尤氏与贾蓉之妻秦氏婆媳带着姬妾丫鬟媳妇等接出仪门。宝玉进门后第一句话是:"大哥哥今日不在家么?"这是先问候跟他平辈的兄长、宁国府当家人、贾氏的族长贾珍,其实他满心里想的是秦钟,以及秦可卿。

第八回:

宝玉兑现前言,来至梨香院探望宝钗。但却"先入薛姨妈室中来",先给长辈请了安,然后又问"哥哥不在家?"这是问候薛蟠,其实心里想的当然是宝钗。

第十九回:

与茗烟偷着跑出府去探望袭人。花家的人听见外面有人叫"花大哥",袭人的哥哥花自芳慌忙出去看时,见是他主仆两个……他跑来想看的本是袭人,但在人家门口叫门,却不可以乱叫人家的女孩子,正经的礼数是招呼一声人家的爷们儿。

第五十二回:

宝玉在马上笑道:"周哥、钱哥,咱们打这角门走罢,省得到了老爷的书房门口又下来。"周瑞侧身笑道:"老爷不在家,书房天天锁着的,爷可以不用下来罢了。"宝玉笑道："虽锁着，也要下来的。"

《弟子规》说得明白：路遇长辈长者，有严格的礼数。甭管是骑马的坐轿的，都须立即下来，紧跑几步，向长辈行礼问候。长辈没有吩咐，方退至一旁恭敬肃立。待长辈离开很远，自己才走。即所谓"路遇长，疾趋揖。长无言，退恭立。骑下马，乘下车。过犹待，百步余"。

像荣国府这样封建社会高门贵族中的子弟，更是有率先践行这些"正经礼数"的义务，乃至将其拓展发挥到似这般即使不见人、只在长辈门前走过，也要履行"文官下轿，武将下马"的繁文缛节。

而且，宝玉的"懂事儿""看事儿"，还不止于此。仍是第五十二回，"正说话时，顶头果见赖大进来。宝玉忙笼住马，意欲下来。赖大忙上来抱住腿。宝玉便在镫上站起来，笑携他的手，说了几句话"。因为赖大可不是贾府一般的奴仆，他是荣国府的世仆、大总管，他母亲是贾母都特别尊重的年高有体面的老资格嬷嬷，他的儿子赖尚荣做了知县，家里一样有着丫鬟仆人，甚至还有着一个"小观园"似的花园。所以论起"看人下菜碟儿"这个中国人的"常理儿"，宝玉也一定要给他几分面子。这便是人情世故，宝玉是懂得的。

特别是第十五回，贾府为秦可卿大出殡，路遇北静王。年轻的王爷点名想见一见宝玉。宝玉"忙抢上来参见"；对王爷的垂问，"一一的答应"；对王爷赠送的礼物，"连忙接了，回身奉与贾政"（有趣的是，恭敬如仪一至于斯，却在庚辰本被脂砚斋侧批贬语："转出没调教。"笔者一度对此批语甚感费解。及至后来看到舒序本，发现此处文字竟为"宝玉连忙双手接来，叩首谢赏，回身奉与贾政"——其他版本没有让宝玉用"双手"接来、没有"叩首谢赏"，便显得礼数不全，怪不得让见过舒序本这句文字的脂砚斋骂道"没调教"），给人家留的印象是"语言清楚，谈吐有致"，哪里像是兴儿和傅家的两个婆子说的那样不可理喻？甲戌本在此回正文前更有脂批：

> 宝玉谒北静王辞对神色，方露出本来面目，迥非在闺阁中之形景。

对外是北静王，在内，即便是面对着心尖上的林妹妹指天誓日表衷情，也丢不下他的"正经礼数"。在二十八回中宝玉说道："我心里的事也难对你说，日后自然明白。除了老太太、老爷、太太这三个人，第四个就是妹妹了。要有第五个人，我也说个誓。"小孩子都听得出，这个"第三第四"的排法，绝不代表在他的感情世界里林妹妹不是她的唯一，而是在融入骨髓的"正经礼数"面前，一码归一码，他分得清楚着呢。

宝玉的"两面性"，当然可以用第二回贾雨村的"秉正邪两气所生"理论解释，即所谓"其聪俊灵秀之气，则在万万人之上；其乖僻邪谬不近人情之态，又在万万人之下"，但却不如聪明练达的老太太解释得更贴切更到位更接地气——

第五十六回：甄府来的四个女人因看到传说中的贾宝玉竟和自己家里的甄宝玉一模一样，甚是惊喜，都上来拉宝玉的手，问长问短。

"宝玉忙也笑问好"。

于是甄府女人便夸贾府的宝玉比自家甄府的宝玉性情好得多。贾母问何以见得。四个女人笑道："方才我们拉哥儿的手说话便知。我们那一个只说我们糊涂，慢说拉手，他的东西我们略动一动也不依。所使唤的人都是女孩子们。"

贾母也笑道："我们这会子也打发人去见了你们宝玉，若拉他的手，他也自然勉强忍耐一时。可知你我这样人家的孩子们，凭他们有什么刁钻古怪的毛病儿，见了外人，必是要还出正经礼数来的。若他不还正经礼数，也断不容他刁钻去了。就是大人溺爱的，是他一则生的得人意，二则见人礼数竟比大人行出来的不错，使人见了可爱可怜，背地里所以才纵他一点子。若一味他只管没里没外，不与大人争光，凭他生得怎样，也是该打死的。"

四人听了，都笑说："老太太这话正是。"

"四王八公"朋友圈

贾府是货真价实的钟鸣鼎食人家、诗礼簪缨之族。他们家的势力有多大,无法想象。从京城到地方,从内陆到海疆,贾府的关系遍布朝野,编织了一张巨大的关系网。

在皇宫,荣国府的大小姐元春被封为贵妃,贾政说来算是皇帝的老丈人。

在京城,与他家关系密切的有四家王爷、六家公爵,加上他贾氏一门宁国公、荣国公两家公爵,便是炙手可热的所谓"四王八公"集团。其姻亲史家一门两个侯爵:忠靖侯史鼎、保龄侯史鼐;林家王家亦是侯门、伯爵。余者还有驸马、侯爵、伯爵及世袭的将军等。这伙勋贵势力熏天,引得新皇忌惮。

在地方,"独他家接驾四次""银子成了土泥"的钦差金陵省体仁院总裁甄家,是贾家的"老亲""世交";京营节度使王子腾外放,后又被提拔为九省统制,奉旨查边,旋升九省都检点,一直到入阁拜相,牢牢控制军权;中过前科探花的姑爷林如海,由兰台寺大夫钦点巡盐御史,掌控朝廷重要财源;林黛玉的老师、一路青云直上做到大司马的贾雨村,实是四大家族门下走狗;长安节度使云光,"久欠贾府之情";海疆的粤海将军邬家等"都府督镇",都与贾府"最契"。

根子深则深矣,场子大则大矣,面子美则美矣,可还是应着那个"一荣俱荣,一损俱损"的道理:

第七十二回,管家林之孝报告:"方才听得雨村降了,却不知因何事,只怕未必真。"贾琏道:"真不真,他那官儿也未必保得长。将来有事,只怕未必不连累咱们,宁可疏远着他好";第七十五回,"看邸报甄家犯了罪,现今抄没家私,调取进京治罪",吓得

上编·状阀阅则极其丰整:贾府有哪些资本

贾家一家子惶惶不安,老太太听了也"不自在";第一〇一回,贾琏一大早看到两件新来的抄报,第一件是云南节度使奏报太师镇国公贾化家人领头参与私带神枪火药出边案件,第二件为苏州刺史奏报世袭三等职衔贾范家人奸杀人命事——虽非宁荣二府,却都姓贾!贾琏"心中早又不自在起来"……

终于,到了第一〇四回,贾政在江西粮道任上被参回京,在朝内谢罪时,被皇帝当面问起这两件事来。贾化与贾政的先辈"贾代化"差一个字,却与贾雨村重名,因此皇帝这没好气的一问,把当时在场的这小子也吓了一大跳。贾范却真是贾政一族的远亲。故而皇帝变色,召见结束后"哼"了一声。贾政吓得要死,"带着满头的汗"出来,对人嘀咕:"事倒不奇,倒是都姓贾的不好。算来我们寒族人多,年代久了,各处都有。现在虽没有事,究竟主上记着一个'贾'字就不好。"他心里一直惴惴不安,向人家打听在外面还听见他们贾家的什么事。

和他关系不错的几个同僚倒是安慰他说"没听见别的""想来不怕什么",也同时提醒他"有几位侍郎心里不大和睦,内监里头也有些","嘱咐令侄诸事留神"。

所谓有几位侍郎与贾家不睦,是因为侍郎这种副职一类的官员,原是鼻孔朝天的贾家一向看不上的(第二十九回,端午节前,贾府在清虚观打醮时,就说到一位赵侍郎上赶着来送礼);内监倒是贾家一直在极力巴结维持的势力,问题是这些人贪得无厌,是填不满的窟窿、喂不熟的狗。这些不过是外忧,是探春所云"外头杀来"的,真正的内患实是贾政那几位"令侄",特别是那个太"不奉规矩"的"东宅的侄儿家",以及老老少少男男女女"从家里自杀自灭起来"的主子奴才……

但现在说这个,已经来不及了。皇帝当面"哼"那一声,就是翻了脸。

紧接着的第一〇五回,贾府果然就被抄了。

"每思相会"北静王

第十四回，秦可卿的灵柩运往铁槛寺。

官客送殡的有：镇国公、理国公、齐国公、治国公、修国公的孙子；缮国公诰命亡故，故其孙守孝不曾来得。这六家与宁、荣二家，当日所称"八公"的便是。

余者更有南安郡王之孙、西宁郡王之孙、忠靖侯史鼎，以及平原侯、定城侯、襄阳侯、景田侯之孙。还有锦乡伯公子、神武将军公子冯紫英，陈也俊、卫若兰等诸王孙公子，不可枚数。堂客算来亦有十来顶大轿，三四十顶小轿，连家下大小轿车辆，不下百余十乘。连前面各色执事、陈设、百耍，浩浩荡荡，一带摆三四里远。

走不多时，路旁彩棚高搭，设席张筵，和音奏乐，"四王"路祭将秦可卿葬礼的规格推向高潮。

> 第一座是东平王府祭棚，第二座是南安郡王祭棚，第三座是西宁郡王，第四座是北静郡王的。原来这四王，当日惟北静王功高，及今子孙犹袭王爵。现今北静王水溶年未弱冠，生得形容秀美，情性谦和。近闻宁国公冢孙妇告殂，因想当日彼此祖父相与之情，同难同荣，未以异姓相视，因此不以王位自居，上日也曾探丧上祭，如今又设路奠，命麾下各官在此伺候。自己五更入朝，公事一毕，便换了素服，坐大轿鸣锣张伞而来，至棚前落轿。手下各官两旁拥侍，军民人众不得往还。

尽管北静王以世交之谊作为亲自来祭奠的理由，但细想去，这根本不合规矩礼数。

就在本回，前文提到缮国公诰命亡故，同是国公的贾家也不过是安排王、邢两位夫人去祭奠送殡。如果这才是正常礼数，秦可卿不过一个前国公的重孙子媳妇，出身普通，又没有子嗣，她的葬礼规格应该更低些才合乎常理。

北静王亲临路祭，贾珍急命送殡队伍驻扎，跟随贾赦贾政上前以国礼拜见。北静王在他们面前并不以王位妄自尊大，仍以世交称呼，特地点名要见贾宝玉，并将圣上前日亲赐的鹡鸰香串转赠。更盛邀宝玉常来王府"谈会谈会"。

北静王这些人，虽然"年未弱冠"，"且生得才貌双全，风流潇洒，每不以官俗国体所缚"，但像他们这种身份地位，本质都是些深不可测的政治人物。他这一番超常规表演，应该是已经得到元春即将封妃的确切消息，故提前布局，借机专门结交贾宝玉。贾宝玉与元春同父同母，将是正牌的国舅。

宝玉久慕北静王，亦"每思相会"，当然一定会应邀常去他府邸与之来往。后文中凤姐过生日，宝玉带着茗烟跑到郊外去祭奠金钏儿，撒谎说是北静王的爱妾没了，去王府给他道恼，这才回来晚了。若不是里里外外都知道他们交往甚密，这样瞪眼说瞎话，大家也不会相信。北静王身份太高，作者没有太多直接写北静王与宝玉之间的来往过程，但数次从侧面交代，如第二十八回、四十五回分别提到北静王曾送给同时与宝玉相好的琪官蒋玉菡一条大红汗巾、送给宝玉一套精致的蓑衣斗笠（续书第八十五回写贾赦贾政带着贾珍贾琏贾宝玉一群人去给北静王拜贺生日，说宝玉"素日仰慕北静王的容貌威仪，巴不得常见才好"——甚为可笑，好似宝玉与北静王初识一般；又说北静王在大庭广众之下竟派人将宝玉另请至"一所极小巧精致的院里"，为其预备"单赏的饭"，单独与其"又说了些好话儿"，还又说起早在第十五回就欣赏过的那块玉来，更是不合"理""礼"地乱写了）。北静王与贾府的交往，亦虽着墨有限，但相当频繁：第五十三回，过年北静王府来人给宁国府送对联、荷包；第五十八回，老太妃薨逝，大祭时，北静王太妃少妃和荣府贾母等女眷住在同一座庙里；第七十一回，贾母生日，北静王妃到贺，等等。

北静王这个人物很神秘，好像也很重要。他的出现绝不是没来由无厘头的。自古以来，朝廷中的党争从未停止过。同一派系的拉帮结伙，一荣俱荣、一损俱损；不同派系的互相倾轧，明枪暗箭、你死我活。斗争的焦点就是权力，甚至会是皇权。权臣之间联姻拜把子、借婚丧嫁娶相互造访问候，就是加深感情、笼络关系最常用的形式。在派系争斗中，贾府不可能置身其外。秦可卿的葬礼上，包括四王六公侯爵伯爵大批公子王孙的诸多权贵一齐现身，谁能不说这也是相同派系领军门户的一次有意识的聚首和展示？

别有想法的北静王悍然以王爷之尊，全副仪仗、大队人马，刚一下朝，就大张旗鼓地亲自参加贾家重孙媳妇的葬礼，无异于昭告天下他与贾家关系非同一般。而对于北静王而言，拉住贾府，就等于抓住朝中一大块势力。

贾家与北静王同列四王八公，形成结盟关系十分危险。四王八公都是军功起家的老牌勋贵，一个个在朝廷中都不可小觑。别看他们表面都如贾家一般没有掌握实权，实则在朝中和军中势力影响颇深。如京营节度使这一要职，早年即为宁国府第二代世袭一等神威将军的贾代化担任，后为四大家族中的王子腾把持。很快王子腾又升任九省统制、九省都检点，控制边军。粤海将军、长安节度使和平安节度使等这些军头重臣都与贾家交好。难怪火速起复贾雨村，让他去做应天府知府这样一个显赫的职务，在林如海贾政王子腾这伙裙带势力手中，书信谈笑之间就办得利利索索。在这伙树大根深的权贵力挺下，贾雨村后来还补授了大司马即兵部尚书、协理军机参赞朝政，王子腾本人则入阁拜相（似乎意味着兵权被解，又蹊跷地死在进京赴任的途中）。如果贾家与北静王结党太深，皇帝必然感到威胁，引起高度警惕。显然这对哪一方来说，都不是吉兆，一旦闹将出来，最受伤的是江山社稷、黎民百姓。

不管怎么说，北静王是在元妃死后贾府最大的靠山。续书中，由于北静王与西平郡王这些老关系户的庇护、争取，最大限度地维护了贾府特别是荣国府贾政一家子的利益，甚至荣国府的世职竟还得以保留。

"胡诌假话"贾雨村

《红楼梦》有两个人物首发并打满全场：一个是代表"真事隐"的甄士隐，一个是代表"假语存"的贾雨村。一个返璞归真，一个宦海沉浮。

贾雨村姓贾名化，谐音"假话"；表字时飞，谐音"实非"；别号雨村，谐音"假语存"，隐指"村言粗语也。言以村粗之言演出一段假话也"；籍贯胡州（有版本亦作"湖州"），谐音"胡诌"。脂砚斋将他定性为"奸雄"。

贾雨村作为首发出场的人物之一，虽然跑满全场，但他多数时间是在"无球"状态下奔跑。在八十回本中，共有十回写到他。除前三四回有较详细描写外，其余章回基本都是概述式的，或者冒个泡一笔而过。尽管对他写得比较零碎，文字不多，但是他的每一次正面出现或者侧面提及，都是对他"奸雄"特性的突出展示。

第一回，他刚一出场，到邻居绅士甄士隐家做客这一节，就透出他为人的轻佻无状。在甄家书房，刚说没几句话，甄士隐有事出去，他得以邂逅"娇杏"（谐音"侥幸"）这个"巨眼英豪、风尘知己"。一个有野心的穷书生，一个不安分的大丫头，经过窗内窗外逗咳嗽、采闲花、抛媚眼这一通才子遇佳人的经典步骤，毫无悬念，马上就"王八看绿豆"，对上眼了。第二回，他做了官，见到甄士隐的岳父封肃（谐音"风俗"），不多问当日资助他进京赶考的恩人甄士隐的情况，却忙着要把娇杏搞到手当二房。两人一段奇缘告成，娇杏一来二去还怀揣贵子，成了贾雨村的正室夫人，"侥幸"当上了官太太。

第三回开头，受冷子兴的点拨，贾雨村携林如海推荐信，到京都荣国府送下女学生黛玉，投上"宗侄"的名帖，见到贾政。在其帮助下，官复原职，又很快地补了应天府缺。这通神操作，岂非又是一出官场"侥幸"记？在甲戌本这一页的页眉，有同治年间"左绵痴道人"孙桐生的评点：

> 予闻之故老云，贾政指明珠而言，雨村指高江村。盖江村未遇时，因明珠之仆以进身，旋膺奇福，擢显秩。及纳兰执败，反推井而下石焉。玩此光景，则宝石（玉）之为容若无疑。请以质之知人论世者。

高江村即康熙帝近臣高士奇。孙桐生这段评点，与同时期赵烈文《能静居日记》所记乾隆皇帝说《红楼梦》"此盖为明珠家事作也"声气相通。

而蔡元培先生在其《石头记索隐》中，又有"薛宝钗，高江村也"的大篇幅论述，影射之据，言之凿凿、绘声绘色。其中，还明点出有关贾雨村、薛蟠的几处细节描写，也大有当年高江村的"影子"。

孙桐生说贾雨村影射高江村，蔡元培说薛宝钗影射高江村（同时还有贾雨村、薛蟠），则薛宝钗、贾雨村之互影，便是很值得我们探究的一件事。

第三十二回，"兴隆街的大爷"（贾府的人这样称呼贾雨村这位常客）又来了——宝钗也说他，"这个客也没意思，这么热天，不在家里凉快，还跑些什么"。这句话大概是宝钗与雨村唯一的"交集"——又要见宝玉。宝玉烦得不行："有老爷和他坐着就罢了，回回定要见我。"湘云借机规劝他莫一味在脂粉队里瞎搅，要"常常的会会这些为官做宰的人们，谈谈讲讲些仕途经济的学问"才好。宝玉立马翻脸："姑娘请别的姊妹屋里坐坐，我这里仔细污了你知经济学问的。"袭人给湘云圆场下台说：

> 云姑娘快别说这话。上回也是宝姑娘也说过一回，他也不管人脸上过得去过不去，他就咳了一声，拿起脚来走了。这里宝姑娘的话也没说完，见他走了，登时羞的脸通红，说又不是，不说又不是。幸而是宝姑娘，那要是林姑娘，不知又闹到怎么样，哭的怎么样呢。提起这些话来，真真宝姑娘叫人敬重，自己讪了一会子去了。

冯其庸先生在其《林黛玉、薛宝钗合论——启功先生论红发微》中评价宝钗："她也可以说是《红楼梦》里的一位'女贾政'。"雨村则是贾政的莫逆。

可见并未谋面的雨村、宝钗，"三观"何等契合！不约而同都与贾政一样，站在宝玉思想的对立面上。而宝玉对"宝钗辈"（如此称谓，这是干脆把她划入自己心目中"另册"了）的试图"导劝"，当然是嗤之以鼻、针锋相对："好好的一个清净洁白女儿，也学的钓名沽誉，入了国贼禄鬼之流。"（第三十六回）

雨村在第一回他的"出场诗"中所云"蟾光如有意"中的"蟾光"，尚无非科举及第"蟾宫折桂"之意；而带着"七八分酒意"冲口而出的那句"天上一轮才捧出，人间万姓仰头看"，便已暴露出这个奸雄的无厌野心。虽然彼时不过一落魄穷儒耳。

"玉在椟中求善价，钗于奁内待时飞"。这还真不是他自吹自擂，从才学上讲，他确实有这个本事。

贾雨村是黛玉的老师，出身"诗书仕宦之族"，第一回甫一出场，便作五律、联、七绝各一。通观《红楼梦》全书，皆是闺阁列传、脂粉才榜，以男性身份得以大秀诗文者，主要是突出宝玉。其余如贾环、贾兰，不过在第七十八回各露一小手；贾政咋呼半天，只在元妃省亲时存一《归省颂》章目，想或不甚拿得出手，雪芹未便细加恭维。这样看来，雨村在书中能如此淋漓地展示其诗文，真算是作者青眼特加的异数了。要不，他怎配做黛玉的老师？

但阮囊羞涩、兜里没钱最是件要命的事。正如第七回秦钟心下所言"可知'贫窭'二字限人，亦世间之大不快事"。贾雨村有才无钱，想进京赶考没有路费，"淹塞"在姑苏阊门外十里（谐音"势利"）街仁清（谐音"人情"）巷葫芦庙一年多。

好在他遇上了人生中的第一个贵人甄士隐，资助他龙离浅滩虎上山。然而成名做官后的贾雨村不仅没有回报甄士隐，反而昧心乱判葫芦案，将恩人之女在苦命的悬崖边加力推了一把。

第十六回写贾琏和黛玉处理完林如海后事回来，又顺便提到了他。细问缘由，方知贾雨村亦进京陛见，皆由王子腾累上保本，此来候补京缺，与贾琏是同宗弟兄，又与黛玉有师从之谊，故同路作伴而来。

　　这是在相隔十二回后再一次提到贾雨村，上次是写他在贾政题奏协助补授金陵应天府以后，徇情枉法，乱判葫芦案，立马回报了四大家族。之后他修书两封，一封给贾政，另一封给了王子腾，借此又攀上了王子腾这座靠山。

　　精明奸诈的贾雨村并没有因搭上王子腾这条线而疏远贾府。这并不是说贾雨村多么感恩贾府对他复职的帮助，而是他深谙四大家族的裙带关系，以及四大家族在官场中的影响力。这条山脉似的靠山对于他仕途坦荡，太重要了。

　　在补了京缺后，他与贾府的来往更加密切了。第十七回，贾政带着子侄并一众清客游览刚刚竣工的大观园，题拟匾额对联时，先想到的就是他贾雨村，说"我们今日且看看去，只管题了，若妥当便用；不妥时，然后将雨村请来，令他再拟"。可见贾政对他这个八竿子打不着的"宗侄"才学的看重。

　　第三十二回，宝玉非常反感地抱怨他"回回都要我去"。这些都表明他时常造访贾府。

　　第四十八回，借平儿之口又提到贾雨村。平儿咬牙骂道："都是那贾雨村什么风村，半路途中哪里来的饿不死的野杂种！认了不到十年，生了多少事出来！"原来这次贾雨村又给荣国府大老爷贾赦当上了鹰犬，滥用职权把石呆子的古扇给贾赦夺来，害得石呆子家破人亡，连带贾琏被他爹毒打了一顿。

　　看来自从贾雨村攀上贾府以来，他借贾府的势，贾府借他的官，沆瀣一气，没少干出欺压百姓的勾当。

　　第五十三回，虽然是一句话带过，但是透露了两个重要信息："王子腾升了九省都检点，贾雨村补授了大司马，协理军机参赞朝政。"此时的贾雨村真的达到了"人间万姓仰头看"的仕途巅峰。他与四大家族特别是贾、王二族进一步官官相护，势力更加强大。

　　到了第七十二回，在贾琏和林之孝的对话中夹杂了贾雨村的近况。

　　林之孝说道："方才听得雨村降了，却不知因何事，只怕未必真。"贾琏道："真不真，他那官儿也未必保得长。将来有事，只怕未必不连累咱们，宁可疏远着他好。"林之孝道："何尝不是，只是一时难以疏远。如今东府大爷和他更好，老爷又喜欢他，时常来往，哪个不知。"

　　这段对话背后意味深长。贾琏早就讨厌贾雨村为石呆子古扇"这点子小事，弄得人坑家败业"的卑劣为人，现在愈加感觉到这个奸雄太不牢靠。再联系到夏太监、周太监对贾府明敲暗诈，透露出贾府在当今皇上眼里已经失宠。贾雨村由于与贾府关系密切，特别是他和贾赦贾珍等这般烂人臭味相投，已经被贾府这个大染缸给染得更黑了，本来就不咋地的人品更加堕落了。如此一来，贾府的对立面合并他自己的对立面，加速了他在皇城官场中的失势，"坏事"确实是迟早的事儿，最终他随着贾府的垮台而被打回原形。第一回甄士隐出家时为跛足道人《好了歌》所作注解中那句"因嫌纱帽小，致使锁枷扛"，脂砚斋批明，说的就是"贾赦、雨村一干人"。

"幸与不幸"冯紫英

《红楼梦》中贾政、贾宝玉这对父子如同冤家对头一样地存在着，第三十三回重头描写了贾政暴打贾宝玉的情节。贾宝玉无意间使得贾家开罪于忠顺亲王府，是他这次挨打的主要原因之一。

荣国府的主位贾政在此时表现出了少有的恐惧。这是全书第二次明写贾政的恐惧。第一次是第十六回他正在过生日，宫中夏太监突然"满面笑容"地来宣旨，召他进宫，他"不知是何兆头"，唬得不行。

得罪了忠顺王府成为贾家灭亡的一个明显开端。其中因果如何？又是谁，用什么力量助推了这种"开端"形成？

通过第三十三回知道，忠顺亲王有个最放在心上的戏子琪官，也就是蒋玉菡，悄无声息地逃离了王府。心尖上的人不在眼前，王爷这一急一怒非同小可，三问两问，猜到了荣国府贾家大宝贝与琪官的关系，认定贾宝玉是引逗琪官逃离并加以窝藏的小情敌，立即派长史官来荣国府责问琪官的去向。开始贾宝玉还瞪眼撒谎，否认自己认识琪官。当长史官问道："既云不知此人，那红汗巾子怎么到了公子腰里？"底儿让人掀出来，吓得贾宝玉什么都招了，一切就如同在印证忠顺亲王的猜想一样。贾宝玉心中一定也曾深疑，汗巾子这样私密的事情，如何忠顺王府的长史官会知道？而接下来众人对薛蟠猜疑的高度一致，让特别顾及宝钗感受的他立即制止了有关这件事的猜测探究。

宝玉挨打的当晚，薛宝钗听说了此事，回到家中责备薛蟠。关于薛蟠告密导致宝玉挨打，宝钗是听袭人说的，袭人又是听茗烟（宝玉的贴身小厮"茗烟"，又名"焙茗"。本书按蔡义江先生意见，统一为"茗烟"）说的。而且也不用别人说，宝钗自己就认定哥哥薛蟠打小报告的可能性最大。

但作者在第三十四回明白告诉我们："那茗烟也是私心窥度，并未据实，竟认准是他说的。那薛蟠都因素日有这个名声，其实这一次却不是他干的，被人生生的一口咬死是他，有口难分。"蔡义江先生此处有评："可见为人名声之重要。"薛蟠也一头雾水，还反过来问他母亲和宝钗："听见宝兄弟吃了亏，是为什么？"薛姨妈斥责他："你还装憨呢！"蔡义江评曰："薛蟠憨直，不像是有意装相的人，也不屑去装。"

如果不是最可疑的薛蟠，又会是谁呢？根据线索推断，冯紫英的嫌疑就变得很大了。这还得从琪官和红汗巾子的线索捋起。

琪官在第二十八回第一次出场，是由冯紫英拉来陪客的，宴请的是薛蟠与贾宝玉兄弟。饭局中间，琪官和贾宝玉曾私下里有过接触，并互换了汗巾子。这一幕正好被薛蟠看到，拿着他二人打趣不已——由此呆霸王落下吃醋和打宝玉小报告的嫌疑。最后还是由冯紫英来将他们解开。可见冯紫英和薛蟠一样，都知道红汗巾的事。当琪官逃离忠顺王府后，急了眼的亲王一定会先从琪官的人际圈子着手来找，自然也就找去了神武将军冯唐之子冯紫英那里，而非与琪官早不相熟、来京都时间也短的薛蟠。找到了冯紫英，就知道了红汗巾子的小故事。如此说来，告密这事确实不是薛蟠干的，而在冯紫英的身上。至于为何长史官质问贾宝玉时不提是谁告诉他的，只说外面好多人都知道他们的这层关系，想必是要掩护冯紫英这个告密者。

那个"忠顺亲王"是何人物？

从他的封号与"义忠亲王"在字眼上对照着琢磨，很容易让人联想到，这位"忠顺"亲王可能是在"义忠"亲王老千岁"坏了事"（第十三回提到）的时候做对了事的人，遂取而代之。那"忠"字是个人人都会挂出来的幌子，不足多论。而"义"字当头，就很有些桀骜不驯的意思。没有哪个圣明天子喜欢平白冒出一股打着"义"字大旗替天行道的势力，必欲除之而后快。还是"顺"着点儿为好，"顺天者昌"。现在吃得开的便是"忠顺"亲王。

既然"义""顺"两派水火不容，曾与义忠亲王老千岁有交情过往的贾家、薛家，被忠顺亲王视为异己，也就在所难免了。很可能忠顺亲王早就想要到贾府发飙找茬儿。一个得势的亲王，想修理一个老弱的公爵府，简单得像大人打小孩儿，不需要很像样的理由。要不是虑到他家刚出了一位贵妃，早打上门来了。这就是官场的丛林法则。

贾政再书呆子，毕竟人在官场，对此也是心知肚明，所以言谈中一再低调避让，生怕得罪了亲王，招来祸端。而如今有了贾宝玉助琪官逃跑一节，正好撞在了人家的枪口上。这也就是为什么当贾政听到自己的儿子引逗忠顺亲王跟前的琪官时，是那么气愤和恐惧，以致说出"祸及于我"这样的话，继而联想到"弑君杀父"之类极端的后果。越想越害怕，怕到极点就是狂怒，"眼都红紫了"，把宝玉打了个动弹不得。

至此我们把贾政心生恐惧以及贾家"得罪"忠顺亲王的原因捋顺了，却还有一个疑问，那就是在这件事情中，冯紫英扮演了一个什么样的角色，他为何把贾宝玉出卖了呢？

冯紫英是神武将军冯唐之子，世家子弟，交际圈非常广，和贾宝玉、薛蟠、北静王等都熟识，身上既有些纨绔气，又颇具江湖侠士之风。作为将门之后，从他把仇都尉的儿子给打了（第二十六回）这一节，就能够看出他不是个轻易屈服的怕事之人。不似贾宝玉，王府的一个大秘书跑过来吓他一吓就什么都说了。冯紫英这个人物，在书中前八十回出现的次数不多，却关系着贾宝玉和琪官，还是追寻贾府没落轨迹的线索之一。

将军府第的冯家，与同是军功起家、武荫之属的贾府是世交。宁国府的长孙媳秦可卿病重，多少太医都看不明白，冯紫英闻讯赶紧推荐了一个好医生张友士给他们，贾珍贾蓉非常感激。冯紫英常和贾宝玉、薛蟠这些四大家族的子弟吃吃喝喝、来往密切。他与薛蟠在青楼的相好云儿相熟，也知道贾宝玉"流荡优伶"的喜好，故在请客时专以蒋玉菡相陪。他又是在贾家去清虚观打醮时，第一个得知消息，并且送去了礼物的（第二十九回）。

既然好成这样，为何在面对忠顺亲王的时候，豪气冲天的冯紫英会出卖通家之好、亲如手足的兄弟贾宝玉？为何宝玉挨打后，前八十回书中就再没提过冯贾两家之间的交往了呢？是否此时的两家已经断绝了交往？程高续书第九十二回，冯紫英的再次出现很不合理：一是他作为贾宝玉薛蟠的好哥们儿，忽然变成"推销商"来贾府，没头没脑；二是他跨着辈分向宝玉的爹贾政推销起奢侈品，贾政听说他来，还"急忙迎着"，实在可笑；更离谱的是，本是贾家常客的冯紫英，居然还向贾政问起路人皆知的贾雨村与贾府的关系。

第二十六回有一个不太引人注意的细节。薛蟠提前过生日，贾府的清客、古董行的程日兴"不知哪里寻了来的这么粗这么长粉脆的鲜藕，这么大的大西瓜，这么长一尾新鲜的鲟鱼，这么大的一个暹罗国进贡的灵柏香薰的暹猪"来巴结他，薛蟠便请贾宝玉去家中一同享用。记得当时薛蟠对贾宝玉说道："那鱼、猪不过贵而难得，这藕和瓜亏他怎么种出来的，我连忙孝敬了母亲，赶着就给你们老太太、姨父、姨母送了些去。如今留了些，我要自己吃，恐怕折福，左思右想，除我之外，唯有你还配吃，所以特请你来。"到薛蟠处，"只见詹光、程日兴、胡斯来、单聘仁等并唱曲儿的都在这里"。如此可知，薛蟠当日"特请"的正经客人只有贾宝玉一人。

然而，就在还未开席时，冯紫英突然到访。薛蟠等一齐都叫"快请"。可见连薛蟠事前也不知冯紫英要来。从天而降还不算什么，奇怪的地方就在于冯紫英不仅来也匆匆、去也匆匆，竟没说什么与薛蟠有关的要紧事，只说了几句云里雾里、很容易让人忽略过去的话，不知何意。

冯紫英来找薛蟠时，脸上有伤。薛蟠、宝玉兄弟问了原因才知，"这个脸上是前日打围，在铁网山教兔鹘捎一翅膀"。随后冯又提到自己是不得不去的，"可不是家父去，我没法儿，去罢了。难道我闲疯了，咱们几个人吃酒听唱的不乐，寻那个苦恼去？这一次，大不幸之中又大幸"。

什么叫"大不幸之中又大幸"？以冯紫英这种动不动就能把仇都尉的儿子打了、又整天和薛蟠这种打死人不偿命的"呆霸王"厮混在一起的个性看，"教兔鹘捎一翅膀"，弄得"面上有些青伤"，还好未伤筋骨这点子小事，算得了什么"大不幸"和"大幸"？所以蔡义江先生此处有评："读者与当时人均以为必有一段故事。"会是什么故事呢？

更可疑的是冯紫英既来之，又不安之，站不住坐不住。喝了口茶，薛蟠请他入席，他说："论理，我该陪饮几杯才是，只是今儿有一件大大要紧的事，回去还要见家父面回，实不敢领。"便站着喝了薛蟠执壶、宝玉把盏的两杯酒。

宝玉一再追问："你到底把这个'不幸之幸'说完了再走"——这又证明冯紫英说的"不幸之幸"并非"教兔鹘捎一翅膀"这点子小事。连宝玉也觉得他不同往常。

可是他终究都没有对二人说清楚这事，只约了"多则十日，少则八天"后回请，就"一面说，一面出门上马去了"。

按照福尔摩斯说的"当你排除一切不可能的情况，剩下的，就是真相，甭管多难以置信"这个破案理论，冯紫英跟两个好哥们儿吞吞吐吐、欲言又止的这个"不幸之幸"，若排除飞鹰走狗、打架斗殴这些小事，那就很可能与他打围去的铁网山、与他们冯家再加上贾薛两家的命运有很大关系。

全书两次提到了铁网山。第一次，是在第十三回中，秦可卿的葬礼上，贾珍没有给心爱的儿媳找到合适的棺材板，这时薛蟠及时雨般送来一副"帮底皆厚八寸，纹若槟榔，味若檀麝，以手扣之，玎珰如金玉"的好板。薛蟠夸耀说，这板"叫作什么樯木，出在潢海铁网山上，做了棺材，万年不坏。这还是当年先父带来，原系义忠亲王老千岁要的，因他坏了事，就不曾拿去……也没有人出价敢买"。而第二次提到铁网山，就变成冯紫英去打围挂了彩的地方。两次提到铁网山，一次与薛家和义忠亲王的旧日交情及义忠亲王的倒台有关，一次是冯家父子不得不去打围的地方。那么冯紫英说的"不幸中之幸"就给人留下细思极恐的很大的联想空间。

"出在潢海铁网山上"的樯木，是"坏了事"的义忠亲王老千岁预订的棺材板，则这个"潢海铁网山"是不是这位义忠亲王的私人地盘、势力范围？

"不幸"之事，莫非是冯家父子在"不得不去"的铁网山围场遇到了极惊险的一幕。一幕什么？会是义忠亲王"坏了事"后，其一干不甘失败的旧部死党聚集起来密谋什么大事，而这些旧部又意见不一发生分裂、撕破脸了吗？冯家父子属于那认清形势急欲摆脱义忠亲王旧势力的一伙，动手后鼻青脸肿（饰称"教兔鹘捎一翅膀"）仓皇逃离……

而"不幸中之大幸"，除了暂时逃离铁网山（喻指义忠亲王铁网一般的残余势力）外，还当包括投附上了新靠山、新皇的心腹、冉冉升起的政治新星——忠顺亲王。

这出惊心动魄的宫斗大戏吓破了冯紫英的胆。但对于曹雪芹来说，他从小就在长辈们神神秘秘的家史讲述中，慢慢体察到：曹氏家族被迫卷入这种或因改朝换代、或因上层内讧而形成的惊涛骇浪，从他在关外做明朝军官的上祖曹振彦开始，到如今自己长大懂事，已非一次。

惊魂未定的冯紫英跑来想跟薛蟠说点什么，又发现薛蟠正在办生日宴会，人多口杂，便咽了回去。薛贾兄弟留他吃酒，他此时哪有这个心思，说了实话，即"今儿还有一件大大要紧的事"，要回去跟老爸商量。

关乎家族改换门庭、生死存亡的事，当然是"大大要紧的事"。

至于当第二十八回冯宴请薛、贾时，宝玉再度提及前儿他所言"幸与不幸"之事，冯却再次含糊过去。那一定是与父亲计议一番后，被父亲严峻的态度震慑住，再不敢明白提及此等机密大事。

可又想到与薛、贾兄弟的酒肉感情，冯紫英"良心"难泯，"义气"尚存，于是想借这提前（原说"多则十日，少则八天"后回请，实际第二天就等不及了）举行的宴席，多多少少暗示一下。这从他那诡异的唱曲中露出意思来：

> 你是个可人，你是个多情，你是个刁钻古怪鬼灵精，你是个神仙也不灵。我说的话儿你全不信，只叫你去背地里细打听，才知道我疼你不疼！

这是说给"刁钻古怪鬼灵精"的贾宝玉听的。你不是一个劲打听"幸与不幸"吗？我很想告诉你，可我爸不让我说。我只好"叫你去背地里细打听", "才知道我疼你不疼"。你那么聪明，还猜不出吗？简直要急死谁！

最后又加了句：

鸡声茅店月。

这一句出自唐代温庭筠的《商山早行》诗"鸡声茅店月，人迹板桥霜"。此诗描写了寒冷凄清的早行景色，抒发了游子在外的孤寂之情和浓浓的思乡之意，字里行间流露出人在旅途的失意和无奈，也有提醒四大家族认清形势、"未晚先投宿，鸡鸣早看天"之意。

却不料纨绔就是纨绔，一场意味深长、攸关存亡的酒席，被贾宝玉和蒋玉菡的一见钟情、"表赠私物"给岔到了别的乱子上。面对同样没多少正事的忠顺亲王为着一个戏子而急赤白脸的讯问，在好哥们儿和家族命运之间，曾经豪气干云、义气千秋的将门虎子冯紫英，怂了……

这也就解释了，为何冯紫英特地跑到薛蟠那里把什么"幸与不幸"的话说得嘴里半截肚子里半截，为何他不得不出卖了贾宝玉，为何他此后与贾家渐相疏远，在第二十九回送礼后干脆再无往来。如果说忠顺亲王是贾家的主要天敌，那此时的冯家就已经成为了忠顺王寻贾家麻烦的重要助力，将本已在悬崖边上的贾家又狠狠推了一把。

通读前八十回，还会发现一个变化，不光是冯家与贾家的关系越来越远，其他大家族也是如此，贾府的朋友圈在不断缩小。从秦可卿葬礼的繁琐铺陈、极尽奢华，到贾敬葬礼的三言两语、"与其奢易莫若俭戚"（包括北静王等的大佬这时都不见了影子）；从贾府一直使用的老王太医变成小王太医，到最后变成稀里糊涂只会误事的胡庸医；从开始的王公贵族围着贾家转，到后来只有一些像什么"粤东的官儿"之流边边角角的小官在巴结，最后连孙绍祖家都欺负起了贾家。这一路变化，都演示着贾府日渐衰败的轨迹。

林家财产之谜

第十六回里,贾琏的宁国府侄子贾蔷揽到"下姑苏聘请教习,采买女孩子,置办乐器行头等事"的肥差。贾琏打量一番这小子,敲打他说:"这个事虽不算甚大,里头大有藏掖的。"

别看他人模狗样儿地唬侄子,要说起"藏掖"这事,林黛玉的财产去向问题,才是黏附在贾琏、凤姐两口子身上的一个最大的问号,才是贾家最大的"藏掖"。

关于林黛玉的财产问题,要细分成几个小问题,抽丝剥茧,逐一分析,才能接近"真相"。

林如海有没有很多的财产？

林黛玉的财产，如果有，只能是继承她父亲的遗产。如果老林死后压根儿就没剩下什么，小林的财产问题就是个虚假命题。

我们认为，这个问题的答案是肯定的。不光有，而且还不少。林如海是五世侯门的公子，他家的贵族底蕴比贾家还要深，起码家底儿不比贾家薄。不是门当户对，荣国府也不会把"金尊玉贵"的小姐贾敏嫁给林如海。到林如海这一辈，虽然爵位袭不到了，但人家是学霸，前科的探花、兰台寺大夫，圣眷优隆，又钦点扬州巡盐御史。

为什么林如海以探花"清贵"出身，曹雪芹偏安排他做"鹾政"即巡盐御史这样一个官职？这很容易让人联想到《金瓶梅》里那位蔡御史。

话说这位蔡御史，来路恰跟林如海有些相似，是状元出身，新点了两淮巡盐御史，开府亦在扬州。他沿着大运河南下扬州上任时，走到东平府清河县，就遭到了西门庆的"围猎"。西门庆摸不上这位状元公的脾气，怕人家眼皮都不夹他，开始不敢乱来，先是将酒食装在食盒，共有二十抬，给领导送去。一桌酒食不值几两银子，妙的是配着酒食奉上的金银器皿：一副金台盘，两把银执壶，十个银酒杯，两个银折盂，一双牙箸。同时还有一个两对金丝花加两匹段红的大红包。蔡御史一齐笑纳。见其不出意外地入港，西门庆胸有成竹，顺势将其留到家中款待，还找来两个妓女陪侍。既然官商勾结成了哥们儿，做着盐商生意的西门小弟就提出了请托：

> 西门庆道："去岁因舍亲在边上纳过些粮草，坐派了些盐引，正派在贵治扬州支盐。望乞到那里青目青目，早些支放，就是爱厚。"因把揭帖递上去。蔡御史看了，上面写着："商人来保、崔本，旧派淮盐三万引，乞到日早掣。"蔡御史看了，笑道："这个甚么打紧！"一面把来保叫至根前跪下，吩咐："与你蔡爷磕头。"蔡御史道："我到扬州，你等径来察院见

我,我比别的商人早掣一个月。"西门庆道:"老先生下顾,早放十日就勾了。"蔡御史把原帖就袖在袖内。

(《新刻绣像批评金瓶梅》第四十九回)

比别的盐商提前十天拿到现货,就能以垄断方式高价上市销售,获取暴利。结果这桩买卖他赚到了数万两银子。小弟发财,当领导的大哥那里,所得回扣能是小数吗?而且他要做的事很轻松,只是让小弟早十天取到盐而已,故而他才会笑着说"这个甚么打紧"。而脂砚斋曾称赞曹雪芹的写作"深得《金瓶》壸奥"。这"一芹一脂"都很熟悉《金瓶梅》,其中也应包括书中那位新点的两淮巡盐御史的故事。

当然,有轻松搞钱的权力本事是一回事,本人是不是那种类型的官员,又是一回事。林如海是不是蔡御史式的蹉政、是不是清官?他出场、着墨都太少,没说是也没说不是。咱是咋看也不像。但,能让他把心爱女儿读书大事相托、颇得他赏识助力的贾雨村,是个什么样的人,众所周知。《红楼梦》这部书妙就妙在常用"不写之写"或是"侧写"的笔法。

另外,老林的夫人、黛玉的妈,荣国府的小姐贾敏,那可是贾母最疼爱的宝贝闺女。第七十四回,王夫人带着羡慕嫉妒恨的心态,跟凤姐追忆这位小姑子:"你如今林妹妹的母亲,未出阁时,是何等的娇生惯养,是何等的金尊玉贵,那才像个千金小姐的体统。"当年她出嫁时,应是贾府最鼎盛的时期,带过去的嫁妆,也会成为林家一笔丰厚的财产。即使是在已走了下坡路的第五十五回里,王熙凤与平儿计议,荣国府的小姐将来出嫁,每人也得按一万两银子打发。

还有,林如海是病死,而非"坏了事",并未像甄家、贾家似的被抄家。何况即便贾家被抄,按续书看,也并未真成"白茫茫一片真干净"。

实际上,林家"家私"厚实,书中还别有暗点的痕迹呢。

第二十五回,粘上毛比猴都精的王熙凤借着"吃茶"这个婚事梗,把甜蜜的玩笑开到黛玉心坎上,接着又越说越是那么回事儿,逗得小姑娘要多舒坦有舒坦——

> 凤姐笑道："你别做梦！你给我们家做了媳妇，少什么？"指宝玉道："你瞧瞧，人物儿、门第配不上，根基配不上，家私配不上？哪一点还玷辱了谁呢？"

人物儿、门第、根基，特别是最后又冒出来一个"家私"，这里面说的可都是大户人家儿女婚配的要件。配得上跟贾家结亲的"家私"，能少得了吗？

林黛玉有没有继承权？

答案也是肯定的。

自然，在《红楼梦》时代，女孩子在继承权问题上不占优势。但书中说得清楚，"只可惜这林家支庶不盛，子孙有限，虽有几门，却与如海俱是堂族而已，没甚亲支嫡派的。今如海年已四十，只有一个三岁之子，偏又于去岁死了。虽有几房姬妾，奈他命中无子，亦无可如何之事。今只有嫡妻贾氏，生得一女，乳名黛玉，年方五岁。夫妻无子，故爱如珍宝"。按说这段话给我们"林黛玉乃是林如海唯一继承人"的印象就够深刻的了，可重要的话只说一遍可不成，第五十七回里，曹雪芹又不厌其烦地让紫鹃再强调了一遍：

> 无人时，紫鹃在侧，宝玉又拉她的手问道："你为什么唬我？"紫鹃道："不过是哄你顽的，你就认真了。"宝玉道："你说的那样有情有理，如何是顽话？"紫鹃笑道："那些顽话都是我编的。林家实没了人口，纵有，也是极远的。族中也都不在苏州住，各省流寓不定。纵有人来接，老太太必不放去的。"

紫鹃服侍黛玉最久，情同亲人，无话不谈，应最知林家的底细。别说没有"亲支嫡派"来觊觎林如海的遗产，就有个把"堂族"，关系也是"极远的"，而且还都不在苏州、不知道在哪儿。

这容易让我们得出两个推论：一个自然是林家的孤女黛玉要继承全部遗产；第二个，正因为林家这头没有很近的亲属可以托孤，来护送黛玉的表兄贾琏（其与黛玉的血缘关系，和宝玉是完全一样的），就成了这笔遗产的经手人。还有别的可能吗？

之后的问题就简单了，林家的遗产，也就是黛玉的财产，去了哪里？

当然是去了贾家，被贾琏带去了荣国府。因为这笔钱目标太大，贾家上层核心人物，比如贾母，都紧盯着，贾琏再财迷，像平儿说的，"油锅里的钱还要找出来花呢"，可打死他也不敢在这个事情上有半点儿"藏掖"。所以，要说"藏掖"，也是老太太为首，孙子不过具体执行，过手而已。

流到贾府的这笔钱究竟有多少？最后干了什么？

这笔钱数量之大，大到需要接手的经办人贾琏竟要多拿出一两个月的时间来打理。第十四回：

> 正闹着，人回："苏州去的人昭儿来了。"凤姐急命唤进来。昭儿打千儿请安。凤姐便问："回来做什么的？"昭儿道："二爷打发回来的。林姑老爷是九月初三日巳时没的。二爷带了林姑娘同送林姑老爷灵到苏州，大约赶年底就回来。二爷打发小的来报个信请安，讨老太太示下，还瞧瞧奶奶家里好，叫把大毛衣服带几件去。"

《红楼梦》里传话的仆人，完全像是会喘气的录音机，把主子或上司的原话播放一遍，一字一句，原原本本，毫不走样。如这里昭儿向凤姐传贾琏的话，还有第二十七回小红向凤姐传平儿的话、第四十九回琥珀向宝钗传老太太的话，等等。当然这需要个好脑瓜做内存、利索舌头做播放器。贾府的奴才里，人才荟萃，最起码是口才无碍。

我们听昭儿的"录音"报告，在贾琏的计划中，从林如海死到自己回京，要用去四个月的时间。而从苏州走大运河回北京，一个月用不了。当然这三个月的时间，要为林如海办丧事、回苏州，安置遣散林如海的几房姬妾及奴仆，的确耗时费力，但其中清点接收林家的家产，恐怕是占时最多、最费脑筋的一件大事。不弄清楚、收明白还不行，因为他坐在荣国府的祖母还在高度关注、遥控指挥着这件事。贾琏还得千里迢迢派人"讨老太太示下"。

这笔财产的数额,"草蛇灰线,伏延千里",直到第七十二回,才揭开谜底:

> 贾琏道:"昨儿周太监来,张口一千两。我略应慢了些,他就不自在。将来得罪人之处不少。这会子再发个三二百万的财就好了。"

这个曾经发过的"三二百万的财",通观全书贾琏凤姐经办的财务,只有林家那注财产能合得上。

清点、接收这样一笔巨额财产所需的时间,贾琏一开始都有点儿估计不足,所以临时让昭儿回家来取大毛衣服。

也只有这样一笔"家私",才与凤姐跟林黛玉开"玩笑"时提到的能跟贾家的"家私"配得上的那笔"家私"的额度,配得上!

这笔只有老太太等极少数人知道的、让贾琏凤姐两口子刻骨铭心的突然间发的大财,流入贾府后,最大的可能,是挥霍在了迎接元妃省亲和为此营造的大观园上。

第十六回里,元春"晋封为凤藻宫尚书,加封贤德妃",接着又有旨意,贵妃可回府省亲。借用秦可卿托梦给王熙凤的话来说,这是"非常喜事,真是烈火烹油,鲜花着锦"。贾府建造的省亲别院(即后来的大观园)"从东边一带,借着东府(指宁国府)里花园起,转至北边,一共丈量准了,三里半大"。在第十七至十八回"大观园试才题对额,荣国府归省庆元宵"里,作者详细地介绍了园内的小桥、流水、假山,以及如潇湘馆、怡红院、蘅芜苑、秋爽斋等处建筑的精巧或豪华,所谓"一处处铺陈不一,一桩桩点缀新奇",好似"天仙宝境"。连皇宫里出来的元春都叹为观止,说:"以后不可太奢,此皆过分之极。"各处房舍装修之精致,作品中均有描述,此处不赘。而房屋内的摆设俱是上好的,数量又极为巨大,这从贾琏向贾政的汇报就可略知一斑:

> 贾琏见问,忙向靴桶取靴掖内装的一个纸折略节来,看了一看,回道:"妆蟒绣堆、刻丝弹墨并各色绸绫大小幔子一百二十架,昨日得了八十架,下欠四十架。帘子二百挂,昨日俱得了。外有猩猩毡帘二百挂,金丝藤红漆竹帘二百挂,墨漆竹帘二百

挂，五彩线络盘花帘二百挂，每样得了一半，也不过秋天都全了。椅搭、桌围、床裙、桌套，每分一千二百件，也有了。"

这些可都是得花大钱买的。曹雪芹在作品中没有也不可能开列建造大观园的各项费用，但他在第十六回里透露了两笔费用："下姑苏聘请教习，采买女孩子，置办乐器行头等事"花费了三万两银子，而"置办花烛彩灯并各色帘栊帐幔"则要花费二万两银子。还未提及房屋的建造与装修、园子的设计与布置，以及各种精美家具的购置，五万两银子就已经用在省亲中的小点缀上了。以此做推算，整个大观园的建造以及迎接元春省亲的热闹场面与气氛烘托的布置，必然是耗费了巨额财产。

接个贵妃的驾，到底要花多少钱，曹雪芹不明说，但他在第十六回里，借着赵嬷嬷的口，道出当年贾府和甄家数次（贾家一次，甄家四次，凤姐说她王家也"预备过一次"，加起来共六次，正是康熙南巡的次数）接待"太祖皇帝"南巡的开销手笔之大：

"嗳哟哟，那可是千载希逢的！那时候我才记事儿，咱们贾府正在姑苏扬州一带监造海舫，修理海塘，只预备接驾一次，把银子都花的淌海水似的！"

"别讲银子成了土泥，凭是世上所有的，没有不是堆山塞海的，'罪过可惜'四个字竟顾不得了。"

即使是贵不可言的世袭公爵，一下子要耗费如此巨大的财富，也必然会感到捉襟见肘，更何况早在第二回里，曹雪芹已明确地借冷子兴之口告诉我们，贾府传至第三代，"如今的这宁荣两门，也都萧疏了"。冷子兴还进一步解释说，"如今外面的架子虽未甚倒，内囊却也尽上来了"。

联系到后来大观园的建造，冷子兴的话等于在明白地告诉读者，贾府根本没有建造大观园的经济实力。从第二回冷子兴的介绍到第十六回开始筹划建造大观园，检阅作品中的描写，要说发生了使贾府经济状况改变的事件，那就只能是第十六回前面所说的"林如海已葬入祖坟了，诸事停妥"，贾琏带着林黛玉"昼夜兼程"回到了贾府——同时带来的，还有林家的财产。

这依然还是"不写之写"。

从两个"真实性"看林黛玉"一无所有"的人设

自己家有这样大一笔财产，或曰遗产，林黛玉没有一点感觉吗，为什么还要整天自怨自艾"我是一无所有"？这里头有个文学真实性和生活真实性的区别。

生活的真实，就是这笔钱有没有、有多少、在谁那儿、做啥用了，等等。但在文学作品里，虽然其讲究的艺术真实性经常会跟生活的真实性重叠在一起，不过真到了需要权衡两边重要程度的时候，它也会毫不犹豫地把生活的真实性先搁在一边儿，而去突出它要表达的重点，就是所谓文学艺术的真实性了。因为搞文学的，和搞历史、搞文献、搞新闻的，他们所承担的使命不大一样。

什么意思呢？我们大多数人读《红楼梦》，其实最关心的是一个"情"字，因为这就是作者写作的意图。在第一回，曹雪芹就借空空道人的观感，说《石头记》此书"大旨谈情"，甚至书名一度曾叫做《情僧录》。曹雪芹追求的是"有情之天下"，离开"情"字，很难读通、读透《红楼梦》。

在这个基本的写作理念或者叫创作冲动的前提下，书中所设的主要人物，以及他们的性格、命运，就都必须"情"字当头了。林黛玉爱上贾宝玉，是为了木石前盟来"还泪"。他俩的故事就是讲的这个"还泪"的过程。至于他们结不结婚、生不生孩子等等，《红楼梦》不管这些。"泪"还完了，林黛玉就完成了曹雪芹交给她这个文学人物的使命，该干嘛干嘛去。贾宝玉爱跟谁结婚就跟谁结婚，结婚以后爱幸福不幸福，林黛玉不管了。她完成任务去了另一个维度不同的空间和时间了。

这些最该她关心的事，都不让她管了，那她爸爸林如海去世后是不是留有遗产、额度有多大、这遗产她有没有份、是不是带到贾府来了、怎么花的，等等，就更不是该她管的事了。因为这不是她这个文学人物该承担的使命。当然她心里"每常闲了"，也会替贾家算计算计，出的多进的少之类的；跟宝钗拉家常时也偶尔说到薛家的房地买卖。但这对她来说都是些细枝末节，只是提醒我们她是个在慢慢长大的正常人，并不是个糊涂虫。如果让她知道她还有"三二百万"的财产，整天琢磨这破事，她哪有工夫吟风赏月、跟宝哥哥闹别扭使性子、淌眼抹泪？而这才是她的主责主业，这才是真实的林黛玉，是没有烟火气的绛珠仙草。她对钱的概念，通常是第二十六回里小丫头佳蕙说的"我好造化！才刚在院子里洗东西，宝玉叫往林姑娘那里送茶叶，花大姐姐交给我送去。可巧老太太那里给林姑娘送钱来，正分给她们的丫头们呢。见我去了，林姑娘就抓了两把给我，也不知多少……"蔡义江先生在这里点评："钱字从不在黛玉心上。"

　　这就是林黛玉在文学上的真实性。所以，程高本续书后四十回，一上来说林黛玉支持贾宝玉去读四书五经，而且又想起来她当年的老师贾雨村的种种"好"，大家一看就觉得"假"，这不是林黛玉能做出来的事说出来的话，进而断定这不会是曹雪芹写的。而这些内容，其实恰是符合生活的真实性的。因为按说黛玉、宝玉都长大了些嘛，应该有一点那个时代的成年人该有的思维了。但是不行，读者不接受，因为它不符合大家对文学人物艺术真实性、也就是所谓"人设"的认知。这个"人设"的认知好固执，哪怕让宝玉、黛玉还有大观园那帮女孩子老是长不大，而别人的年龄，比如贾母，一年年噌噌地长，大大违背了时序常理，也在所不惜。因为如果让他们长得太快，年龄大了，就不再适合男男女女老是住在一个园子里，曹雪芹要讲的少男少女的爱情故事，就没法讲了。书中一些时序、年龄的错乱，可能就是这么出来的。就算再让曹雪芹活几年，再披阅增删几通，也不一定能两全，只能顾一头他认为要紧的。生活中的真假他先不管了，先让读者感觉是真的就好。

　　所以，曹雪芹不会让黛玉去关心她家的财产。

　　关心她家财产、一直惦记着那"三二百万的财"的，倒是贾母，是贾琏、凤姐。

　　因为，这也符合他们这些贾府当家人的"人设"。

·下编·

式微已盈睫：资本出了问题

JIAFU DE ZIBEN
BIAN FENGZHENG BIAN SHIWEI

可知这样大族人家，若从外头杀来，一时是杀不死的。这可是古人曾说的"百足之虫，死而不僵"，必须先从家里自杀自灭起来，才能一败涂地！

——第七十四回贾探春语

三观不和的母子

贾母与大儿子贾赦这娘儿俩的感情，从"鸳鸯女誓绝鸳鸯盟"事件就几乎降到了冰点以下。但似乎还没完，不是老太太没完，而是贾赦没完。

我们要从一个叫"嫣红"的女孩子的名字说起。

第三回"鹦哥"（第八回改名为"紫鹃"）出现时，脂批"妙极！此等名号方是贾母之文章。最厌近之小说中，不论何处，满纸皆是红娘、小玉、嫣红、香翠等俗字"。

第四十七回，贾赦强娶鸳鸯不成，"含愧""告病""且不敢见贾母"之余，并没闲着，"终究费了八百两银子买来一个十七岁的女孩子"。给她叫个什么名字不好，偏就唤作"嫣红"。

则贾赦之所以老是讨贾母的嫌，于此不起眼处又添一小证。

《红楼梦》里，女孩子的名字经常被作者借来说事儿。比如"嫣红"这个梗，通过脂批的点拨，再次透出老太太和贾赦这娘儿俩情调的违和。

无独有偶，贾政也曾恶声恶气地问宝玉，"袭人是谁"，"丫头不管叫个什么罢了，是谁这样刁钻,起这样的名字"(第二十三回),也立显这爷儿俩志趣的迥异。

当然,就像贾政虽然讨厌宝玉,倒也没在"袭人"名字上啰唆起来没完,这都是小事,顶多算"代沟"。贾政真正着急生气的是宝玉不务《四书》"正业","专在这些浓词艳赋上作工夫"。贾母不喜贾赦,但也肯定不会过多关注个把"嫣红""姹紫"之类给女孩子乱起名字的琐事。这娘儿俩的不对撇子,主要也是来自"三观"不同,即对家族使命责任的认识和担当上不同。

贾母是宁荣二府金字塔尖上的"老祖宗"。她的无敌权威与强大气场,不仅来自金陵世勋侯门千金的高贵出身,不仅来自第二代荣国公诰命夫人"老封君"的尊贵称号,也不仅仅系于她在贾家的辈分、年资,而更来自于她的舍我其谁的担当意识,来自她对于家族内外事务举重若轻的驾驭能力、见微知著的预判能力、机敏从容的应变能力,加上她怜贫恤老的亲和、慈善,老少皆宜的活泼、幽默,以及优雅的生活情趣、健康的饮食起居习惯。

这是一位要强的、实力型加内涵型的老领导。

而贾赦在老领导眼中是个什么玩意儿?

一个荣国公府的长子、世袭的一等将军,一把年纪的油腻大伯,"左一个小老婆右一个小老婆放在屋里","放着身子不保养,官儿也不好生做去,成日家和小老婆饮酒"……(第四十六回)

不负责任、没有追求、躺平摆烂、情趣低俗——这才是令老太太真正失望、寒心的地方。子孙不肖,指望不上啊!

贾赦的儿子贾琏,"成日家偷鸡摸狗","脏的臭的"都拉了屋里去,喝醉了酒还要杀老婆。瞎胡闹上,比他爸爸有过之无不及。但贾母一点儿没把这当回事,云淡风轻,嘻嘻哈哈:"什么要紧的事!小孩子们年轻,馋嘴猫儿似的,那里保得住不这么着。从小儿世人都打这么过的。"(第四十四回)

同样的恶心事,贾母为什么不能容忍儿子贾赦,却能包容孙子贾琏?不仅因为他还是个"小孩子"、隔辈儿亲,更重要的是,老太太心目中,在她这一众不争气的儿孙里,矬子里头拔将军,贾琏还算是个有担当、能做事的男孩子哩。

第二回,冷子兴介绍到贾琏时,说他虽也是"不喜读书",但

"于世路上好机变言谈去的"——这不也是老太太的风格吗——如今在其叔叔贾政家里住着,"帮着料理些家务"。也就是说,外界认为他还是有些管理能力的。只是有他媳妇凤姐这样的理家奇才,才衬得他"退了一射之地"。

第十二回末,林如海病重。一家子爷们儿,能让老太太放心护送黛玉回扬州探父的,只有贾琏。对照当初护送黛玉来贾府的,是贾雨村这么个有大"本事"的人,至少说明贾琏也还多少靠点谱。

"国舅爷"贾琏处理完林如海后事,又带着黛玉回来后,凤姐第一时间要向他"述职",报告家里的情况。(第十六回)

府里涉及工程委派、财务开支等重要事项,须贾琏"批票""画押",方能生效、领出"对牌"拿出钱来。他才是"一支笔"。(第二十三回)

贾政现场调度大观园工程项目进展时,贾琏立马"向靴桶内取靴掖内装的一个纸折略节来",也就是方案报告书,有条不紊地向领导汇报……(第十七回)

这些事,耳报神众多的贾母都心里有数。她是个理性的老董事长,知道要用一个人的长处,就得忍着点儿他的短处。贾琏就是这么个一身毛病、却多少还有点用处的业务主管。

比起儿子贾琏来,贾赦简直一无是处,不仅是彻头彻尾的老色鬼、老恶棍,还是整个儿一家族负能量、社会大祸害。

弄到后来,贾母几乎是时时事事厌恶她这个大儿子。

第七十五回,贾赦给母亲孝敬了两样菜来,按例要经过鸳鸯的手呈给老太太。鸳鸯当然不会给他加好话,指着那两样菜道:"这两样看不出是什么东西来,大老爷送来的。"贾母便让人把这两样菜原样给贾赦送回去,而且吩咐以后不必再送。真是啪啪地打脸。

还是在这一回,中秋节,一家人聚在一起吃团圆酒。娘儿俩好不容易坐在一起,贾赦偏又不看眉眼高低地讲了个"母亲偏心"的"笑话"。立时贾母就烦了,不一会儿就把贾赦、贾政、贾珍等都轰走了。别人没事儿,贾赦因言语得罪了母亲,心烦意乱,出门时还崴了腿。老太太听说后,顺势把他老婆邢夫人也轰走了,让她去看看贾赦伤得要紧不要紧。

微妙的婆媳关系

有人说，贾家最趋炎附势的人是贾母。

人称"老太太""老祖宗"的"史老太君"——她趋的是谁家的"炎"、附的哪门子的"势"？

当是时，贾、史、王、薛四大家族中，贾家和史家虽是公侯世家，但早已过了气，特别是贾家，渐渐被"今上"厌弃。贾家宁荣二府的公爵已经降袭为将军，承袭爵位的贾赦、贾珍之流俱是混账、废品中的战斗机，书呆子贾政出仕，不过只做了工部的一个中层副职，一大家子全靠一个元春勉强撑着。史家势力还不及贾家。至于薛家，不过皇商而已，有钱但说不上特别有势，还不够薛蟠一人造孽的呢。

炙手可热的却是王家。

四大家族中，史家、薛家乃是文官出身，贾家、王家则是军功起家。

王家不但有钱——"东海缺少白玉床，龙王来请金陵王"，而且，掌兵权！

王夫人的哥哥王子腾乃书中一位神秘人物，出场不多，地位显赫。他是都太尉统制县伯王公之后，先任京营节度使，后又被提拔为九省统制，奉旨查边，旋升九省都检点（注意，这个所谓"都检点"类似赵匡胤做过的职务。曹雪芹这样写，莫非意在此人功高震主，恐难善终）。这是一个货真价实的军界巨头，权势大到有如年羹尧和隆科多加在一起。而贾元春的命运，也一如《甄嬛传》里的年妃，忽而气焰熏天，转头万劫不复——有学者考证元春最后是被人用弓弦勒死的。《甄嬛传》里年妃是一头碰死，但余氏却也是被小太监用弓弦勒死的。

贾府里的塔尖人物贾母，乃是大家族大风大浪里"恶斗"出来的掌门人。她福寿双全、养尊处优、见多识广、看惯炎凉，嘴上叨唠着"我们老啦，无所谓啦，就是跟着你们年轻人混吃混喝玩儿会子罢了"，一派和蔼慈祥，但实际上头脑理智、杀伐果断、该出手时就出手，本是武则天、叶卡捷琳娜、慈禧、维多利亚女王、白家二奶奶、朱开山老婆一类的强势女人。宁荣二府内政、外交都得围着她转。

她看得明白：这会子，过的就是人家王家的日子。尽管她也时常暗自神伤、心有不甘，对儿媳妇王夫人的倨傲霸道久矣反感——第四十六回贾赦打鸳鸯的主意，老太太得知后，出乎在场所有人意料地把满腔怒火撒到与此事毫不相干的王夫人身上，恶语相加："外头孝敬，暗地里盘算我。"其实很像是故意借题发挥、发泄积怨、偶露峥嵘、敲山震虎——对她的孙媳妇、王夫人的亲侄女儿王熙凤一伙的胡作非为，她也不是听不到看不见，但她哈哈一笑，眼睛一闭，忍了。对自己一时没忍住强加给王夫人的这次"误炸"，她赶紧在第一时间打着哈哈，拐着弯地表示歉意、慰问、安抚、拉拢，以图转圜，不敢有半点得罪。

毕竟，她代表的是贾家乃至史家好几大家子人的共同利益。她是一把手，她是班长，她是中枢，她是抓总的，她得放弃个人好恶，她得顾全大局，她得识相知趣，她得眼观六路耳听八方，故作镇定强打精神，再烦再恼再委屈也得强颜欢笑敷衍应付……

她必须得把王家这口气咽下去。

不只老太太，就连素以公道正直有担当而令人钦敬的贾府主流派、当权派贾探春（这是贾府一大堆不肖子孙里，最得老太太遗传、最具老太太气质神韵的一个孙女儿）也得趋附于她这个没影的"舅舅"——第五十五回，探春的亲舅舅赵国基死了，探春等正代理家务。她亲妈赵姨娘来要钱，嫌探春坚持"原则"给得少，一口一个"你舅舅"地数落起来没完。探春急眼了："谁是我舅舅？我舅舅年下才升了九省检点，哪里又跑出一个舅舅来？"这是硬认人家王夫人当亲娘。气得赵姨娘骂她"只拣高枝儿飞去了！"

贾府的资本

可在贾府这样的大家族里、这样的职场里、这样的圈子里、这样的氛围里,攀高枝儿又有什么稀奇?不攀才奇葩、才倒霉、才千夫所指万众腹诽死无葬身之地!像晴雯、黛玉、尤三姐。

看清贾母的嘴脸和苦衷,贾府里上演的这一出出悲喜剧,便看得更清楚、通透些。

边丰整,边式微
JIAFU DE ZIBEN BIAN FENGZHENG BIAN SHIWEI

奇特的伯侄亲情

贾赦，字恩侯，荣国府第三代"文字辈"的长子。他老爸是第二代荣国公贾代善，老妈是金陵世勋史侯家的小姐、后尊称史太君的贾母。老爸去世后，自然是他袭了爵位。虽然按照清代爵位逐代递降的规则，他袭的爵位不再是公爵，而是降为一等将军，但在我们普通群众看来，依然很牛。

贾环，是荣国府第四代"玉字辈"公子中的一位。他爸爸贾政，因不是长子，未袭到祖传的爵位，但好在皇帝对他家很照顾，额外赏了他一个处长一类的官儿。贾政清楚自己这一枝儿往下，再无沾祖宗光当官的可能，要想撑住场面，只能走应试科举的路子，便发了疯似的逼着三个儿子读书考大学——当然，读的都是"四书五经"那类"仕途经济学问"的书。爱之深、责之切。因在"读书"上用力过猛，不仅把自己弄成个书呆子，大儿子贾珠之早死，也很可能是让他给逼的。贾政灰了心，回头看看老二宝玉、老三贾环，似乎都更不是这块料，便爱咋地咋地了。

贾环比不了宝玉。宝玉的妈王夫人是正妻，亲舅舅王子腾是年羹尧式的大官，同母的姐姐贾元春是皇帝的贵妃。贾环只有一个笑话似的亲妈赵姨娘，舅舅赵国基不过是贾家的奴仆。一个娘肠子里爬出来的姐姐贾探春，眼里只认王夫人王子腾，烦他娘儿俩烦得不行，连做双鞋都只给宝玉做，根本不搭理他这个亲兄弟。小丫鬟们都瞧不起他。成长、生活在这样一个谁都不大待见的环境，这个孩子的心态、性格就肉眼可见地不太健康。

贾赦虽然是袭了爵位的荣国府嫡长子，但在他母亲那里也抬不起头来。比起他弟弟贾政的读死书、死读书来，他干脆"放飞自我"。一大把年纪的人，"左一个小老婆右一个小老婆放在屋里","放着身子不保养,官儿也不好生做去,成日家和小老婆饮酒"。当然,他也有雅好,比如收藏古扇。但他的收藏手段是通过无良政客贾雨村强取豪夺平民的私产,害得石呆子家破人亡。老太太眼瞅着她这个大儿子一步步成长为混蛋中的绝品,失望之余,采取了措施:把祖上留下来的爵位、爵产一分为二。爵位只能是老大的,但家务、财产的管理支配权给了老二贾政两口子。更让贾赦感觉屈辱的是,他袭着爵位,做着大官,在家里不仅不能当家,成了在野党,就连住处也只是在荣国府花园隔出来的一个小院。而他那个书呆子老弟却堂而皇之盘踞在皇帝亲题匾额的"正经正内室"——荣禧堂!

莫看贾环"人物委琐,举止荒疏",却是个心里做事的小人精,蔫儿坏,并不全随他亲妈赵姨娘那般整天"没头脑和不高兴"式的肤浅。

他灵机一动信口胡诌、在父亲面前"小动唇舌"陷害他哥哥宝玉的事迹,因耳熟能详,我们不再赘言。真正值得我们"罕异"和深思的,是这个小反派对他们家格局形势、派系斗争的清晰认识以及果敢举动。

第十七、十八回,元妃省亲这么辉煌荣耀的场合,这个家族没有让贾环出席,给他请了"病假"。贵妃赏赐的物品,贾环得到的,不仅比宝玉差得多,甚至还不如侄子贾兰。这让人情何以堪?续书第一一九回,贾环曾对着大伯母邢夫人恨恨地说:"不是我说自己的太太,他们有了元妃姐姐,便欺压的人难受。"

贾环出身差、年龄小、长得丑、学习也一般——但他不傻啊。他身上承袭流淌的,和你贾元春、贾宝玉、贾兰一样,也是荣国公的高贵血脉!

不用人帮,他一个人开始反击。

第二十二回"制灯谜",别人出的谜语,传到宫里,元妃都猜了,有的猜对了,有的没猜对。只有贾环出的,贵妃猜都没猜,只说不通,叫太监带回来,问贾环谜底是什么。

看贾环给元春出的这个引得大家哄堂大笑的"灯谜":

大哥有角只八个，二哥有角只两根。

大哥只在床上坐，二哥爱在房上蹲。

贾环给的谜底是"一个枕头，一个兽头"。"兽头"是古代建筑雕塑在屋檐角上的两角怪兽，也有的说是龙之九子中的"螭吻"。

但这么两样东西，为何偏要用"大哥""二哥"指代？这么形象这么好猜的物件儿，为什么聪慧的元妃不予理睬？

哈，这原是贾环在作怪呢！

"只在床上"整天和小老婆玩枕头的"大哥"，不是贾赦是谁？

既非长子、又无爵位，却仗着有个"真龙"女婿、鸠占鹊巢假模假式"蹲"在荣国府正房的，不正是"二哥"贾政吗？

这个缺德带冒烟儿的"灯谜"，叫元春咋猜？她一眼就看出这是老三环儿发坏，给自己出难题。

这嫡庶姐儿俩的矛盾隔阂，只能是日益深刻。

说到贾环和他大伯父贾赦的交集，先看这个细节：第二十四回，贾赦偶感风寒。宝玉乃是奉老太太之命来应景式礼节性探望。贾环却是带着贾兰，小叔侄俩主动来请安的。同是伯侄关系，赦、环间的亲情，与赦、宝间的生分、淡漠，形成反差，引人联想——同为荣国府"在野党""弱势群体"的赦、环爷儿俩，其利益、特别是"对立面"很一致嘞。

真是奇观：贾赦的儿子贾琏，随着媳妇凤姐效忠于贾政、王夫人的"执政党"；贾政的儿子贾环，却好似加入了贾赦的战队。

贾府中亲昵微妙的叔（伯）侄关系现象，还不只上述，还有珍、蔷、琏、蓉、宝芸等。其中，环兰小叔侄的因都不受王夫人待见而致结盟，格外值得细思。

赦、环伯侄那奇异的亲昵，终于在第七十五回"中秋赋诗"一节中，以令人咋舌的方式大摇大摆地表现出来。

中秋家宴上，贾政吩咐宝玉、贾环、贾兰作诗助兴。宝玉、贾兰的诗得到贾政赞赏。贾环的诗却遭到贾政嘲讽。按说这有点儿显失公平。

这时，当着贾母等一大家子的面，从不读书写文章的"一等将军"大伯父贾赦忽然出人意料地跳了出来，硬从贾政那里单要过贾环的诗看了一遍，偏"连声赞好"，大大地给了赏赐。夸贾环那"带着不乐读书之意"的"诗"，"竟不失咱们侯门的气概"，热情鼓励他以后作诗就这么作，不用那么"寒酸""书呆子"气。更雷人的是，贾赦越说越来劲，说到兴起居然还拍着贾环的小脑瓜儿，说将来咱们家"这世袭的前程定跑不了你袭呢"！

这一通胡言乱语，摆明就是打贾政的脸，顺带向偏心的老妈撒娇示威、刷存在感！

偏这一回的回目叫作"赏中秋新词得佳谶"。而此回中，既赋"新词"又得"佳谶"者，似乎除了贾环，不像是说别的人或别的事。

最搞笑的，在程高本续的后四十回中，荣国府的爵位最后还就真的落到了贾环头上。

原来贾府抄家后，贾赦获罪，荣国府的世职转由贾政承袭。贾政三子，长子贾珠早亡，次子宝玉出家，家里只剩了贾环，那将来可不就……

是耶非耶，真乎假乎。呵呵，这老贾家的事啊——子曰：没法说！

不会聊天的舅妈和甥女

《红楼梦》中，王夫人与林黛玉的直接对话其实并不多。好不容易娘儿俩凑到一起说句话，却屡屡以给人以"不会聊天儿"的深刻印象。

第一次，是在第三回中。林黛玉初入贾府，王夫人嘱咐她道："我有一个孽根祸胎，是家里的'混世魔王'，今日因庙里还愿去了，尚未回来，晚间你看见便知。你只以后不用睬他，你这些姊妹都不敢沾惹他的。"

这话听来没毛病，充满母亲对儿子的爱怜亲昵，也带有一点对黛玉的关怀提示，但实际上不算太礼貌——您儿子算多大一块活宝啊，就好像全天下女孩儿都巴结着上赶着非得要沾惹、追求他似的。特别是跟一位远道而来、初次谋面的而且人家也是侯门千金官宦小姐的小外甥女儿，上来就说这个，相当不得体。这话就挺难接。

但黛玉不愧是"既受天地精华、复得雨露滋养"的绛珠仙子转世，不愧是前科探花林如海、超级名媛贾敏的宝贝女儿，不愧是名师大儒官油子贾雨村的得意门生，"水晶心肝玻璃人"，看人家接的：

"舅母说的，可是衔玉所生的这位哥哥？在家时亦曾听见母亲常说，这位哥哥比我大一岁，小名就唤宝玉，虽极憨顽，说在姊妹情中极好的。况我来了，自然只和姊妹同处，兄弟们自是别院另室的，岂得去沾惹之理！"

两句话两层意思：一是我在家常听我妈妈夸奖您儿子情商"极好"，这话王夫人肯定爱听，而且当妈的永远听不够，这就叫会聊天儿；二是我一个女孩儿家，怎么可能老跟男孩子搅在一起，我又凭什么去"睬"、去"沾惹"您儿子，舅妈您多虑了吧——这就带点不卑不亢、不客气的口气了。

后头这句不太好听，您也凑合听着吧，谁让您先不会聊天的？

第二次，第二十八回，王夫人见了林黛玉，因问道："大姑娘，你吃那鲍太医的药可好些？"林黛玉道："也不过这么着，老太太还叫我吃王大夫的药呢。"宝玉道："太太不知道，林妹妹是内症，先天生得弱，所以禁不住一点风寒，不过吃两剂煎药疏散了风寒，还是吃丸药的好。"王夫人道："前儿大夫说了个丸药的名字，我也忘了。"

不少读者说看了这段，替王夫人和黛玉这娘儿俩尴尬得不行。如果说上一次的对话，"不会聊天儿"的是王夫人，那这次就有点半斤八两了。

一个长辈，见了正青春年少的晚辈，聊点什么不好，先问起吃药的事来。但也还可以理解。因为大家都知道黛玉素来身体不好，长辈关切，倒也不算不会聊天儿。

而黛玉的回复就有点在水准之下了。长辈关心你身体，或舒坦或难受，你倒说个准话儿或客气话儿，"不过这么着"算怎么着？舅妈问你"吃了鲍太医的药可好些"，你来了个"姥姥让我吃王太医的药"——哪儿跟哪儿啊！说好听点是心不在焉、不知所云，说不好听的，简直就是拿着姥姥压舅妈，没把宝玉他妈搁在眼里。这次的不会聊天儿，让黛玉抢了先。

当然，我们替黛玉想想，她的这次不会聊天儿，根子在于对王夫人老是不放心自己身体的不满——什么意思啊，老拿我生病说事儿，就想说我配不上你儿子呗！有点戗火。

既然说不到一块儿，那就都少说两句好啦。估计宝玉也瞧出不对付来了，一个劲在打圆场。可是可爱的王夫人哪能把这"不会聊天儿"的名额只留给黛玉一个人啊，就忙不迭找补了这么一句，"前儿大夫说了个丸药的名字，我也忘了"，终于把这次娘儿俩的尬聊推向极致——您"忘了"的事儿，还提它干嘛？您既然那么关心黛玉的身体，那就应该对大夫说的"丸药的名字"大加留意才是。您年纪大了实在记不住也不要紧，就别在这儿提这事了，等想起来再说也不迟……

第三次，第四十回，贾母领着刘姥姥逛大观园。一众人等有说有笑、高高兴兴来到潇湘馆。小主人黛玉出于礼节礼貌，让座后，亲自用小茶盘捧了一盖碗茶来奉与贾母。本来挺好一事儿，谁也没想到，这当儿"刺斜里忽地闪出一将"——王夫人，没头没脑搭了句茬儿：

"我们不吃茶，姑娘不用倒了。"

旧时女子受聘，俗称"吃茶"。因古人认为，茶籽种下以后就不能移植了，否则茶树将不能生存。用茶叶作为聘礼，是希望女子能够专一。

茶既被视为婚姻的信物，第二十五回王熙凤跟黛玉开玩笑"你既吃了我家的茶，怎么还不给我们家做媳妇"，对黛玉、宝玉一对小情人儿来说，这句玩笑话就酸酸的甜甜的，很可口可心。

同样，这里看似王夫人拒的是茶，实是潜意识里拒绝黛玉为其儿媳。

王夫人这一杠子插的，不用说立马空气就有点冷凝，画面定格或白板五秒钟，谁也不知道接下来该咋办了。曹雪芹也只好让"林黛玉听说，便命丫头把自己窗下常坐的一张椅子挪到下首，请王夫人坐了"……

就连刘姥姥也看出不得劲来了——可别小瞧这个村妇老妪，她可是她们那一带四乡八里极会说话惯会聊天的，看颜看色补台抹缝那是一把好手，眼见自家闺女（她是王家的老亲）当众掉板跑调出洋相，赶紧没话找话——打量一下黛玉的书架："这必定是哪位哥儿的书房了"，有一搭无一搭地把话岔开。

简直想想就替王夫人脸上发烧。

这次的不会聊天儿，舅妈老王得满分。

其实，说来说去，王夫人和黛玉的话不投机，根子在这娘儿俩一贯的互相设防。王夫人心心念念的儿媳妇，是她亲妹妹薛姨妈的女儿宝钗。"金玉良缘"才是她对宝贝儿子婚姻大事的美好愿景、称心蓝图。单从平常称呼上，一口一个"宝丫头"，和那什么"大姑娘""姑娘"相比，态度上的亲疏热冷立现。

王夫人这种真实心态，加上她"原是天真烂漫之人，喜怒出于心臆，不比那些饰词掩意之人"（见第七十四回），其"不会说话""不会聊天儿"，也不是一天两天一回两回，贾母就曾毫不客气地当众说她"不大说话，和木头似的，在公婆跟前就不大显好"（第三十四回）——发展来发展去，到第七十四回抄检大观园前，她跟凤姐咬牙痛恨地说起晴雯时，潜意识里，竟然一下子把这个她最讨厌的丫鬟的形象跟黛玉重叠起来：

"上次我们跟了老太太进园逛去，有一个水蛇腰、削肩膀、眉眼又有些像你林妹妹的，正在那里骂小丫头。我的心里很看不上那狂样子……"

不有点太过分了吗？这就不是一般的"不会聊天"了。

而黛玉又是那种"心较比干多一窍"的格外多疑敏感的女孩儿，对她这个舅妈言语间日益明显的"洒汤漏水"，岂能没有感觉？

这样一来，日积月累，娘儿俩逐渐升级的隔阂、互怼，还有什么不好理解的？

袭人"袭"黛玉

将《红楼梦》翻译成蒙语的清代蒙古族文学家哈斯宝,在谈到袭人时,认为她最后"一语伤人",是个送了晴雯性命的坏蛋;她为了谋得姨娘的地位,同薛宝钗"两奸相党,一对斧头砍枯林,可怜潇湘如何受得!"这里说的"枯林"和"潇湘"自是指林黛玉。

那么,袭人都对黛玉做了些什么,引得哈斯宝对她如此憎恶?

我们先看袭人在史湘云面前都说过黛玉什么话?

第三十二回有两处。

先是湘云和袭人说起,她给宝玉做的扇子套被人铰了。袭人便说这扇子套是被林黛玉赌气铰的。当然,袭人没有说明黛玉是不是知道这扇子套是湘云亲手做的,只说宝玉"不知怎么又惹恼了林姑娘"。即便这样,也把湘云气得不行,愤愤地说:"她既会剪,就叫她做。"袭人却又说:"她可不做呢。饶这么着,老太太还怕她劳碌着了。大夫又说好生静养才好,谁还烦她做?旧年好一年的工夫,做了个香袋儿;今年半年,还没见拿针线呢。"

接着,因为湘云劝宝玉"也该常常的会会这些为官做宰的人们,谈谈讲讲些仕途经济的学问",引得宝玉不快,场面一时难堪。又是袭人打圆场,说上回宝钗也是跟宝玉说了几句类似的话,宝玉抬腿就走,把宝钗晾在这里,羞得脸通红。本来话说到这里,让湘云下来台阶,就够了。袭人偏又来句"神补刀",说:"幸而是宝姑娘,那要是林姑娘,不知又闹到怎么样,哭的怎么样呢。"

这种"谈笑间,让黛玉躺枪"的把戏,我们看着好眼熟。哦,记起来了,就在前面第二十七回"滴翠亭"的故事中,宝钗那"急中生智"的表演,竟跟袭人像是一个师傅教出来的。怪不得人都说"晴为黛影、袭为钗副"。

但是，在"生来英豪阔大量，从未将儿女私情略萦心上"、男孩子一般性格的史大姑娘那里，袭人这点儿嚼舌头根子的小把戏，打不起定盘星来。日久见人心。后来，大观园里跟林黛玉最相知相惜的挚友，不是别人，正是湘云！白费了袭人一番拨弄。

一袭不成，还有更猛烈更致命的再袭。

第三十四回，宝玉挨打后，袭人借王夫人问询挨打原因这种敏感时刻，又给黛玉上了眼药：

"如今二爷也大了，里头姑娘们也大了，况且林姑娘、宝姑娘又是两姨姑表姊妹，虽说是姊妹们，到底是男女之分，日夜一处起坐不方便，由不得叫人悬心……"

宝钗年龄比黛玉大些，故其排序，在书中从来都是钗前黛后。第十八回中，贵妃金口玉言，也终是"薛林二妹"。

袭人可是丫头里面最讲规矩秩序的。此刻她在强调"男女之分"、大谈"君子防不然"时，忽然突兀地把年龄小的林姑娘摆在了年龄大的薛姑娘前面，则谁才是"男女大防"的一号防范对象，不就在王夫人那"天真烂漫"的脑袋里，重重地打出了个惊叹号么！

也是清代一位红学家叫涂瀛的曾说：袭人，蛇蝎之，不可交也！

正呼应了宝钗在滴翠亭边"随口"对小红、坠儿说的，让黛玉"遇见蛇，咬一口也罢了"的那句"玩笑话"。

可是，袭人，这个古怪名字，是后来宝玉起的。她在贾母身边时，本叫"珍珠"。我们看她在林黛玉刚进贾府时，对黛玉是很实在很亲热的，原本是个单纯和善、柔顺忍让的女孩儿。正是宝玉说的，是颗"无价之宝珠"。

我们不由得感慨和哀叹：她的逐渐变化，以致由一颗珍珠渐渐成为暗戳戳"袭人"伤人的"死珠""鱼眼睛"，终于成为宝玉在《芙蓉女儿诔》中痛骂的那类"邪恶的奴才"，实在是拜贾府这个"一个个乌眼鸡似的，恨不得你吃了我，我吃了你"的钩心斗角的大环境所赐。

美人、扇子、蝴蝶及蛇

第二十七回,时令到了农历四月二十六日芒种。这天,大观园里的女孩子们早早起来,绣带飘飘,花枝招展,设摆各色礼物,祭饯花神。原来,芒种一过,便是夏日了,众花皆卸,花神退位,须要饯行。饯花,成了闺中一大节日。

天气既然热起来了,扇子就充当起书中这几回的重要道具。比如,宝钗用扇子扑蝶,宝玉赠给蒋玉菡扇坠儿,宝钗借扇机带双敲,晴雯撕扇,等等。

宝钗扑蝶用的扇子,在一些国画上,给画成了团扇。美则美矣,可人家书上明明说的是,宝钗"遂向袖中取出扇子来,向草地下来扑"。能从薄薄的袖子里取出来用的,可见是折扇了。所以我们要向把宝钗扑蝶的扇子画成折扇的画家致敬——他们读得仔细。而画成团扇的,很可能是被书里那句"忽见前面一双玉色蝴蝶,大如团扇"的描写给迷了眼了。

再看那双蝴蝶,穿花度柳,将宝钗引到池中滴翠亭。亭中小红和坠儿的一番悄悄话,却让大热天跑得气喘吁吁的宝钗听得冷汗直冒。原来两个丫头说的,竟然是跟男子传送定情信物这类秘事。在宝钗这种"主流女孩"听来,是地地道道的"奸淫狗盗"之语。

在那个年代、那个环境下,这可是女孩子说不得、也听不得的羞死人的话。一旦走漏,是要出事的。更要命的是,两个女孩子说话间,因为心虚,怕有人偷听,忽然推开了本来关着的窗槅子,正好跟窗外的宝钗来一对脸儿!

好惊险。就在那扇窗子"咯吱"一响被推开的同时,宝钗故意将脚步放重,迎着就冲了过去,边走还边笑着喊林黛玉的名字:"颦儿,我看你往哪里藏!"俩丫头一时愣在那里。

下编

式微已盈睫:资本出了问题

智勇双全、逆转局面的宝钗却"宜将剩勇追穷寇",反向她二人笑问:"你们把林姑娘藏在哪里了","我才在河边看着她在这里蹲着弄水儿的……"一边说,一边干脆冲进到亭子里寻了一圈。离开时还不忘开了句玩笑:

"一定又是钻在山子洞里去了。遇见蛇,咬一口也罢了。"

被吓傻了的两个女孩半晌才回过神来:"了不得了!林姑娘蹲在这里,一定听了话去了!""若是宝姑娘听见,还倒罢了。林姑娘嘴里又爱刻薄人,心里又细,她一听见了,倘或走漏了风声,怎么样呢?"

隔着滴翠亭八丈远、坐在潇湘馆的黛玉,就这样躺着中了枪。或者正像宝钗说的,没来由地被蛇咬了一口。

唉,比大海还深不可测的是人心。

美人心也不例外呢。

惜春撵入画

第七十四回"抄检大观园"是《红楼梦》里相当热闹的一出。黑更半夜，自抄自家，文武带打，沸反盈天。

其实说来这场风波是由邢夫人搅起，目的是想给桀骜跋扈的儿媳妇王熙凤一点颜色看，捎带也警告一下王熙凤背后的王夫人、贾政等一伙当权派：瞧你们当的好家！可当晚最大的战果，就是查出了司棋私通潘又安。司棋却是邢夫人陪房王善保家的外孙女。而且，作为邢夫人派来监督王熙凤的"搜查队长"，王善保家的刚刚才在探春那里挨了一记响亮的耳光。这等于两巴掌都扇在了邢夫人脸上，这把火烧到了纵火者自己身上。所以凤姐"不怒而反乐"，只瞅着王善保家的"嘻嘻地笑"；"众人俱笑个不住"。

还有一个正好相反的、很有些可悲可叹的结果，那就是竟然在惜春的贴身丫鬟入画那里，"箱中寻出一大包金银锞子来，约共三四十个；又有一副玉带板子并一包男人的靴袜等物。入画也黄了脸"。这就有点"城门失火、殃及池鱼"的悲剧意思了。

贾家四位小姐，元春、迎春、探春、惜春（"原应叹息"），她们的四个丫鬟，分别叫做抱琴、司棋、侍书、入画，正好凑成"琴棋书画"。惜春善画，所以她的丫鬟叫"入画"。这妮子命也苦。她父母在南方，她和哥哥跟着叔叔过日子。可叔叔婶子只知吃酒赌钱，她哥哥只好把跟贾珍做小厮所得的赏赐，托人交给她保管。这自然也不合规矩，但不是什么了不得的事。

本来凤姐不想把这事闹大，她知道这是她婆婆作妖，是冲着她来，不想殃及无辜，还替入画说好话，"素日我看她还好。谁没一个错，只这一次""下次万万不可"，就想轻轻放过去。不料惜春却来了劲儿——

下编·式微已盈睫：资本出了问题

"嫂子别饶她这次方可。这里人多，若不拿一个人作法，那些大的听见了，又不知怎样呢。嫂子若饶她，我也不依。"

惜春的过度反应一时弄得凤姐有些发懵，只好糊弄着说"等明日对明再议"。

按说这点子事就翻篇了，谁都想不到的是，惜春越发没完了。

说来惜春是宁国府的小姐（贾珍的妹妹），入画也是宁国府的人。第二天，惜春把她嫂子尤氏请来，鼻子不是鼻子脸不是脸地一通闹，一定要尤氏把入画带走。入画跪地、哭求；尤氏等人也都劝解，说"她从小儿服侍你一场，到底留着她为是"。惜春却"咬定牙，断乎不肯"松口，话里夹枪带棒。尤氏实在气不过，抢白了惜春几句，矛盾双方倏然由主仆转变成嫂子和小姑子——

尤氏讽刺惜春"这会子又作大和尚了，又讲起了悟来"。惜春却又把话拐回原点："我不了悟，我也舍不得入画了。"气得尤氏骂她："可知你是个心冷口冷、心狠意狠的。"

惜春的"口冷心狠"为哪般？

我们知道，金陵十二钗中，有佛缘的不在少数，真出了家的只有两位，一个是妙玉，一个是惜春。虽说都是出身"读书仕宦之家"，归宿也都是出家，但惜春和妙玉终究还不太一样。

妙玉是身在空门，心驰红尘，对宝玉是有着热烈的爱情幻想的。但惜春却是人在红尘，心向空门，当真是勘破了幻象，如尤氏所骂，"心冷口冷心狠意狠"。她对待贴身丫鬟入画的态度之冷、处置之狠，便是实证！

一个人的性格，与其成长经历、生活体验密不可分。惜春"自幼无母"（据第六十五回兴儿所言）；她那考中进士（这可是贾府最高的学历。惜春之聪慧好学，看来似有"遗传之功"）、"袭了官"却又"一味好道"的老爸贾敬，整天在城外和道士胡羼；她那比她大将近三十岁的"正紧亲哥哥"贾珍，又"每日家偷狗戏鸡"，只顾着和儿媳妇"爬灰"、跟小姨子暧昧……可怜这位贵族小姐，从小既缺母爱、又少父兄之疼惜。所幸有贾母把她接到身边，可老太太绝大部分的注意力，都给了两个"可恶的玉儿"（会哭会闹的孩子有奶吃嘛）和一个"猴儿"似的凤丫头，分到她这里来的那点儿疼爱，就很有限了。

这么个原生家庭、这么个成长氛围，叫她如何"暖"得起来？

但曹雪芹写她的"冷"和她的"狠"，偏在此时、在此处总地爆发出来，却不是信马由缰、一时兴起。

此时突然"了悟"，以至于断然"舍得"入画，是基于惜春对当下家族形势的绝望判断。

原来就在头一天，也就是"抄检大观园"当天，与贾家既是"老亲""又系世交""两家来往极其亲热的"钦差金陵省体仁院总裁（这个官衔，脂砚斋说是作者随便设的，无从查考）甄家"坏了事"的消息传进贾家——

七十五回，尤氏从惜春处生气回来，与身边的老嬷嬷说起，昨日听见贾珍说，"看邸报甄家犯了罪，现今抄没家私，调取进京治罪"。

其实我们如果再读得细些，就在上一回，"抄检"当晚，探春已经说及此事：

"你们今日早起不曾议论甄家，自己家里好好的抄家，果然今日真抄了。咱们也渐渐的来了……"（脂砚斋在此批道："奇极，此日甄家事。"）

可见，当日刚刚获知，甄家被人家"真抄""大抄"，到了晚上，贾家就实兵演习，自家"假抄""小抄"起来。

贾门"四春"，是公侯千金、高干子女，元春则贵为天子之妃。她们对于时局之敏感、新闻（又与自家运势有关）之关注，非普通门第儿女能及——大约只有迎春略"二木头"些——所以，当天探春既能获知此事，则惜春亦应知悉。

甄家的下场震惊了探春，也极大地刺激了惜春。探春只是做口头上的警告、哀叹，惜春却已开始行动，提前做应对"树倒猢狲散"的具体安排了——

这就上演了我们看到的那激烈一幕，像尤氏所说，"这会子"惜春急赤白脸、疾言厉色，撵走入画、逮谁咬谁，"突然""了悟"、要做"大和尚"——她的反常表现，让我们不仅替可怜的入画大感冤屈，也和尤氏及在场一众人等一样大感困惑、大感骇异，甚至大感气愤。

但如鱼饮水、冷暖自知，惜春心里，却同明镜一般：

"勘破三春景不长，缁衣顿改昔年妆。可怜绣户侯门女，独卧青灯古佛旁。"

就是因为小小的惜春早早地"勘破"了好景不长、风波迟早要来，晚散伙不如早散伙、让人家打散不如自己遣散，所以就借此时、就在此处，牙关一咬心一横，借题发挥、小题大做，拿入画"作法"——不仅赶走丫鬟，连她嫂子尤氏、带宁国府一大家子，一齐捎上，聚而歼之，集中骂个遍、得罪个彻底，趁早而干脆地撇清于宁国府、决裂于老贾家、自绝于污尘浊世，一点儿念想、后路都别留，落个"清清白白""大家清净"……

机会岂不甚好？

第七十四回，写的是何等精彩啊。用黄庭坚的一句话评价，那真是"无一字无来处"（《答洪驹父书》）；再用书中的原话，端的是"字字看来皆是血"！

别开生面的各种"妒"

> 霁月难逢，彩云易散。心比天高，身为下贱。风流灵巧招人怨。寿夭多因毁谤生，多情公子空牵念。

晴雯薄命，与她"心比天高、风流灵巧"而招人妒忌大有关系。瘟疫、大地震等等能要人的命，妒忌也能要人的命。

发生在晴雯身上的"妒"，还都是些挺奇葩的类型。

"忘年妒"这个"年度金句"，是我最喜欢的老作家王蒙先生的专利。他把宝玉的奶妈李嬷嬷与袭人、晴雯等年轻受宠的丫鬟之间的矛盾，称作"忘年妒"。意思是：一个五六十岁的老大姐嫉妒比她小个十来岁的女性还好说，但若和一个十五六岁的丫头计较，那不是"忘年妒"又是什么？

由王蒙先生说的"忘年妒"，我们还能引申出"跨界妒"——宝玉他妈王夫人对晴雯的嫉恨。

这个"跨界"，不是我们现在说的从歌舞界到影视界什么的来回跨，这都还在文艺圈里打滚蹦跶，算不得跨"界"；也不是从证券界跨到地产界或是其他什么界，因这些"界"总体说来都是些平行平等的行当，跨来跨去并不算离谱。王夫人的"跨界"，跨的却是阶级阶层的界。她和晴雯，一个是"主子界"，一个是"奴隶界"，差距犹似七仙女的"天界"与牛郎的"凡界"。不过人家"跨界"的动机是天仙配，她则是嫉妒恨。

抄检大观园时，受王善保家的挑唆，她猛然记起晴雯的"轻狂"样子，"心里很看不上"。晴雯看出她担心自己"教坏"她的宝贝儿子，只好违心地说"宝玉的事，竟不曾留心"。她信以为实，居然忘却身份、年纪悬殊，咬牙切齿冲口冒出"阿弥陀佛！你不近宝玉，是我的造化，竟不劳你费心"这样一句极不得体的话来。

跨界相妒、心理扭曲、忍无可忍的王夫人，终于下令从园子里撵出病重的晴雯，只许她穿贴身的衣服出去，其他衣服一概不让带。晴雯死后，她拿出十两烧埋钱，用意并不是可怜这个孤儿，而是要晴雯的表哥把她火化扔到外头去。晴雯因劳累、羞愤而加重的伤寒病，被王夫人恶毒地说成是传染极强的"女儿痨"……

一个门第血统高贵、见多识广、尽享荣华的贵妇人，跨着"主界"到"奴界"的千山万水，不顾时差、不辞劳苦、大动干戈、伤肝损肺地去攻击、迫害一个自小被卖做奴隶、连自己的家乡父母姓氏都不知道的"身为下贱"的青春女孩，这居高临下势如破竹、一炮轰你个粉粉碎还要挫骨扬灰的"跨界妒"，可真够令人咋舌、胆寒的。

还有一种别致的"妒"，来自袭人。

晴雯之死，王夫人是主要打手，袭人也有重大责任。她在王夫人耳边那几句针对性很强的"悄悄话"，为晴雯的悲惨结局做好了铺垫。王夫人一马当先，她却是杀人不见血，起的作用比王善保家的还大、还坏。

即使到晴雯被放逐、奄奄一息，她的妒火兀自在熊熊燃烧，未念半点姐妹同事之情。

第七十七回，宝玉对晴雯的被逐愤懑至极，向身边的袭人发牢骚说："这阶下好好的一株海棠花，竟无故死了半边，我就知有异事，果然应在她（指晴雯）身上。"又进一步将晴雯与海棠花联系到"孔子庙前之桧、坟前之蓍，诸葛祠前之柏，岳武穆坟前之松"。袭人果然恼羞成怒，狠狠怼了宝玉一通："真真的这话越发说上我的气来了。那晴雯是个什么东西，就费这样心思，比出这些正经人来。还有一说，她纵好，也灭不过我的次序去。便是这海棠，也该先来比我，也还轮不到她。"

晴雯再好，可她不如我袭人级别高、我在大观园丫头"单子"上的排名列她之前。若与海棠花儿相比，也得先拿我这级别高、次序靠前的比。好事儿应该先到我头上，我享受够了、不稀得要了，才轮得到她。这才是人间正道、天经地义。倘若不按这个"次序"

来,那就没有天理、没有王法,就免不了让人呼天抢地、悲愤填膺、怀疑进而质疑人生——不光质疑自己的人生,还要质疑别人的人生!

这种由级别差距次生出的妒忌,不妨叫"级差妒"。

各种别开生面、火力全开的"妒",都让晴雯一个人赶上了。

· 下编 ·

式微已盈睫:资本出了问题

经济困顿明显加剧

运转早就出了问题

贾府是豪门望族不假，但倘若我们只看到其祖宗的余荫、朝廷的恩赏，只看到其佃户进贡的田租、只盯着乌进孝在年根呈上来的礼单，就以为贾府上上下下人人都衣食无忧，钱财用之不竭，总没有个手头拮据的时候，那就大错特错了。

贾母临终前几年就知道府中进的少、出的多，光景一年差似一年，以致在生命的最后一刻"散尽余资"，以便给各房弥补一些亏空，给表现好的奴仆找一份出路。

天不假年却极具前瞻眼光的秦可卿也在临终之际"托梦"王熙凤：府中之事须未雨绸缪，凡事做退一步想。

宝钗曾对王夫人建议："如今该俭省的就俭省些，也不为失了大家的体统。据我看，园里这一项费用也竟可以免得。说不得当日的话，姨娘深知我家的，难道我家当日也是这样冷落不成？"

弱不禁风又不谙经济事务的林黛玉，即便寄人篱下，也为贾府的未来担忧："出的多，进的少，如今若不省俭，必致后手不接。"并高度评价探春理家和大观园改革新政。

身为贾母亲孙女的探春更是对府中上下人等无所事事、坐吃山空看在眼里急在心里，一朝权在手，便把令来行，大刀阔斧革故鼎新，开源节流。

对日益严峻的经济困境最有危机感的，当然是贾府的实际当家人王熙凤，她不惜背上骂名也要进行资本运作，想方设法扩大贾府的收入来源。她三言两语道破贾府的实际情况，"不过是个旧日的空架子"，"大有大的艰难去处，说与人也未必信罢"。她算把贾府的难处看清了，也体味尽了。

贾府的难处，在于进项有限，开支太多太大，造成了必然陷入经济绝境的最终结局。

《红楼梦》进入第十四回，林黛玉的父亲林如海亡故前前后后，各项开销接踵而至：缮国公诰命亡故，王邢二夫人又去打祭送殡；西安郡王妃华诞，送寿礼；镇国公诰命生了长男，预备贺礼；又有王熙凤胞兄王仁连家眷回南，一面写家信禀叩父母并带往之物；又有迎春染病，每日请医服药……事繁且多，涉及生老病死和出行上路，样样人事不可偏废，哪桩哪件不得花银子？这样的人情债、份子钱，贾府几乎天天都有，接二连三从没有间断过。

人吃五谷，能不生病？贾府的人延医一次，至少要用一两银子，贾母、王夫人、宝玉、可卿等有身份的老少主子则更高，因为这样才合贾府的门楣、"身段"。

我们举一个"瞧病"的例子。

第五十一回，晴雯得了小伤寒，请来了一位不知名的"庸医"（该回目中说是"胡庸医"，但实际未提姓氏。倒是在第六十九回，为尤二姐看病的，是一位"胡庸医"胡君荣），说的病症倒对，但乱开了一通娇弱女孩禁不得的"虎狼药"，被贾宝玉及时制止，让婆子快打发他去，再请一个熟的大夫来。

> 老婆子道："用药好不好，我们不知道这理。如今再叫小厮去请王太医去倒容易，只是这大夫又不是告诉总管房请来的，这轿马钱是要给他的。"宝玉道："给他多少？"婆子道："少了

不好看,也得一两银子,才是我们这门户的礼。"

注意这婆子的口气。一是把请个"太医"来给宝玉的大丫鬟瞧病看做是很简单很平常的事;二是强调我们这"门户"的礼,即使给一个新来不知名的水平又不高的大夫"轿马钱",少了也"不好看"。为了"好看",怎么也得一两银子。

一两银子是什么概念?

在荣国府,贾母与王夫人的大丫鬟的月例是一两银子,如袭人(第三十六回,凤姐笑道:"袭人原是老太太的人,不过给了宝兄弟使。她这一两银子还在老太太的丫头分例上领")和金钏儿;宝玉是小主人,他的大丫鬟晴雯、麝月等,月例要低一点,是一吊。一吊也称一贯,有一千个铜钱,也就是一千文,折合白银一两。但这只是理论计算,实际是有些朝代,一吊钱还折合不到一两白银。在曹雪芹时代便应该如此,否则为什么还要有一两与一吊之分呢?第六十五回,贾琏偷娶尤二姐之后,"一月出五两银子,做天天的供给",供养尤氏一家三口。平均下来,每人每月不到二两银子。尤氏一家生活当然不能与贾府比,但不会低于中等水准。由此推断,当时中等人家的月生活费,平均到每个人,也不过一二两银子之间。即,一两银子的分量,可以维持一个人半个多月的体面生活。第三十九回里,刘姥姥说薛宝钗替史湘云出钱的这顿饭,最少需要二十多两银子,"够我们庄稼人过一年了"。到了清末孔乙己时代,按鲁镇酒店的价格,四文铜钱可以喝一碗酒,"倘肯多花一文,便可以买一碟盐煮笋,或者茴香豆,做下酒物了,如果出到十几文,那就能买一样荤菜,但这些顾客,多是短衣帮,大抵没有这样阔绰。只有穿长衫的,才踱进店面隔壁的房子里,要酒要菜,慢慢地坐喝"……

至于请太医的报酬,宝玉道:"王太医来了给他多少?"婆子笑道:"王太医和张太医每常来了,也并没个给钱的,不过每年四节大趸送礼,那是一定的年例。""大趸",是打总、凑个整数的意思。没有具体说多少钱,但算下来标准肯定跟胡庸医的报酬不能同日而语,是一个不小的整数。

宝玉听说,便命麝月去取银子。麝月道:"花大奶奶还不知搁在那里呢？"宝玉道："我常见她在螺甸小柜子里取钱，我和你找去。"

说着，二人来至宝玉堆东西的房子，开了螺甸柜子，上一槅都是些笔墨、扇子、香饼、各色荷包、汗巾等物；下一槅却是几串钱。于是开了抽屉，才看见一个小簸箩内放着几块银子，倒也有一把戥子。麝月便拿了一块银子，提起戥子来问宝玉："哪是一两的星儿？"宝玉笑道："你问我？有趣，你倒成了才来的了。"麝月也笑了，又要去问人。宝玉道："拣那大的给他一块就是了。又不做买卖，算这些做什么！"麝月听了，便放下戥子，拣了一块掂了一掂，笑道："这一块只怕是一两了。宁可多些好，别少了，叫那穷小子笑话，不说咱们不识戥子，倒说咱们有心小气似的。"那婆子站在外头台矶上，笑道："那是五两的锭子夹了半边，这一块至少还有二两呢！这会子又没夹剪，姑娘收了这块，再拣一块小些的罢。"麝月早掩了柜子出来，笑道："谁又找去！多了些你拿了去罢。"宝玉道："你只快叫茗烟再请王大夫去就是了。"婆子接了银子，自去料理。

从公子到级别高一点的丫鬟，皆不会使用称量银钱的器具，对成两的银子的价值毫无概念，且麝月的"宁可多些好，别少了，叫那穷小子笑话"又比婆子更加"大气"。

联系到第五十七回史湘云、林黛玉皆不识当票的细节，可知贾家的小主子们"安富尊荣""不通世务"到了何种地步。多大的家业也架不住这么个跑冒滴漏法。

这还是"正常"的开销来往。与王公贵族的周旋、对官僚仕宦的打点，更是一个无底洞，不知需要多少白花花的银子往里面填。

尤二姐与张华退婚的官司，衙门里的金钱交易，复杂得离谱。为摆平此事，贾府花去白银少说也有上千两。单给张华父子的退亲费用就有"百金"。薛蟠第二次打死人一案，过了县府，但"道里"却不得通过，不得已花钱消灾，总共打通关节竟花了几千两之多，后面又追加五百两。薛家的很多诉讼事，除了动用贾府的上层官衙关系，钱也没少花。

宫里太监也是勒索不断，隔三差五上门来借钱，有借无还。第七十二回记述宫中夏太监打发一个小太监向贾琏借银子，开口就要一二百两。理由就是夏太监看到一所房子，差二百两银子。贾琏叫苦不迭，"一年他们也搬够了"。果不其然，小太监来借钱时带来话："上两回还有一千二百两银子没送来，等今年年底下自然一齐都送过来。"送过来？做你的大头梦吧！

好容易打发了夏太监，还有周太监。"这一起外祟何日是了"，贾琏苦笑着告诉王熙凤，"昨儿周太监来，张口一千两。我略应慢了些，他就不自在。将来得罪人之处不少"。

外面的用度既然省不了，那就在家常用度上紧缩。《红楼梦》中有很多章回都细致地描写贾府用度省而又省的情节，真乃居家不易，操持艰难。读者不要被书中几回家宴和聚会的排场迷了眼睛，那种热闹的场面也不是天天有、月月见的。

第二十四回，穷困无助的贾芸从醉金刚倪二处借得十几两银子，买了一点冰片麝香之类的香料，给王熙凤送礼，目的是想讨点有"藏掖"的差事干。这里，作者把贾芸、凤姐"各怀心腹事"的小心思，写得比那"十五两三钱四分二厘"的银子具体数目还要细致。特别是凤姐对"这点子香"的心态——"凤姐正是要办端阳的节礼，采买香料药饵的时节，忽见贾芸如此一来，听这一篇话，心下又是得意又是欢喜，便命丰儿：'接过芸哥儿的来，送了家去，交给平儿。'"……"凤姐见问，才要告诉他与他管事情的那话，便忙又止住，心下想道：'我如今要告诉他那话，倒叫他看着我见不得东西似的，为得了这点子香，就混许他管事了。今儿先别提这事。'"——其实这是很让人感慨的。不过"十五两三钱四分二厘"的"这点子香"，再加几句奉承话，就能让管家奶奶王熙凤对送礼人产生好感。这"好感"未免有点廉价。

还有第五十回，写众人为承欢贾母，想在园子里摆两桌酒席赏赏雪景，这需要五十两银子。在这一回中，曹雪芹详细地描写了王熙凤为抠出薛姨妈身上一点钱插科打诨的情景，虽然不免有些戏谑成分，但可见即便五十两银子，对经常调度成百上千两银子、第十五回中曾豪言"便是三万两我此刻也拿得出来"的王熙凤来说，此时也不是小数目了，不肯轻易掏自家腰包。这仍然是活画出她当家难、只好"省一点是一点"的无奈。

书中曾见王熙凤对大奶奶李纨说"一个月十两银子的月钱,比我们多两倍子",让我们知道凤姐的月例不足李纨的三分之一,最多3.3两银子而已。一年不到四十两。赵姨娘、周姨娘的月例每人只有二两。宝玉、贾环、贾兰等公子,以及迎、探、惜等小姐,月例亦只有二两银子。最有头脸的大丫鬟,前面提到了,月钱不过一两银子或一吊钱,再往下的小丫头每人只五百月钱。有一回宝玉过生日,为了取乐,大丫鬟每人出银五钱,小丫鬟每人出银三钱,都是自己出份子,不曾动用库房银两。其实动也动不得,贾府有严格的规定。

秦可卿的弟弟秦钟到宁国府看望姐姐,凭可卿的身份和人缘口碑,加上王熙凤又和她关系十分亲密,凤姐给秦钟的见面礼也才是一匹尺头、两个"状元及第"小金锞子,确实如她自己所说"太简薄了"。

第五十五回述及赵姨娘的兄弟赵国基死了,应拿多少赏银,赵姨娘串通管事的吴新登媳妇事先向贾母、王夫人、王熙凤汇报过了,三个当家人答应赵姨娘赏银四十两。但当时王熙凤因小产不能理事,探春受王夫人的安排暂时掌管府里事务。这个精明的年轻代理女当家拿出旧账,得知给四十两赏银不合旧例,于是,立即改为只给赏银二十两,惹得亲娘赵姨娘跟她一通大闹,场面不堪。

第七十二回,贾琏向鸳鸯借当,说是为预备娘娘的重阳节礼和几家红白大礼,有三二千两银子的缺口,要她将贾母查不着的金银家伙偷运出一箱来,暂时去抵押千数两银子"支腾过去"。贾琏与凤姐夫妻俩顶嘴、说"玩话",也都离不开银子的事。

来旺媳妇为儿子说亲,目标是王夫人处打算外放的丫头彩霞。彩霞"早闻得旺儿之子酗酒赌博,而且容颜丑陋,一技不知",心里自不情愿,何况她与贾环要好着,就去找赵姨娘。赵姨娘去求贾政,贾政以两个儿子"年纪还小"没有在意。回目"来旺妇倚势霸成亲",倚的就是贾琏、凤姐之势。这本是一件仗势包办的婚姻案,却处处不离银钱的事。如凤姐对来旺老婆说:"旺儿家的,你听见说了这事(指凤姐替他家出面说媒)?你也忙忙的给我完了事来。说给你男人，外头所有的账（放出的高利贷），一概赶今年年底下收了进来，少一个钱我也不依的。我的名声不好，再放一年，都要生吃了我呢。"这就是交易。

说到"日用出的多，进的少"，凤姐还扯出"前儿老太太生日，太太急了两个月，想不出法儿来，还是我提了一句，后楼上现有些没要紧的大铜锡家伙四五箱子，拿出去弄了三百银子，才把太太遮羞礼儿搪过去了……那一个金自鸣钟卖了五百六十两银子"以及梦见有人来夺锦等事。闲聊未了，就有夏太府小太监来借钱，凤姐用金项圈临时抵押来银子打发。这些都令人联想起曹雪芹出生时，其家族已被亏空和负债压得喘不过气来的窘困情景。当时曹𫖯获罪被抄家，家中除家具衣物外，别无金银珠宝，仅有当票百余张。

此外，鸳鸯为贾母殉葬上吊而死，她家人只得葬银百两，这算是破了大例。而晴雯之死，其家人只得到王夫人拿出来的十两烧埋银子。还有被遣散的戏班子里的童伶，只给每人发了几两银子，算作她们回原籍的盘缠……

贾府日子难挨，何止上述各桩各件。不止奴仆佣人难，连位尊权重的主子也难。第一一四回中详述王熙凤死后，其兄王仁对葬礼办得很不体面，"诸事将就"，心里很不舒服，和贾琏等人吵嚷不止。在书中的后几回，特别是自抄家起，贾府上下日常所谈的都是金钱银两，叫人觉得世俗得有些过分。为柴米油盐、人情往来算计谋划的窘困的生活状况的描述，令人几乎喘不过气来。那么，造成贾府经济日益窘迫的原因究竟有哪些？我们简单说：

其一，编制人员太多，人头费用过重，日常开支过大。荣国府"编制"内领月例银的人到底有多少？第五回宝玉说"如今单我家里，上上下下，就有几百女孩子呢"；第六回讲到，"按荣府中一宅人合算起来，人口虽不多，从上至下也有三四百丁"；第五十二回麝月说"家里上千的人，你也跑来，我也跑来，我们认人问姓，还认不清呢"；第一〇六回讲到，锦衣军抄查荣、宁两府之后，贾政清点府里剩下的奴仆，"除去贾赦入官的人，尚有三十余家，共男女二百十二名"。据统计，当时荣国府中领月例钱的主子（不含有官职领朝廷俸禄者）有姓名者十五人，姨娘有姓名或见于情节者十四人，奴仆（含丫鬟奶妈陪房管家小厮女仆男仆等）有姓名者一百七十五人，小沙弥、小道士二十四人。无姓名者有多少人？难以统计。只知道贾府姐妹每人除奶妈外，有教引老妈子四人，洒扫使役小丫头四至五人，自住进大观园后，又各添老嬷嬷二人，使役丫头数人；贾宝玉名下，单有姓名者，就有奶妈四人，丫鬟十六人，小厮十人，女仆一人，跟班一人——以致贾宝玉不认识在怡红院工作多时的三等丫鬟小红。以近十人乃至数十人服侍一个主子，其人员编制是不是太宽松了一点！此外，还有看门、厨房、采办等。第六十五回，兴儿"将荣府之事备细告诉"尤二姐："我是二门上该班的人。我们共有两班，一班四个，共是八个。"可见，仅在荣府二门上值守的就有八个人。从上述内容可略知，仅荣国府中领银子的人有三百人以上。

宁国府又有多少奴仆呢？第十四回写因秦可卿丧殁，王熙凤协理宁国府处理丧事，从王熙凤叫彩明把宁府的家奴一个个唤进来这一处情节描写得知，宁国府那边仅中低层次家奴共有一百二十八人。

综合一下，两府主子奴才加起来，领月钱工资的实有人数，绝不会少于五百人。

第十一回里说到凤姐挪用众人月钱放债时，说她挪用的数目是三百两银子。这个数目，应是包括主子的月钱在内。荣国府老少主子，除上文提到的李纨、凤姐及公子小姐的月钱，还有贾母、王夫人的月钱每人各二十两。将主子的月钱剔除后，仆人的月钱总数应在二百两略多一些。这个数目，恰与仆人的约三百数量和低于一两的平均月钱，是大致吻合的。

宁府人口比荣府要少些。每月主仆月钱总数按二百两算，两府相加为五百两，一年就是六千两！这还不算年节"赏钱"——第五十三回结尾，元宵节贾母看戏看得高兴，"便说了一个'赏'字，早有三个媳妇已经在手下预备下小簸箩，听见一个'赏'字，走上去向桌上的散钱堆内，每人便撮了一簸箩……说着，向台上便一撒，只听豁啷啷满台的钱响"。贾珍、贾琏也让小厮们抬了大簸箩的钱来，暗暗地预备在那里。听见贾母说"赏"，他们也忙命小厮们快撒钱。只听满台钱响，贾母大悦……老少主子比赛撒钱，只图一乐。

就在这一回，提到乌进孝缴来宁国府的现银是二千五百两，据他说荣国府的现银多二三千两，若按四千五百两算，两府相加，一年不过七千两现银。刚够人头费。所以族长贾珍皱起了眉头："真真是又教别过年了。"那不够的怎么办，就只能是坐吃山空或寅吃卯粮。

其二，专项开支不知省减，只讲虚荣排场，不知量入为出。为迎接元妃省亲，贾府特地建造了令人叹为观止的大观园——其中，单是买十二个唱戏的女孩子和行头乐器、聘教习，就花了三万两银子；置办花烛彩灯各色帘栊帐幔，预算又是二万两银子。贾芹管理小沙弥、小道士，每月供给一百两银子。省亲当日，"只见院内各色花灯烂灼，皆系纱绫扎成，精致非常"……"只见清流一带，势如游龙，两边石栏上，皆系水晶玻璃各色风灯，点得如银花雪浪；上面柳杏诸树虽无花叶，然皆用通草绸绫纸绢依势作成，粘于枝上的，每一株悬灯数盏；更兼池中荷荇凫鹭之属，亦皆系螺蚌羽毛之类作就的。诸灯上下争辉，真系玻璃世界，珠宝乾坤。船上亦系各种精致盆景诸灯，珠帘绣幙，桂楫兰桡，自不必说"……进入行宫，"但见庭燎烧空，香屑布地，火树琪花，金窗玉槛。说不尽帘卷虾须，毯铺鱼獭，鼎飘麝脑之香，屏列雉尾之扇"——若问整个大观园的建造究竟花了多少钱？恐怕贾府的老爷们谁也说不清楚！

贾赦有一次买妾，花了八百两银子。鲍二家的自尽，贾琏给二百两银子，入在流年账上——这记"流年账"的办法十分荒唐，即把不好出的、不合规定的、不合手续的、历年的烂账……统统都记在这一个项目名头之下，一年又一年，一年压一年，也不知什么时候清账。其实想"清"也清不了。足见贾府的财务管理混乱到何等程度。宁国府为秦可卿发丧，请来一百零八个僧人拜四十九日的"大悲忏"，超度亡灵；九十九位道人打四十九日解冤洗业醮，五十众高僧和五十名高道对坛按七做好事。其间，贾珍为面子，给贾蓉捐五品"龙禁尉"的虚衔，花去一千二百两银子。贾敬死时，只棚杠孝布并请杠人青衣，便使银一千一百一十两。贾府过一个年，单单派押岁锞子，就用去碎金子一百五十三两六钱七分。关于府中几个公子和小姐婚嫁及贾母后事的预计花费，第五十五回凤姐与平儿有个预算："……宝玉和林妹妹他两个一娶一嫁，可以使不着官中的钱，老太太自有梯己拿出来……剩下三四个，满破着每人花上一万两银子。环哥娶亲有限，花上三千两银子……老太太事出来，一应都是全了的，不过零星杂项，便费也满破三五千两……"仔细一推敲这笔预算，仍是费用大得惊人，还是有点"充大头""放不下身段"的味道。结果到了贾府被抄家，一败涂地，连办贾母的后事都紧巴巴让凤姐作难，宝钗的过门礼也平常得很……

大小蠹虫竞相"藏掖"

公子哥儿的小心思

第十六回：

> 贾蔷又近前回说："下姑苏聘请教习，采买女孩子，置办乐器、行头等事，大爷派了侄儿，带领着来管家两个儿子，还有单聘仁、卜固修两个清客相公，一同前往，所以命我来见叔叔。"贾琏听了，将贾蔷打量了打量，笑道："你能在这一行么？这个事虽不算甚大，里头大有藏掖的。"

贾蔷系宁国府中之正派玄孙，父母早亡，从小儿跟着贾珍过活，如今长了十六岁，生得比贾蓉还风流俊俏。他弟兄二人最相亲厚，常相共处。宁府人多口杂，那些不得志的奴仆们，专能造言诽谤主人，因此，不知又有什么小人诟谇谣诼之词。贾珍好像也听到了一些负面舆论，甚至和他也有些关系。为避嫌疑，便分与贾蔷房舍，命他搬出宁府，自去立门户过活去了。

贾珍听到的是些什么"小人诟谇谣诼之词"，让他"自己也要避些嫌疑"？难道是可卿与贾蔷有私情——焦大骂的"养小叔子"，在宁国府中似乎只能落在这上头；抑或竟会是珍蔷叔侄、蓉蔷兄弟有断袖之谊？反正宁府之乱，下无底线上不封顶，乃是尽人皆知。这贾蔷外相既美，内性又聪明，虽然还在贾家私塾上着学，亦不过虚掩眼目而已，仍是斗鸡走狗，赏花玩柳，总恃上有贾珍溺爱，下有贾蓉匡助，没谁敢惹他。

贾蔷能谋得下姑苏采买戏子的差使，跟贾珍贾蓉的特殊关系是一个方面，他自己也确有过人之处。幼失怙恃，让他比一般同龄人早熟，谙于人情世故。第九回，贾蔷听金荣一直在污蔑贾蓉的小舅子，他自幼受宁国府之恩，自然不能缩脖子。但他自己不出头，而是挑唆茗烟，说金荣不但编排秦钟，连宝玉也一起编排，利用茗烟护主又不谙世事的特点挑起争斗，自己却拂袖早退。

凭着一肚子天生的坏水，贾蔷和贾蓉又联手为王熙凤执行了给贾瑞量身定制的相思局毒计，从贾瑞处讹了五十两银子，倒了贾瑞满身大粪。贾瑞病得要死，他们两个依然时常去索要钱财，为贾瑞早亡加油助力。贾蓉早就是王熙凤的部队。自此，王熙凤觉得贾蔷也是个得力的小马弁。在为贾蔷谋差事的时候，王熙凤在贾琏面前是净说好话。贾蔷是个懂事的人，得了差事之后，自然也会对王熙凤投桃报李。

"藏掖"这个词很有意思。藏着掖着，不就是贪污吗？说来既无奈又可笑，其实这正是贾府运行的动力。贾府主仆上下表面上工资定得很低，这样的好处是在贾府经济下行的时候，刚性支出的经济负担不至于太重，东挪西凑还可以苟延残喘一大阵子，即所谓的"百足之虫死而不僵"。可是贾府每个个体对于未来又都是有期盼的，希望自己的收入越来越高、境遇越来越好，否则一辈子挣命一般地上班工作为的什么？如何获得额外的收入呢？普通一点的就只有殷勤干活，大主子高兴了，随便给点赏钱就比一两个月的工资多。有门路的就要弄个差事，支取办差银子，并且从中"藏掖"。这个意思就大多了，贾蔷年纪轻轻也跟贾蓉学会了。

灰色运行的利益链条

但是"藏掖"可是不能吃独食的，因为上一级分派差事的人也要赚外快，也有"藏掖"。你要是精过了头，悄没声地只顾"藏掖"自己的，不知道打点上面，不光你自己这差事长久不了，而且还坏了"规矩"。所以贾琏就要问一问他，看看他懂不懂行市，万一他不懂，很可能一下子切断贾府长期灰色运行的利益链条，差事是不能给他的。这种事可以意会不可言传，所以用人之前一定要点一点。下面的人听了这个话，自然要对一对暗号，表一表忠心。

贾蔷毕竟是小，一时间没有反应过来，说了一句模棱两可的话："只好学习着办罢了。"这个回复不大理想，贾蓉一听就觉得不上道，但是守着叔叔自己不好跳出来帮腔，忙在"身旁灯影下"（意即上不得台面也）悄悄扯婶子王熙凤的衣襟。王熙凤是罩着贾蓉贾蔷两只小蠹虫的大后台，立刻会意，拿着贾珍压贾琏，给贾蔷出头找补：

"你也太操心了，难道大爷比咱们还不会用人？偏你又怕他不在行了。谁都是在行的？孩子们已长得这么大了，'没吃过猪肉，也看见过猪跑'。大爷派他去，原不过是个坐纛旗儿，难道认真的叫他去讲价钱、会经纪去呢！依我说就很好。"

贾琏一听，登时意识到敢情这俩小子早已被老婆收编到麾下，自己惹不起，就转到另外一个话题："这一项银子动哪一处的？"

贾蔷如实汇报："才也议到这里。赖爷爷说，不用从京里带下去。江南甄家还收着我们五万银子，明日写一封书信会票我们带去，先支三万，下剩二万存着，等置办花烛彩灯并各色帘帐幔的使费。"

贾琏听了贾蔷的计划，点头道："这个主意好。"能不好么？一是他从贾蔷这趟差事意外得知江南甄家还有他家五万两银子，而且这笔撂在外头的巨款，是奴才提供的信息，贾母贾政等不一定知道，以后怎么办，他心里就有章程了。二是请注意，这里出现了一个金融概念"会票"，也就是"汇票"，唐时号曰"飞钱"，明清时开始有"会票"这个名称。会票不仅用于汇款，且用作清偿债务的凭证。我们前面提到江南林如海家的遗产被贾琏"藏掖"回了贾家。那可是三二百万两的银子，如果大船装、马车运，首先是长途跋涉不安全，其次是太显眼——林黛玉不也得起疑吗？这么多往姥姥家带的银子是哪儿来的，我家的吧！有了"会票"这玩意儿，一切就变得方便多了。大宗的"藏掖"变得轻轻松松。这事儿贾琏干过，越干越有兴趣。

王熙凤又借帮贾蔷说话的热乎劲，把赵嬷嬷的两个儿子安插在贾蔷身边。这是贾琏的心事，赵嬷嬷是他的奶娘，刚跑来求他给个差事。

她的这个善解人意和资源整合的机灵劲儿，真是一般人难学的。什么叫"资源整合"？就是利益交换呗！你贾琏不是嘀咕贾蔷办事牢靠不牢靠吗，谁不知道你是想用自己的人？好了，你先甭管贾蔷是谁的人，我让他先把你奶娘托你的事儿给办了，你还有什么可嘀咕的？

贾蔷也渐渐适应了这种打台球式"一杆子出去满盘都动"的思维方式，顺着王熙凤的话杆儿往上爬："正要和婶婶讨两个人呢。这可巧了。"

王熙凤出门去，贾蓉马上绕开贾琏追上去，又是"悄悄地"问："婶婶要什么东西，吩咐我，开个账给蔷兄弟带了去，叫他按账置办了来。"

这不是"藏掖"就来了么？可王熙凤不能明说，哎呀，上次看到忠靖侯史家夫人脑袋上别的那两支镶着祖母绿的大金簪子就很好……要的是你小子这句话、这份心。只笑道："别放你娘的屁！我的东西还没处摆呢，稀罕你们鬼鬼祟祟的？"

那边儿贾蔷正为自己刚才的反应迟钝懊悔，看到贾蓉盯上凤姐，有样学样，自己赶紧去追贾琏，也是"悄问"："要什么东西？顺便置来孝敬叔叔。"

贾琏看大侄子这一会儿的工夫就毕业了，也很欣慰："你别兴头，才学着办事，倒先学会了这把戏。我短了什么，少不得写信来告诉你。且不要论到这里。"

这里看出贾琏的档次不如王熙凤了。他是爱钱如命的，平儿说他"油锅里的钱还要找出来花呢"，现放着五万两银子的大差事，还不跟狗鼻子前放一大盆红烧肉似的？可毕竟面对的是小辈，多少也得有些体面。只是他表现得太不婉转，竟然还说会写信要。其实大可不必，有老手贾蓉提点着，还能少了他的？

狗有狗道，猫有猫腻

贾蓉、贾蔷算是王熙凤的内圈人马，她的外围部队还有另一对小哥儿俩。

贾芹得差事也是得益于跟王熙凤的关系近。这个近起先还不是他跟王熙凤的关系，而是他母亲周氏平日跟王熙凤投契。贾芹是贾府"三房里的老四"，并非什么亲支近派。但是周氏平日里是个懂事有心的，她一直"盘算着也要到贾政这边谋一个大小事务与儿子管管，也好弄些银钱使用"。她人住在后街，眼睛耳朵却常长在荣国府里面。很快她就得了荣国府要把大观园内的小沙弥和道士打发到各个庙里分住的信息，马上坐着轿子来求凤姐了。周氏这个人是懂人情的，看得出眼高手低，明白贾家的格局，对王熙凤这样的"关键少数"要舍得下功夫巴结。不像是有些人自己处境一差了，越发不肯折节讨好别人，反而对风头正盛的人躲着不见，羞于跟人打交道，结果越弄越出溜。这周氏按辈分和王熙凤平辈，年纪比王熙凤大，在族里是王熙凤的老嫂子，却肯拉下面子去求着王熙凤。"凤姐因见她素日不大拿班做势的，便依允了"，在王夫人和贾政那里，把这个差事请下来了。之后贾芹受母亲之命，立刻跑到贾琏两口子这里感谢不尽。

凤姐又作情央贾琏先支三个月的费用，叫他写了领字，贾琏批票画了押，登时发了对牌出去。银库上按数发出三个月的供给来，白花花二三百两。贾芹随手拈了一块，撂与掌秤的人，叫他们"喫茶去"，然后命小厮拿回家，与他那高智商高情商的母亲商议。随后雇了大叫驴，自己骑上；又雇了几辆车，至荣国府角门前，唤出二十四个人来，坐上车，一径往城外铁槛寺去了。

你想，在母亲耳提面命手把手的教导下，贾芹领出钱来，连"掌秤的人"都不白着，随手就是"白花花的"一块，在有签字权的两口子那里，"藏掖"的回扣还能少孝敬了？

"三房里的老四，骑着大黑叫驴，带着五辆车，有四五十和尚、道士，往家庙里去了"，这招摇过市的一幕，又正好让一位开香料铺的小生意人看在眼里拔不出来。这位小生意人名叫卜世仁。

他有个外甥叫贾芸。

贾芸巴结差事，又是另一个情况。他母亲——"后廊上住的五嫂子"卜氏，是个无能的人，不像贾芹母亲那样能钻营。父亲早死后，家里的地和房产被舅舅占去，也不肯帮他一分一毫，贾芸要想出头就要靠自己了。年纪轻轻的他也是懂事早，知道要去走贾琏的门路。邂逅宝玉，尽管人家比他还小着四五岁，他却说"摇车里的爷爷，拄拐的孙孙"，立刻上赶着认了宝玉做爹，可见他秀外慧中，福至心灵。在原先贾琏答应的差使被贾芹捷足先登之后，贾芸又千方百计去走了王熙凤的门路。要不咋办？自己和领导没有太直接的亲戚关系，没有明白父母替自己打算，唯一的就是靠自己紧着巴结，巴结上了中用的老大，面包牛奶自然就都有了。

他用醉金刚倪二借给他的十几两银子，购买了端阳节下正紧俏的冰片麝香等礼物，现编了一大通奉承王熙凤的瞎话，正好都送到王熙凤的心坎上。加上他之前走贾琏门路使的力气也没全白费，就得到了给大观园搞绿化的差使，白花花的二百两银子就到手了。

贾芸真是够不容易。他完全是靠自己单枪匹马才巴结上这个差事的，因此他就要谨慎得多，做事也更加周全。事情没有办成之前，他在贾琏、王熙凤之间小心周旋。直到王熙凤亲口通知他午错的时候来领种树的银子，他也并没有就此飘了。又来到宝玉的绮霰斋，企图进一步扩大巴结的战果。得知宝玉出去了，他也不敢回家，生怕错过了王熙凤说的时间，再生意外，连午饭也没有吃，"呆呆地坐到晌午，打听凤姐回来，便写个领票来领对牌"。虽然听起来有点可怜，可巴结差事不就是要有点子这样的精神嘛！

拿着领票，找到凤姐的小秘书彩明，把领票送进去批上银子数目、年月时间，再一并取出对牌来，看到批的银子是二百两，翻身走到银库上，交与收牌票的，领出银子来（这一套是荣国府的财务支出程序），他才真正放下心来。回家告诉母亲，自是母子俱各高兴。可见他还是个孝子，人品没有太大问题。

贾芸这个差事，跟蓉蔷芹他们一比，是油水最少的，可也有捞头。贾芸只拿了五十两去花儿匠方椿家里去买树，剩下的一百五十两就是他的"藏掖"了，这对贾芸母子来说已然是一笔巨资了，毕竟大观园的公子小姐一个月也不过二两的月例。贾芸先还了之前借倪二的十几两，剩下的，就是自己的，还有要孝敬王熙凤的钱了。

贾芸在荣国府的根基不深，除了巴结王熙凤夫妻之外，他还得紧着讨好宝玉。认了宝玉做爹之后，第三十七回上，他借绿化项目之便，送了宝玉两盆白海棠花，又呈上殷勤之帖："不肖男芸恭请父亲大人万福金安……"

与贾芸这点儿小动作比起来，贾芹的"藏掖"令人不齿。

第五十三回，宁国府过年给宗亲发放年货，贾芹听说有这个好事，也来领取，谁知挨了贾珍一通排揎：

"我这东西，原是给你那些闲着无事的无进益的小叔叔兄弟们的。那二年你闲着，我也给过你的。你如今在那府里管事，家庙里管和尚道士们，一月又有你的分例外，这些和尚的分例银子都从你手里过，你还来取这个，太也贪了！你自己瞧瞧，你穿的可像个手里使钱办事的？先前说你没进益，如今又怎么了？比先倒不像了。"贾芹道："我家里原人口多，费用大。"贾珍冷笑道："你还支吾我。你在家庙里干的事，打量我不知道呢。你到了那里自然是爷了，没人敢违拗你。你手里又有了钱，离着我们又远，你就为王称霸起来，夜夜招聚匪类赌钱，养老婆小子。这会子花的这个形象，你还敢领东西来？领不成东西，领一顿驮水棍去才罢。等过了年，我必和你琏二叔说，换回你来。"

贾芹仗着母亲与王熙凤交好，不仅克扣家庙里和尚道士的分例银子，更将铁槛寺做了赌场，公然"夜夜招聚匪类赌钱"，自己抽水赚钱。这可不是一般的"藏掖"，而是造孽了。

小巫见大巫

有道是，人外有人，天外有天。贾府这伙不肖子弟的"藏掖"，与朝堂后宫那些达官显贵的"藏掖"一比，又是小巫见大巫了。

第十三回，秦可卿出殡，贾珍为了把丧事办得豪华体面，打算为贾蓉捐官。捐官本是户部办理的事，贾珍不找户部官吏，却找了来吊唁的"大明宫掌宫内相"大太监戴权。

贾珍心中打算定了主意，因而趁便就说要与贾蓉捐个前程的话。戴权会意，因笑道："想是为丧礼上风光些？"贾珍忙笑道："老内相所见不差。"戴权道："事倒凑巧，正有个美缺。如今三百员龙禁尉短了两员，昨儿襄阳侯的兄弟老三来求我，现拿了一千五百两银子，送到我家里。你知道，咱们都是老相与，不拘怎么样，看着他爷爷的份上，胡乱应了。还剩一个缺，谁知永兴节度使冯胖子来求，要与孩子捐，我就没工夫应他。既是咱们的孩子要捐，快写个履历来。"

履历拿来，戴权看了，回手便递与一个贴身的小厮收了，说道："回来送与户部堂官老赵，说我拜上他，起一张五品龙禁尉的票，再给个执照，就把这履历填上，明儿我来兑银子送去。"

这时，那"藏掖"的西洋景儿又来了——

贾珍问："明儿还是我到部兑，还是一并送入老内相府中？"戴权道："若到部里，你又吃亏了。不如平准一千二百银子，送到我家里就完了。"贾珍感激不尽……

谈笑间，这个死太监就把贾家一千二百两买官的银子纳入私囊。贾珍还"感激不尽"，因这钱比交到公家，还省了三百两！

摆脱困境的努力

当危机一步步逼近之时，荣国府里不乏有人想通过一些经济措施改变这窘迫的局面。

凤姐的算计

当家的王熙凤清楚入不敷出的状况日甚一日，知道"若不趁早儿料理省俭之计，再几年就都赔尽了"。她采取了一些压缩开支的措施，用她自己的话来说，是"这几年生了多少省俭的法子"。

不过，她无法过问二门外庄田的事，所做的也只是根据总收入重新安排府内她分管的那一块的再分配，以求得局部的收支平衡，而她采取的主要措施是削减各个人的所得，这样的平衡措施当然要引起普遍的不满，更何况她采取的措施并不触及自己的利益，当然，也绝对不去损害贾母与王夫人的利益。在第六十五回里，兴儿批评她"恨不得把银子钱省下来堆成山，好叫老太太、太太说他会过日子，殊不知苦了下人，他讨好儿"；在第二十五回里，赵姨娘则攻击她压缩开支的目的是想把这份家私"搬送到娘家去"。减少各人的收入自然要招来抱怨，加上王熙凤利用职权贪污受贿，这就更使人怨恨，她自己也知道，"一家子大约也没个不背地里恨我的"。

因此，在探春提出兴利除宿弊时，王熙凤便欣然支持。她想借此转移众人的怨恨，因为探春"出头一料理，众人就把往日咱们的恨暂可解了"。同时，王熙凤也确实希望探春的措施能使府内的经济困难得到缓解。

探春的新政

在王熙凤因病休养期间，探春与李纨、宝钗一起暂理家务。宝钗的特点是"罕言寡语，人谓藏愚，安分随时，自云守拙"，而且她又是亲戚身份，不愿多管事，李纨则以"问事不知，说事不管"而著称。于是探春便做出许多主张，大刀阔斧地搞了些经济改革，作者对她的举动给予充分的肯定，第五十六回的回目就是"敏探春兴利除宿弊"。

实施园林承包新政的灵感，来自有一回探春从管家赖大家的园子里经过，得知园子"除了他们（家人）带的花儿、吃的笋茶鱼虾之外，还有人包了去，年终足有二百两银子剩"，深受启发，"原来一个破荷叶，一根枯草根子都是值钱的"。联想到大观园，不知比赖大的园子要大多少，树木、土地、池塘、山场也比他家要多出许多，嬷嬷、佣人等吃闲饭的人更是成排成队，可大观园里却只有日复一日不见少的用度，变不出一文一串的钱来，这是为何？

是园子"自弃"了吗？当然不是，自弃的是人，是人的懒惰和无所用心、无所作为！贾府很多主子和奴才看惯了花开花落，一任它瓜熟果烂，荒芜不堪的是他们的"心"。于是，探春决定将园子包出去，让嬷嬷及其家人们经营打理，让园子百物生长，由"物用"而生财源。

曾有人称探春的措施是开源节流，但实际上她所做的仅仅只是节流。探春将大观园承包给一些老妈子时，已讲明"不必要他们交租纳税"，只想以此"省了这些花儿匠山子匠打扫人等的工费"，并免去"各处笤帚、撮簸、掸子并大小禽鸟、鹿、兔吃的粮食"的开支，那些老妈子也只是年终拿几贯钱分给园中未承包的人。至于蠲去头油、纸笔费用，更明显地属于节流措施。探春与支持她的宝钗颇有些成就感："一年四百，二年八百两，取租的房子也能看得了几间，薄地也可添几亩。"她似乎想增加荣国府的产业，但实际上并没有做成。探春所做的主要是改变荣国府内对一部分人的再分配方式，而她的方案的实质之一，是试图要账房、买办房等管家让利，这是王熙凤未曾尝试过的。可是，这省下的银两仍掌握在账房与银库手中，管家们会心甘情愿地让出这部分利益吗？探春似乎并未虑及到这一点，倒是鸳鸯看得清楚，她在第七十一回里说，"新出来的这些底下奴字号的奶奶们"都不是好惹的，"少有不得意，不是背地里咬舌根，就是挑三窝四的"。因此最后每年是否可省下四百两银子还很难说，即使确实省下了，这区区小数对于正在迅速下滑的荣国府经济来说，也只是杯水车薪，无济于事。

管家的建议

像是针锋相对似的，在第七十二回里林之孝代表管家阶层也提出了应付危机的方案，主要措施有两条：首先，"把这些出过力的老家人用不着的，开恩放几家出去。一则他们各有营运，二则家里一年也省些口粮月钱"。再者，"里头的姑娘也太多。俗语说'一时比不得一时'，如今说不得先时的例了，少不得大家委屈些，该使八个的使六个，该使四个的便使两个。若各房算起来，一年也可以省得许多月米月钱。况且里头的女孩子们一半都太大了，也该配人的配人。成了房，岂不又孳生出人来"。

这同样是个在总收入不变前提下的再分配方案，着眼点同样是在节流而非开源。与王熙凤或探春的方案相比较，这个方案明显地有利于管家而不利于主子。第一条实质上是要求给管家以人身自由，第二条则是要求主子降低生活待遇。这样的方案遭到主子的断然否决是意料中事。

无奈的结局

以上三个方案的实施，或许能在短时期内取得一定的成效，但由于它们都未能触及农奴制生产与发达的商品经济的矛盾，因而都不能从根本上解决荣国府的经济危机。事事都力图按祖宗定下的"旧例"行事的荣国府，不可能明白面临的经济困境与庄田上的生产关系有何关联，自然没打算也根本没想到要去做改变，他们实施的或计划中的那些措施，只想改变府内再分配的方式，其结果不但应对不了经济危机的进逼，而且还激化了府内的各种矛盾。第七十五回里探春有句名言："咱们倒是一家子亲骨肉呢，一个个不像乌眼鸡，恨不得你吃了我，我吃了你！"就在同一回里，邢夫人的兄弟邢大舅说得很明白："多少世宦大家出身的，若提起'钱势'二字，连骨肉都不认了。"他更感叹道："就为钱这件混账东西。利害，利害！"

当经济陷入困境之时，各种争斗全都公开化与白热化了。我们在"人际关系日趋紧张"一节曾有具体的描绘解析，这里不再赘述。

在第十三回里，曹雪芹让秦可卿死后托梦给王熙凤，暗示了整个家族最后的命运，她最后的两句话是："三春去后诸芳尽，各自须寻各自门。"这句话其实就是她前面所说"树倒猢狲散"的含蓄表述。《红楼梦》前八十回即将结束时，贾府的经济体系已接近崩溃的边缘，即使不抄家，它也将摇摇晃晃地走完最后一步。不过，当因干枯而导致的崩溃发生时，各房数目十分可观的积蓄，还足以使他们维持很不错的生活水平，而抄家却使他们真正地陷入了绝境，这就是两种不同崩溃方式的差异。我们虽然未能看到曹雪芹在八十回之后将如何展开情节，但他第五回里所写的《红楼梦曲》的最后一首《收尾·飞鸟各投林》已向我们展示了一幅总的图景，而曲子的最后一句，则预示着贾府经济体系的彻底崩溃：

> 为官的，家业凋零；富贵的，金银散尽；有恩的，死里逃生；无情的，分明报应。欠命的，命已还；欠泪的，泪已尽。冤冤相报实非轻，分离聚合皆前定。欲知命短问前生，老来富贵也真侥幸。看破的，遁入空门；痴迷的，枉送了性命。好一似食尽鸟投林，落了片白茫茫大地真干净！

家庭教育令人撇嘴

不是打就是骂,要不就是没边儿的溺爱与放纵。

这就是这个"赫赫扬扬,已将百载"的"钟鸣鼎食之家,翰墨诗书之族"中惯常的教育方式。

贾政对宝玉的教育,我们是领教且熟知的了。说起这亲爷儿俩在整个《红楼梦》中的见面"交流",在我们耳边萦绕不绝的,除了贾政恶声恶气的"断喝",就是那棍棒高举、血肉横飞的"笞挞"拷打和宝玉的惨叫——只要听见一声"老爷叫你",宝玉不是"唬得忙垂了头",就是"呆了半晌,登时扫了兴,脸上转了色","便如孙大圣听见了紧箍咒一般,登时四肢五内,一齐皆不自在起来";若是这召唤来得突兀些,更是"不觉打了一个焦雷般",或者"又是一个闷雷"。纯粹是鼠儿见了猫的反应,至少在前八十回很少有例外。以至于后四十回中,贾政对宝玉的态度稍有好转,竟成为红学家们质疑高鹗续书违背原作本意的一个重要依据——没让贾政骂到底、打个够!

荣国府里顶门立户的弟兄俩,除了贾政,还

有他哥哥贾赦。贾政基本是个假模假式的书呆子。贾赦则是个"左一个小老婆右一个小老婆放在屋里","放着身子不保养,官儿也不好生做,成日和小老婆喝酒",连他老母亲心爱丫鬟鸳鸯都不放过的老色鬼。哥儿俩性情相差很多,但在动辄打骂孩子这点上,像是一个师傅教的。

第四十八回"滥情人情误思游艺,慕雅女雅集苦吟诗",回目挺雅致,却藏着一条人命和贾琏挨的一顿好打。

贾赦除了喜欢小老婆外,还有一个"雅好":搜集古扇。偏有一个叫"石呆子"的穷苦文人,家藏二十把上好古扇,被贾赦相中。他打发儿子贾琏去买,人家死也不卖。弄不来,贾赦就天天骂贾琏"无能为"。

这时贾雨村正做着地方官,为了巴结贾赦,便罗织罪名,将石呆子家的古扇强抄了来,献与贾赦。石呆子的下落,书中说"不知是死是活"。但从"呆子"这个绰号和他先前对贾琏所说"要扇子,先要我的命"这种话来推断,这人显见是活不成了(续书第一〇七回明确说其"自尽")。

贾赦得逞,叫来贾琏,拿着贾雨村送来的古扇连炫耀带奚落:"人家怎么弄了来了"——贾琏原也不是什么好东西,但因为曹雪芹恨透了贾赦这个人物,要使劲把他往坏里写,所以在这里就有意把贾琏写得比他爸爸还多少有点人味儿——贾琏跟贾赦犟了一句嘴:"为这点子小事,弄得人坑家败业,也不算什么能为。"

这句话顶恼了他那个混账老爸,板子棍子一齐上,把贾琏"混打一顿,脸上打破了两处"。平儿到处给他淘换棒疮药,说"打了个动不得"。看来打得不比宝玉那次轻到哪里。

平心而论,第三十三回宝玉挨的那顿打,虽然贾政下手忒毒辣了些,但情有可原。宝玉游手好闲,惹的事不少、也不小,特别是因为一个"戏子",招惹到了忠顺王府,而忠顺王府又是贾家的天敌,所以贾政这一急非同小可。

贾琏因为石呆子和古扇之事挨的这顿毒打,却全然来自他父亲的无理蛮横。

但呈现在我们读者眼前的,则是贾家这两位"体面""尊崇"

的贵族兄弟、两位当了父亲还做着官的人，他们跟孩子的交流方式，不管占理还是不占理，一律是无差别的棍棒打骂，而不是好好说话。

与这两位父亲的粗暴风格形成强烈反差的，则是贾母的溺爱。

孙子宝玉挨了打，贾母赶到，不问缘由，劈头盖脸先骂了儿子一顿，把贾政骂哭了，算是给心肝儿孙子出了口气。

贾琏也是她的亲孙子。第四十四回，王熙凤过生日，在外面赴宴。丈夫贾琏见缝插针，躲在家里与别的女人幽会，却被妻子撞破。贾琏臊了，借着一点酒劲，竟要仗剑杀妻，弄得满院子鸡飞狗跳。两口子闹到老太太那里，贾母却风轻云淡地"笑道"：

"什么要紧的事！小孩子们年轻，馋嘴猫儿似的，哪里保得住不这么着。从小儿世人都打这么过的。都是我的不是，她多吃了两口酒，又吃起醋来。"

大庭广众，不说自己那偷人又要杀人的孙子混账，反赖孙子媳妇酒后吃醋，又把让凤姐吃多了酒的责任揽到自己身上。这是什么清奇的仲裁思路？

我们还要分析一下林黛玉的爱说"脏话"。

林黛玉的"雅好"，不只葬花，还有脏话——

第八回："别理那老货"。

第十六回："什么臭男人拿过的"！

第十九回："放屁！外头不是枕头"？

第二十三回："你这该死的胡说"！

第二十五回："不过是贫嘴贱舌讨人厌恶罢了"。

第二十六回："看了混账书，也来拿我取笑儿"。

第二十八回："原来是这个狠心短命的……"

第三十五回："作死的，又扇了我一头灰"。

第四十二回："直叫他是个母蝗虫就是了"。

第五十七回：黛玉说紫鹃，嚼什么蛆；又说，与你这蹄子什么相干？（尽管这里是玩笑、爱嗔，但"嚼蛆"这话实在够难听，与大家小姐身份太不相称。第九回闹学堂时，李贵骂茗烟多嘴时曾用过）

……

不一而足。

薛宝钗基本没说过这类脏话。所以四十二回她笑说黛玉那句"狗嘴里还有象牙不成"就让我们印象格外深刻。而且宝钗稳重,"喜怒不形于色",只在第三十回,被宝玉犯贱把她比作杨贵妃气得"不由得大怒"了一次,当时脸也气红了,冷笑着回怼了宝玉一句:"我倒像杨妃,却没有个好哥哥好兄弟可以作得杨国忠的!"不好听,但不是粗浅的脏话。这也是我们唯一一次见到宝钗发火。

可林黛玉却动不动"不觉带腮连耳通红,登时直竖起两道似蹙非蹙的眉,瞪了两只似睁非睁的眼,微腮带怒,薄面含嗔",要不就"登时撂下脸来",或是啐人家一口,然后就爆粗口……

我们知道,曹雪芹所著《红楼梦》前八十回按照宝玉出生后的行迹,实共写了十五年的事情(周汝昌《红楼梦新证》),则宝玉、黛玉等都不过是些最大不超过十四五岁的孩子,宝钗略大一两岁。走上社会成年之前,孩子的教养主要来自父母、家庭和教师。

黛玉的原生家庭是没的说的。父亲林如海、母亲贾敏都是公侯贵族高干子弟,既是钟鼎之家,又是书香之族。林如海是"前科的探花"。贾敏去世得早,但她的风采见于第七十四回王夫人在凤姐面前那充满艳羡的追忆:"你林妹妹的母亲,未出阁时,是何等的娇生惯养,是何等的金尊玉贵,那才像个千金小姐的体统。"

当然这夫妻俩对黛玉的优质的幼儿启蒙教育,那是起跑线上大多数孩子无法企及的。第二回,贾雨村就说,他的女学生林黛玉,逢读书读到"敏"这个字时,都要改念成"密"音,写字遇到这个字时,都要敬缺一两笔,原来是避她母亲名字的讳。须知这时黛玉才只五六岁。

但问题是"叹人间,美中不足今方信"。黛玉六岁丧母,林如海一个大男人,又是官员,公务缠身,顾不上她,只好让她外祖母把她接到京都荣国府养育。我们看黛玉在她姥姥家受到的"教育"——

隔辈儿亲的贾母见到小外孙女儿,立时想起宝贝闺女来,"一把搂入怀中,心肝儿肉"地整天爱个没够;大舅贾赦整天忙着玩小老婆，二舅贾政是个书呆子，又跟他爸爸林如海似的，也是个上班下班忙忙叨叨的公家人，这俩亲舅舅连见她一面的工夫都抽不出，遑论教育；邢、王二夫人以舅妈身份，人家能说什么，老太太的心尖儿，跟着一起娇一起宠呗！何况就她俩那文化层次、气质水准，咱们敢恭维吗，孩子不让她们教还好些；宝玉比她大一岁，是个小哥哥，按说哥哥带妹妹也是可以的，但他妈就说他是个"混世魔王"，他在女孩儿跟前"惯能做小服低"，见到黛玉这么个"神仙似的妹妹"，早喜欢得魂儿都丢了⋯⋯这就是黛玉在荣国府成长过程中、身边有可能对她的教育起到影响的那一伙人。蒙曼教授讲说红楼时说到黛玉，有句话说得很精当："她不缺娇惯，缺管教！"

她倒是还有贾雨村这么个老师，教了她两年。贾雨村这个人，我们是知道的。他也是出身诗书仕宦之族，学问特别是诗文很出众，做官以后也被公认"才干优长"，说明还是颇有点驾驭管理能力——黛玉出色的诗文和偶露峥嵘的理家意识，能说跟贾雨村从小对她的教育影响没有关系吗？这是正面的影响，负面的有没有呢？贾雨村第一次做官栽了跟头，赋闲才去做了黛玉的家庭教师。他被罢官的原因实际有两条："贪酷之弊"，这是做官之人的通病，不必细论；他同时又"恃才侮上"，引得同僚"侧目而视"——这个毛病的影子，黛玉身上有没有呢？他因攀附上林如海、贾政、王子腾这伙裙带势力，如愿以偿复了官。应天府一到任，偏遇上一桩人命官司。一问，说凶手薛蟠跑了，当即大怒："岂有这样放屁的事！打死人命就白白的走了，再拿不来的！"（"放屁"这句粗话，第二十八回里，王夫人也用来"爱嗔"过宝玉，一块儿出口的，还有"扯你娘的臊"）这让人不由得想起黛玉的易怒、骂宝玉"放屁"⋯⋯小孩子，可不就跟着大人、老师有样学样呗。

贾家的义学私塾，"原系始祖所立，恐族中子弟有贫穷不能请师者，即入此中肄业"。所请塾师，也不是外人，乃是族中年高有德之人，很有名气的老儒贾代儒。可是这也出了问题。

"原来这学中虽都是本族人丁与些亲戚的子弟"，但人一多，未免鱼龙混杂，矛盾四起。学生不老实上课，偏老师也疏于管理。这天贾代儒有事，早早回家去了。留的代课老师贾瑞，是贾代儒的孙子,"最是个图便宜没行止的人",经常勒索学生,攀富欺贫,毫无威信。结果就出了第九回"顽童闹学堂"的那一幕:众学童污言秽语、大打出手,摔砚台、扔书篋、抢板子、挥鞭子,"也有趁势帮着打太平拳助乐的,也有胆小藏在一边的,也有直立在桌上拍着手儿乱笑,喝着声儿叫打的。登时间鼎沸起来"。"贾瑞急得拦一回这个,劝一回那个,谁听他的话,肆行大闹"。

这种读书风气,要是让当年创立义学的"始祖"看见,还不又得气死一回。

第二回冷子兴与贾雨村的对话中,就包含了对贾府教育的感叹。

冷子兴:"谁知这样钟鸣鼎食之家,翰墨诗书之族,如今的儿孙,竟一代不如一代了!"雨村听说,也纳罕道:"这样诗礼之家,岂有不善教育之理?别门不知,只说这宁、荣二宅,是最教子有方的。"

贾家的"教子有方",岂不是个最大的讽刺?

教育的荒唐,成为敲响这个百年华丽家族丧钟的重重一槌!

一家之主心神不定

表现A："不知是何兆头"

第十六回——

　　一日正是贾政的生辰，宁荣二处人丁都齐集庆贺，闹热非常。忽有门吏忙忙进来，至席前报说："有六宫都太监夏老爷来降旨。"唬得贾赦贾政等一干人不知是何消息……那夏守忠也并不曾负诏捧敕，至檐前下马，满面笑容，走至厅上，南面而立，口内说："特旨：立刻宣贾政入朝，在临敬殿陛见。"说毕，也不及吃茶，便乘马去了。贾政等不知是何兆头，只得急忙更衣入朝。

　　贾母等合家人等心中皆惶惶不定……在大堂廊下伫立。邢夫人、王夫人、尤氏、李纨、凤姐、迎春姊妹以及薛姨妈等皆在一处。听如此信至，贾母便唤进赖大来细问端的。赖大禀道："小的们只在临敬门外伺候，里头的信息一概不能得知。后来还是夏太监出来道喜，说咱们家大小姐晋封为凤藻宫尚书，加封贤德妃。后来老爷出来亦如此吩咐小的。如今老爷又往东宫去了，速请老太太领着太太们去谢恩"……于是宁、荣两处上下里外，莫不欣然踊跃，个个面上皆有得意之状，言笑鼎沸不绝。

贾府只要一过生日，准出事。不出大事也得闹点儿什么出来。比如：

第二回提到，宝玉一周岁抓周，他爹贾政便要试他将来的志向，便将那世上所有之物摆了无数，与他抓取。谁知他一概不取，伸手只把些脂粉钗环抓来。政老爹便大怒了，说："将来酒色之徒耳！"因此便大不喜悦。

第十一回贾敬生日，俩事儿：秦可卿生病，贾瑞见熙凤而起淫心。

第二十二回宝钗生日，好好地看个戏，爱说爱闹的史湘云偏没心没肺地跟黛玉开玩笑，说有个小戏子长得像她，惹出一场风波。虽是小孩子们闹着玩儿，但直接引出来宝玉参禅。这对他最后"悬崖撒手"出家的结局来说，实际上是一次重要的皴染。

第四十四回王熙凤过生日，闹出人命来，搭上一个鲍二媳妇。

第六十三回宝玉过生日，大观园青春狂欢节，正玩笑不绝，忽见东府中几个人慌慌张张跑来，说："老爷宾天了。"众人听了，唬了一大跳，忙都说："好好的并无疾病，怎么就没了？"家下人说："老爷天天修炼，定是功行圆满，升仙去了。"

第七十一回贾母生日，大事没出，鸡零狗碎的烦心事一大堆，主要是邢夫人作妖，"嫌隙人有心生嫌隙"。

……

这天更是有事。按说当爹的过生日，大闺女封妃，这不是一桩天大的喜事来得巧吗，可是刚一听说太监传旨，全家却惊恐不已，不知吉凶。庚辰本此处脂批："泼天喜事却如此开宗，出人意料外之文也。"

七十多岁的老诰命老封君贾母在廊下伫立大半天等待消息，心中"惶惶不定"。她嫁入贾家五十多年，很是经历了一些"大惊大险千奇百怪的事"，很是明白那道传来的圣旨祸福皆有可能。荣华富贵、杀头灭门全在皇帝一个心思、一句话。

莫看传旨的太监"满面笑容",哪回来找茬儿的客人不是脸上带笑、肚里藏刀——第三十三回,死对头忠顺亲王府来的长史官,见了贾政,也是从进门笑到出门,客客气气,一口一个"下官""相求""请教",结果把贾政吓得死去活来,把宝玉打得死去活来;续书第一〇五回锦衣军来抄家时,也是赶上贾家设宴,进门时,贾府奴才正要通报,带队的赵堂官却说"我们至好,不用的",说着径直就闯了进来,见了贾政,却也是"满面笑容",还拉着手寒暄了几句,随后就封门抄了个人仰马翻……

人心叵测。天下最难测的,又是天子的心。这些年荣宁二府老太太的这些儿孙,精神状态如何,所作所为如何,她虽整天说"我老了,都不中用了,眼也花,耳也聋,记性也没了",尽量眼不见心不烦,但其实最有数的就是她。家势颓败、入不敷出、子孙不肖、安富尊荣、招灾惹祸、政敌觊觎——这么老牌的国公府,树大招风,有点儿负面新闻,耳目众多的皇帝没个不知道。何况他们家又是"维吾尔族的姑娘——辫子一大把"。要出事,那是分分钟的有可能。

别的不说,单看赖大跟贾母禀报的贾政从受宣入朝"在临敬殿陛见"后、抬脚就"又往东宫去了"这个细节,就显出招灾惹祸的端倪。

荣国府与"东宫"交好交密,是个挂在荣禧堂对联上的尽人皆知的事实。那副对联,乃是乌木联牌,镶着錾银的字迹,道是:座上珠玑昭日月,堂前黼黻焕烟霞。下面一行小字,道是"同乡世教弟勋袭东安郡王穆莳拜手书"。有红学家认为,"东平郡王",东是太子"东宫"之义。"穆莳",莳是种了花木又复移植的一个不多用的专词——隐喻康熙朝太子胤礽立了废、废了立、最后遭黜的命运变动。曹家"获罪",正因胤礽是雍正的政敌和"心腹之患"。

送元春喜讯的太监偏姓"夏",也不是什么好兆头。贾府的好日子都在春天,"春"是他们家的幸运标识。"三春去后诸芳尽,各自须寻各自门"。"三春"去后,便是"夏"。"想眼中能有多少泪珠儿,怎经得秋流到冬尽,春流到夏!""夏"一来，他家的好日子就快到头了。愣把一桩"泼天喜事"报信儿报出惊悚效果来的，是这个夏太监；第七十二回说到三天两头派人找贾琏凤姐打秋风讹银子、恨不能把贾家的钱都搬到他家去的，还是这个夏太监。

后面还出现过两个姓夏的，夏婆子和夏金桂，也都是搅家精、丧门星。

就像大家都笑谈写《水浒传》的施耐庵是不是特烦姓潘的，四大淫妇，潘金莲、阎婆惜、潘巧云，还有卢俊义的老婆贾氏，姓潘的占了俩。曹雪芹是不是也特讨厌这姓夏的呀。

表现B："惹出火来了"

第三十九回——

　　那刘姥姥虽是个村野人，却生来的有些见识，况且年纪老了，世情上经历过的，见头一个贾母高兴，第二见这些哥儿姐儿们都爱听，便没了说的也编出些话来讲。因说道："我们村庄上种地种菜，每年每日，春夏秋冬，风里雨里，哪里有个坐着的空儿，天天都是在那地头子上作歇马凉亭，什么奇奇怪怪的事不见呢。就像去年冬天，接连下了几天雪，地下压了三四尺深。我那日起得早，还没出房门，只听外头柴草响。我想着必定是有人偷柴草来了。我爬着窗眼儿一瞧，却不是我们村庄上的人。"贾母道："必定是过路的客人们冷了，见现成的柴，抽些烤火去也是有的。"刘姥姥笑道："也并不是客人，所以说来奇怪。老寿星当个什么人？原来是一个十七八岁极标致的小姑娘，梳着溜油光的头，穿著大红袄儿、白绫裙子——"

　　刚说到这里，忽听外面人吵嚷起来，有说："不相干的，别唬着老太太。"贾母等听了，忙问怎么了。丫鬟回说"南院马棚里走了水，不相干，已经救下去了。"贾母最胆小的，听了这个话，忙起身扶了人出至廊上来瞧，只见东南上火光犹亮。贾母唬得口内念佛，忙命人去火神跟前烧香。王夫人等也忙都过来请安，又回说"已经下去了，老太太请进房去罢。"贾母足的看着火光熄了方领众人进来。宝玉且忙着问刘姥姥："那女孩儿大雪地里作什么抽柴草？倘或冻出病来呢？"贾母道："都是才说抽柴草惹出火来了，你还问呢。别说这个了，再说别的罢。"

　　中国古代的建筑多是木质结构，且救火不像现在这么便捷，若发生火灾，很难救下，很多家族因一场大火一蹶不振。对于火灾，古人比我们现代人避讳得多，不愿提"火"字，而说"走水"，因水能灭火。

《红楼梦》里写过两场失火。第一回就写到了一场火灾，直接导致了甄士隐家的败落。

早在甄士隐与贾雨村书房谈话时，脂砚斋就透露了即将来临的灭顶之灾：方谈得三五句话，忽家人飞报："严老爷来拜。""严"字侧批："炎"也。炎既来，火将至矣。到了第二年的元宵佳节，英莲丢失，甄士隐夫妇到处寻找无果。看护英莲的甄家男仆霍启没脸见主人，跑路了。"霍启"谐音"祸起"，因为英莲丢失是甄家祸事的开端，同时也谐音"火起"。差不多又过了两个月，到了农历三月十五那天，因为隔壁的葫芦庙炸供，结果引起火灾，一场大火蔓延开来，甄家被波及在内，烧成一片瓦砾场。甄士隐看破红尘，跟着一个"疯癫落脱，麻屣鹑衣"的跛足道人出家去也。

蔡元培先生在他的《石头记索隐》中，把"三月十五"葫芦庙这场大火，与明末甲申年"三月十九"李自成破北京城的战火联系在一起。"而士隐所随之道人，跛足麻履鹑衣，或即影愍帝（崇祯）自缢时之状。'甄士'本影'政事'，甄士隐随跛足道人而去，言明之政事随愍帝之死而消灭也"。

第二场火灾，就是这次贾府南院马棚"走了水"。好端端的，马棚为什么会走水呢？也许是下人不小心点燃了草料，也许是一些心怀叵意的恶奴暗中使坏，总之这件事惊动了贾母。从贾母反应可知，她对家里着火这种事，是非常的恐惧。即便是众人说没事了，贾母依然不放心，而是"口内念佛"，又令人"去火神跟前烧香"，自己又亲眼"看着火光熄了"才重新进屋。宝玉不看眉眼高低地跟刘姥姥打听"那女孩儿大雪地里作什么抽柴草"，惹得他奶奶又唠叨了好几句。

贾母对火灾的异常敏感恐惧，表现出的这一连串不寻常的反应，说明了一件事：她心里对于这个大家族有着隐隐的、却是很大的担忧。马棚突然发生火灾，实际在一定程度上反映出贾府的内部管理出了很大的漏洞。如果再不彻查整改，说不定哪天还会发生更大的灾难。

己卯本中，这段话里脂砚斋留下一句颇有深意的批语：一段为后回作引，然偏于宝玉爱听时截住。脂砚斋说的"后回"到底指后来哪一段、什么事呢？但可以肯定的是，贾府这场令众人虚惊一场的火灾梗并没有就此截住。

还是刘姥姥二进荣国府这段故事。第四十回，贾母带刘姥姥嬉游大观园，金鸳鸯三宣牙牌令，逼着刘姥姥玩酒令，结果刘姥姥就说了一句看似好玩却别有意味的话。

> 鸳鸯笑道："左边'四四'是个人。"刘姥姥听了，想了半日，说道："是个庄稼人罢。"众人哄堂笑了……鸳鸯道："中间'三四'绿配红。"刘姥姥道："大火烧了毛毛虫。"众人笑道："这是有的，还说你的本色。"

这里又"着火"了，烧的是"毛毛虫"。

关于贾府"百足之虫，死而不僵"的话，冷子兴说过，探春也说过。这就让我们对贾府是条"虫"印象很深。"大火烧了毛毛虫"这话，是有出处的。明代李梦阳在《襄阳歌》里写道："君不见百足之虫光如虹，雷火烧死枯树中。"这才能落个"白茫茫大地真干净"呢。

还是借"火"反复皴染贾家的不祥之兆。

表现C:"何等事作不出来"

七十三回——

　　贾母闻知宝玉被吓,细问缘由,不敢再隐,只得回明。贾母道:"我料到必有此事。如今各处上夜都不小心,还是小事,只怕他们就是贼也未可知。"当下邢夫人并尤氏等都过来请安,凤姐、李纨及姊妹等皆陪侍,听贾母如此说,都默无所答。独探春出位笑道:"近因凤姐姐身子不好几日,园内的人比先放肆了许多。先前不过是大家偷着一时半刻,或夜里坐更时,三四个人聚在一处,或掷骰或斗牌,小小的顽意,不过为熬困。近来渐次放诞,竟开了赌局,甚至有头家局主,或三十吊五十吊三百吊的大输赢。半月前竟有争斗相打之事。"贾母听了,忙说:"你既知道,为何不早回我们来?"探春道:"我因想着太太事多,且连日不自在,所以没回。只告诉了大嫂子和管事的人们,戒饬过几次,近日好些。"

　　贾母忙道:"你姑娘家,如何知道这里头的利害。你自为耍钱常事,不过怕起争端。殊不知夜间既耍钱,就保不住不吃酒;既吃酒,就免不得门户任意开锁。或买东西,寻张觅李,其中夜静人稀,趁便藏贼引奸引盗,何等事作不出来!况且园内的姊妹们起居所伴者皆系丫头媳妇们,贤愚混杂,贼盗事小,再有别事,倘略沾带些,关系不小。这事岂可轻恕。"

　　行将没落的贾家,杯弓蛇影,风声鹤唳。第三十三回"手足眈眈小动唇舌,不肖种种大承笞挞"中,贾政痛打宝玉。众门客看贾政下了狠手,赶紧求情。贾政哪里肯听,说道:"你们问问他干的勾当可饶不可饶!素日皆是你们这些人把他酿坏了,到这步田地还来劝解。明日酿到他弑君杀父,你们才不劝不成!"众人听这话不好，知道气急了……当然宝玉挨这通胖揍，主要都是他自己招来的。不老实读书也罢了，还要去勾搭戏子；勾搭戏子也罢了，偏这戏子是忠顺王爷的最爱，这忠顺王府又是贾府的死对头……这顿揍有贾环借机使坏进谗言火上浇油的因素。可金钏投井，宝玉也的确脱不了干系。但无论如何，贾政嘴里忽然喷出"弑君杀父"四个字来，简直如同晴空霹雳，震得在场所有人面面相觑瞠目结舌、大脑短路嗡嗡作响——这哪儿跟哪儿啊，说下大天来，宝玉也不过是小孩子淘气、逃学胡闹罢了，怎么就说到……贾政这是什么逻辑啊？他这"上纲上线"的爱好，是跟谁学的？

有道是"有其母必有其子"，当然贾政是跟他妈贾母学的。第七十三回，还是因为一件宝玉恶作剧引出来的小事，贾母过问府里夜间值班情况。正在代替生病的王熙凤打理家务的探春回复，不过是有些值班人员晚上为了解乏消困，偶尔耍牌赌钱而已，只要不吃酒打架就好。言下之意，像我们这种大家大户的，这都不算什么了不得的事儿。神经早已绷紧的老太太，对这个贾氏集团代理执行官的大大咧咧的态度甚为不满，当场申饬："你姑娘家，哪里知道这里头的利害？"

既然耍钱就会喝酒，既然喝酒就保不住出来进去看不住门，既然看不住门就会藏贼引盗、全家乱套……老太太这个"既然A就保不住A+、A++……"的推理公式简直是逻辑学皇冠上的祖母绿。按此公式推导演算：街坊邻居既然吵嘴就会打架，既然打架就保不住打死人，既然能打死一个，保不住就会打死俩，既能打死俩就能打死仨，保不住这全村人就……一路推导下去——不，推导上去，转眼就会局部冲突、尸横遍野、世界大战、宇宙爆炸！老太太的逻辑不仅深深熏陶了儿子，也很快影响了孙女。

第七十四回里，探春道："你们别忙，自然连你们抄的日子有呢！你们今日早起不是议论甄家，自己家里好好的抄家，果然今日真抄了。咱们也渐渐的来了。可知这样大族人家，若从外头杀来，一时是杀不死的。这可是古人曾说的'百足之虫，死而不僵'，必须先从家里自杀自灭起来，才能一败涂地！"说着，不觉流下泪来——自己竟被自己越想越丧气的情形气哭了。

　　大概一家一业、一国一朝，临近崩盘灭亡前，小老百姓、普通员工浑然无觉闷吃傻乐，但类似老太太、贾政、探春等家长族长、总裁首脑、摄政监国之类主流派当权派，他们这种疑神疑鬼、神经兮兮、动不动上纲上线的哀鸣就特别频繁、特别凄厉！

·下编·

式微已盈睫：资本出了问题

繁华排场难掩凄凉

可卿之死，都有些疑心

第十三、十四、十五回，《红楼梦》写贾府盛衰第一个大场面就是秦可卿之死。

第十三回中，贾府上下对秦可卿突然死去"无不纳罕，都有些疑心"。脂砚斋就此批道："九个字写尽天香楼事，是不写之写。"公爹儿媳乱伦丑事演变成豪门大丧。

《红楼梦》是封建社会的百科全书。从王熙凤听到云板敲四下报丧开始，一步一步写来，开丧送讣闻，僧道祈祷，按七做佛事，王公官员吊唁，亲戚朋友来往，准备棺木，出殡送丧……秦可卿之死是人情小说中的杰出章节，也描绘了一幅生动精彩、详尽别致的古代丧葬礼俗画面，对读者了解古代文化、风俗习惯大有益处。

宁国府有多少奴仆忙活秦可卿丧事？凤姐点花名册，参加治丧活动的奴仆有一百二十多个。日常伺候主子的如贴身丫鬟、随身小厮、管家账房、车夫马夫、厨娘花匠，还不参加治丧活动。宁府主子不过贾珍、贾蓉夫妇四人，差不多二百名奴仆侍候他们。后来贾珍接受乌进孝交租，宁府庄子上又有多少农工为他们劳作？贾府人如何养尊处优、骄奢讲究，从参与秦可卿治丧的奴仆数量，可见一斑。秦可卿大丧是描写贾府极盛的重要笔墨。

小说家大手笔，画龙点睛，以一当十。第十四回用非常简短的语言描写宁府豪华大丧五七正日的活动。组合起来说，就是四组人给秦可卿祈祷。和尚、道士、尼姑悉数到场，佛道同台帮秦可卿早日解冤洗业，求得下辈子荣华。真隆重，真热闹！但想想她怎么死的，岂不滑稽？《红楼梦》是中国古代最好的白话小说，语言简练到极点，又因时代变迁，这些佛教道教活动，一句句细读才能弄清，文化知识也就在其中了。

宁府大丧，场面宏大，礼仪煊赫。停灵四十九天，"白漫漫人来人往，花簇簇官去官来"。出殡前守灵夜，两班小戏和耍百戏的在宁国府演杂技、演歌舞。"宁府大殡浩浩荡荡，压地银山一般"——这句话其他任何小说找不到。十几字写尽繁华，把贾府的权势、地位都表现出来。公侯伯子男悉数到齐，王孙公子不可胜数，大轿小轿，不下百余乘，来宾的摆设跟各色执事、陈设、百耍，浩浩荡荡，摆三四里远。除去极力铺张的送葬队伍，更有高规格的"路祭"。皇室"四王"在贾府送葬路旁搭起彩棚，奏起哀乐，点上香烛，祭奠亡灵。这样的路祭，是贾府权势达到鼎盛的侧写。

何等气派，何等排场！但也就跟后来的大衰落、大败局形成鲜明对比、强烈反差。

元妃省亲，从头哭到尾

贾府鼎盛的标志是秦可卿大丧和第十八回贾元春归省。秦可卿之死大悲，而悲中寓喜剧，寓豪门内幕。贾元春归省大喜，但喜中有悲情，寓贾府未来。曹雪芹以如椽之笔，浓墨重彩绘出皇家典仪的大场面，淋漓尽致画出贵族公府的豪华气派，细致入微写出祖孙父女的亲情悲戚。

贾元春是贵妃，她要归省，贾母天还没亮就按诰命一品凤冠霞帔化好妆，带领贾赦等到荣国府门口等待，得到消息是元妃晚饭后才请旨动身。晚饭后贾赦带合族男子在西街口外迎接，贾母带合族女眷在荣国府大门外迎接。元春一到，伯父带合族男子，祖母带领合族女眷给她跪下。在封建社会，皇权高于亲情，高于原有亲属关系。按礼法，孙女回娘家得向祖母行礼。元妃进入贾母正室想行家礼，"贾母等俱跪止不迭"。在《红楼梦》中，只要王熙凤在场，

就有奇思妙想的话语，有极大乐趣。唯独元妃归省，最有生机活力的凤姐一言不发，只是贾元春半吞半吐地把痛苦和不幸告诉了祖母和母亲。皇宫成了"见不得人的去处"，元妃归省频率最高的词居然是"呜咽"，好像不是贵妃衣锦还家，竟是生离死别。

贾政隔着帘子向女儿下跪请安。元妃本想跟父亲说几句心里话，贾政却来了番战战兢兢的颂圣。在皇权面前，一切都变得那么卑微。国公府变成"草莽寒门"，通常所说"上昭祖德"变成"下昭祖德"，当皇帝的姑爷凌驾祖宗八辈，还得"愿我君万寿千秋"。这番父女对话算得上世界文学史上描写亲情的奇葩。

大观园的奢华令元妃感到不安，她嘱咐如果再归省，万不可如此靡费。事实上元妃再也没有归省的机会，生离即是死别。

下编

式微已盈睫：资本出了问题

芳园欢宴，独不见她笑

第四十回，"两宴大观园、三宣牙牌令"全面细致描写贾府的奢华生活：美景、美器、美食，真是钟鸣鼎食，快乐无边。

> 贾母这边说声"请"，刘姥姥便站起身来，高声说道："老刘，老刘，食量大似牛，吃一个老母猪不抬头。"自己却鼓着腮不语。众人先是发怔，后来一听，上上下下都哈哈的大笑起来。史湘云撑不住，一口饭都喷了出来；林黛玉笑岔了气，伏着桌子叫"哎哟"；宝玉早滚到贾母怀里，贾母笑得搂着宝玉叫"心肝"；王夫人笑得用手指着凤姐儿，只说不出话来；薛姨妈也撑不住，口里茶喷了探春一裙子；探春手里的饭碗都合在迎春身上；惜春离了座位，拉着她奶母叫"揉一揉肠子"。地下的无一个不弯腰屈背，也有躲出去蹲着笑的，也有忍着笑上来替她姊妹换衣裳的，独有凤姐、鸳鸯二人撑着……

这是中国古典小说中最有名的经典之"笑"。我们看这群笑得东倒西歪、笑得如狂似癫、笑得出神入化的老太太、太太、小姐、少爷里，是不是缺了几个人的"笑"？

对！在场的重要人物里，除去板儿，有五个人没有笑。

凤姐、鸳鸯是这场小品的策划和导演，也是刘姥姥这个小品节目的配角、群演，负责烘托气氛，她们若笑，那成了演职人员笑场，"女篾片"刘姥姥的这个滑稽包袱就抖不那么响了。但她俩也是强"撑着"不笑。

第三个是迎春，没写她笑的样子。这是因为，她的外号是"二木头"，一时没反应过来也是有可能的，再加上"探春手里的饭碗都合在"她身上，估计擦拭不迭，所以顾不上笑了。

第四个没笑的，是李纨。这也不奇怪。因为李纨是一位年轻的寡妇，书中说她"如槁木死灰一般"，没什么可让她乐的事。让她跟其他那些欢乐的人儿一起纵情狂笑，确实不得体、没法写。

第五个，就是宝钗。

宝钗是那么青春阳光、聪敏机智、爱说爱笑的一个女孩子，跟迎春的"木"和李纨的"悲"是不同的。她为什么不笑？这么重要的人物，若说曹雪芹把当时也在场的她给写忘了，你信吗？

宝钗不笑，是因为她没觉得这时的刘姥姥有什么可笑！

刘姥姥的忽然出现、刘姥姥的灰头土脸、刘姥姥的无知肤浅、刘姥姥在阔人跟前的自轻自贱自我作践，在别人看来，无非一个笑话，但在宝钗那里，却是——

醍醐灌顶，石破天惊！她一下子顿悟了，她一下子泄气了，她一下子悲摧了……

宝钗自幼饱读诗书，博学多闻。第二十二回"听曲文宝玉悟禅机"中，宝钗赞叹黛玉那句"无立足境，是方干净"偈语时，说道："实在这方悟彻……"随后讲到佛家南宗六祖惠能的故事。她是有慧根、懂禅机的。

与荣国府里这些高贵的公子小姐的不谙世事、不通人情不同，宝钗经历过幼年丧父、家道中落、不得不随母兄寄居人家篱下的惨痛，也有着受命危难、"三驾马车"管家理财的阅历，还有着与夏金桂这种奇葩混账嫂子周旋交锋的家务实战经验，她对贾家的盛衰走势、对包括自家在内的四大家族的命运归宿，看得比一般人要深、要远、要透。

她在贾家知趣看事、随分从时、装愚守拙，"不干己事不张口，一问摇头三不知"，不当头、不扛旗，当然也就不树敌、当然也就容易笑到后头。

她不喜奢华、备战备荒，房间陈设极简到竟如"雪洞一般"，"只穿家常衣服"、伏在炕上同丫鬟一起描花样子……这是做好了"树倒猢狲散"、过穷日子紧日子的准备啊！

她是这样的一个宝丫头呀！她怎能跟那些整天养尊处优玩

世不恭、胡吃闷睡躺平撒泼的人一样啊！她看到当下的刘姥姥，不觉想到将来的自己——她感同身受、她无语凝噎，她叹大厦将倾、她恨贾府这一堆烂铁不成钢！眼瞅着这样一个局面，她哪还能笑得出来？

贾府的资本

边丰整，边式微
JIAFU DE ZIBEN BIAN FENGZHENG BIAN SHIWEI

欢庆元宵，这就快"散了"

第五十三回，写宁国府除夕祭宗祠、荣国府元宵开夜宴，这是继秦可卿出丧、元妃省亲、史太君两宴大观园之后《红楼梦》中的又一大场面描写，也给我们留下了清代贵族豪门春节、元宵节生活及习俗的珍贵资料。

繁华的排场背后，泄气的事不少。乌庄头进租时聊到皇妃赏赐，贾蓉说"再一回省亲，只怕就精穷了"，说明元妃省亲给贾府造成了极大的负担和亏空。贾蓉又和父亲贾珍聊起，荣国府穷了，他听见王熙凤和鸳鸯商量要偷老太太的东西当银子。闲谈之中交代表面繁华的荣国府已寅吃卯粮。

族长派头十足的贾珍把乌进孝进献来的东西，留出供祖宗、家用、送荣府的，其余分给族中无进益的子侄。贾芹也来领年货，被贾珍骂了一顿。贾芹管贾府家庙里的和尚道士，夜夜招聚匪类赌钱，养老婆小子，这不是闲笔。贾府的败落是家族内部不争气的子弟不干好事的结果。贾珍、贾琏不干好事，旁枝小辈也有样学样，加速灭亡。

第五十四回是庆元宵的延续。在这一回里，也有几处细节值得深思。一是所谓"规矩"已经不成规矩。贾母因袭人未随宝玉来，发出"在主子跟前讲不得孝"之论，担心国公府规矩被破坏。凤姐说袭人留园中便于宝玉返回享安逸，贾母立即释然。凤姐摸透贾母的心理乱找借口，贾母因溺爱孙子而放弃"规矩"。秋纹敢倒老太太茶吊子的水洗手，这是"活龙""凤凰"身边的人破规矩的又一细节。祖孙亲情背后，透露出国公府礼崩乐坏。二是凤姐讲了个"聋子放炮仗"的笑话，本来寡淡无味，凤姐偏又找补了几句"年也完了，节也完了""老祖宗也乏了"，更连说好几个"散了"，大年下，说些这个真是大不吉利。

王熙凤的无心之谶，还见于第十一回她的点戏：

> 凤姐儿立起身来答应了一声，方接过戏单，从头一看，点了一出《还魂》，一出《弹词》，递过戏单去说："现在唱的这《双官诰》，唱完了，再唱这两出，也就是时候了。"

当时正在唱的《双官诰》，为清人所著传奇，写冯琳如的婢妾碧莲守节教子，后来得了夫子双份官诰的故事，地方戏中的《三娘教子》即由此而来。这说的是家族"由兴而盛"。

而凤姐点的《还魂》，是汤显祖著《牡丹亭》中的一出，是爱情悲剧。点的又一出《弹词》，来自清初洪昇著《长生殿》，唱的是唐玄宗和杨贵妃的悲欢离合及唐王朝的盛衰陈迹。

她点的这两出，都不带什么好兆头。唱了《还魂》不久，第十三回，秦可卿就死了，虽未"还魂"，却给她"托梦"了。而《长生殿》在元妃省亲时，又被点了其中的四出，按照脂砚斋的提示，不是"伏贾家之败"，就是伏"元妃之死""黛玉死"。

待这些"戏"唱完，可不就像她说的，"也就是时候了"。

据说末代皇帝溥仪登基时，因为太小不懂事，一个劲儿哭闹说"我不挨这儿，我要回家"，一旁扶着他的老爸载沣只好哄他说："别哭别哭，快完了，快完了！"果然，很快大清朝就"完了"，小皇上也"回家"了——先回了什刹后海醇王府他阿玛家，后来干脆回真老家东北当傀儡去了。所以老辈人常说，这种话是不能挂在嘴边的。

曹雪芹笔下《红楼梦》中几次描写的诸如"点戏""讲笑话"之类的情节，都反复暗示着这个豪门大族由兴而盛、由盛及衰的命运。脂砚斋所谓"画家三染法"也（第二回前脂批）。

八十大寿,糗事一箩筐

第七十一回,贾母八十大寿,两处开宴,所请贵宾从南安太妃开始,一一列出,所送礼品,将江南甄家的满床笏围屏点出。贾母待客,贵宾拜寿,点戏送礼,席次排列,秩序井然,雍容华贵。继秦可卿之死、元妃归省之后,贵妃之祖母大寿再次重笔描摹贾府的风月繁华。

南安太妃要见贾府小姐,贾母派宝钗姐妹、黛玉、湘云、探春见客,对迎春视若无睹,埋下邢夫人挟怨的伏笔。贾母的寿宴隆重无比,但南安太妃坐坐就走,年轻的北静王妃也不终席,贾母也早乏了,似敷衍了事走过场。贾母最看好的未嫁孙女探春说我们这大家子有说不出的繁难,不如寒素小家子欢天喜地、大家快乐。贾母最宝贝的孙子宝玉希望自己现在就死,都是丧气话。荣国府值班的管家先溜号,园内的婆子说风凉话,导致尤氏被冷落。周瑞家的"火中取栗",赵姨娘上蹿下跳。鸳鸯说凤姐治一经损一经,奴字号管家奶奶调三窝四,出了不止一桩事。

贾府的矛盾和衰落日渐加重。

下编

式微已盈睫:资本出了问题

中秋之宴，月圆人不圆

第七十五回，钟鸣鼎食诗书翰墨之家中秋佳节，月圆人不圆，鬼怒人也愁，预示百年豪门运数快尽。

"漫言不肖皆荣出，造衅开端实在宁"。宁国府继续扮演贾府堕落衰败的领头羊角色。族长贾珍作恶多端，五毒俱全。居丧期间开赌局，恣意作乐，携妻妾大吃大喝，吹拉弹唱。宗祠突然发出长叹声，说明宁、荣二公对贾府子弟已不抱任何希望，对贾府必将覆灭无可奈何。

中秋夜大观园赏月，贾母感叹"还是咱们的人也甚少"，预示将散之兆。贾政说舔老婆脚的笑话，趣味低下，令人作呕。贾赦讲个孝顺儿子偏心娘的笑话，不知是否言者无意，但的确听者有心，惹得贾母说："我也得这个婆子针一针就好了。"过去凤姐说笑话，总能引起欢声笑语，眼下贾政的笑话令人不舒服，贾赦的笑话惹老母不高兴，不一会儿就把他们都轰走了。贾赦因得罪老母亲，心烦意乱，出门还让石头绊了一下，崴了脚。

JIAFU DE ZIBEN
BIAN FENGZHENG BIAN SHIWEI

关于贾府的「假命题」

一局输赢料不真,香销茶尽尚逡巡。
欲知目下兴衰兆,须问旁观冷眼人。
——第二回"冷子兴演说荣国府"回前诗

假如能把焦大当作一位"积古"的老人家

同样是贾府资深的奴仆，赖嬷嬷和焦大有着截然不同的命运。一个委曲求全、目光深远，为的是后代永远脱离奴籍，家里也有楼房厦厅和一个十分齐整宽阔的花园，孙子赖尚荣在贾府的帮助下做了知县；一个忠心耿耿、不改初衷、视主家为自家，自觉地将自己的命运与主人捆绑在一起，结果却真的被主人捆起来，塞了满满一嘴土和马粪。

焦大是个有故事的"老兵"，对主子忠诚到愚忠。与那一干"坐山观虎斗""借刀杀人""引风吹火""站干岸儿""推倒油瓶不扶"的常规奴才比起来，他是奴才中的一朵奇葩，是宁国府的一位"屈原"。

他的传奇经历，从第七回尤氏口中不经意地曝出："你难道不知这焦大的？连老爷都不理他的，你珍大哥哥也不理他。只因他从小儿跟着太爷们出过三四回兵，从死人堆里把太爷背了出来，得了命；自己挨着饿，却偷了东西来给主子吃；两日没得水，得了半碗水给主子喝，他自己喝马溺。不过仗着这些功劳情分，有祖宗时都另眼相待，如今谁肯难为他去。他自己又老了，又不顾体面，一味吃酒，吃醉了，无人不骂。我常说给管事的，不要派他差使，全当一个死的就完了。今儿又派了他。"

这一段漫不经心的述古，信息量不小：一来说明贾家的荣华富贵来之不易，是老辈子刀尖舐血、九死一生挣来的；二来说明焦大在与主子一起打江山的过程中生死与共、舍身护主，贾家今天的好日子，焦大是有突出贡献的；三来说明随着贾家老两辈的退场，官三代官四代官五代陆续登场，现在这些"杂种王八羔子们"，早忘了祖宗创业的艰辛。当年人人敬重的"老英雄"，在他们眼里打回原形，不过一个讨厌的该死的老奴。焦大郁闷非常，借酒浇愁，时常发作。

这天，秦可卿的弟弟秦钟在宁国府与宝玉玩到很晚，需要有人送回，宁府的大总管赖二偏把这个苦差事派给又喝醉了酒的焦大。终于，火山爆发。

焦大趁着酒兴，先骂赖二不公道，欺软怕硬，"有了好差使就派别人，像这等黑更半夜送人的事，就派我。没良心的王八羔子！瞎充管家！你也不想想，焦大太爷跷跷一只腿，比你的头还高呢。二十年头里的焦大太爷眼里有谁？别说你们这一起杂种王八羔子们！"

骂够了赖二，又骂贾蓉：

"蓉哥儿，你别在焦大跟前使主子性儿！别说你这样儿的，就是你爹、你爷爷，也不敢和焦大挺腰子！不是焦大一个人，你们就做官儿享荣华受富贵？你祖宗九死一生挣下这个家业，到如今了，不报我的恩，反和我充起主子来了。不和我说别的还可，若再说别的，咱们红刀子进去白刀子出来！"这里故意把"白刀子""红刀子"说反，以摹写醉人颠倒口吻。也有专家认为焦大虽醉，但大篇骂人话文通理顺，不应唯独此句颠倒。

不知焦大是真醉还是装醉，反正从骂仆人转向了骂小主人。虽然超越了礼法，但却句句属实；虽然有些倚老卖老、居功自傲，但却事出有因。如果不是贾蓉不知深浅，到底年轻，经不住阵仗，忍不住便骂了几句，使人捆起来，"等明日酒醒了，再问他还寻死不寻死了"，忠奴焦大应该不会轻易胆大到调转枪口冲着他来。

"我要往祠堂里哭太爷去。哪里承望到如今生下这些畜生来！每日家偷狗戏鸡，爬灰的爬灰，养小叔子的养小叔子，我什么不知道？咱们'胳膊折了往袖子里藏'！"真个是天雷滚滚，电闪风狂，由骂贾蓉一人直接升级到了骂整个宁国府，采用的是"往祠堂里哭太爷去"这种能够起到主奴共鸣、人神共愤效果的形式，既是痛哭，也是祷告，还是数落和讨伐。但是，此时的焦大依然自觉自愿地把自己与这个日渐没落的家族捆绑在一起——"胳膊折了往袖子里藏"的，是"咱们"，而不是"你们"或"他们"。所以鲁迅说,"焦大的骂,并非要打倒贾府,倒是要贾府好……然而得到的报酬是马粪","这焦大实在是贾府的屈原,假使他能做文章,恐怕也会有一篇《离骚》之类"。

焦大是贾府的边缘人物,从头到尾只出现过两次。一次是第七回闹的这一出,一次是续书第一〇五回,被抄家后,他从宁国府跑到荣国府,对着贾政又是一通悲愤的哭闹:"我天天劝这些不长进的爷们,倒拿我当作冤家……"证明了他作为一个醉汉预言家当年怒骂的正确。

第三十九回,刘姥姥二进荣国府,有幸见到了贾母老太太。这是因为老太太无聊,"正想个积古的老人家说说话儿"。刘姥姥是一个家里穷得过不了冬的乡下老寡妇,借着女婿家与王夫人家打八竿子才够得着的一点同宗关系,厚着老脸跑到贾府来插科打诨打秋风,实际是一个"女清客""老篾片",身份能比焦大高到哪里去?都是"积古"的老人家,但末世的贾府,从老到少从上到下,偏就都爱听这刘姥姥装疯卖傻嘻嘻哈哈的"老刘老刘,食量大如牛""大火烧了毛毛虫",有谁理睬过焦大那"惊心骇目,一字化一泪,一泪化一血珠"(脂批)的怒骂?

假如贾敬不去修道

以《红楼梦》时代的主流价值观论，老贾家最牛的人是谁？不是贾赦，别看他是一等将军，那是袭来的；也不是贾政，别看他是什么国丈，那是碰运气碰来的；也不是贾珍、贾琏这些偷狗戏鸡的公子哥儿，更不是贾宝玉这种另类小主。最牛的人是宁国府掌门人贾珍的爸爸、贾政的堂兄、贾宝玉他堂大爷，那个出场不多的假道士贾敬。

此人其实运气极好、智商极高。原本他和贾政一样，上面还有一个哥哥贾敷，按照当时的世袭制度，他们家的爵位没他什么事儿。好巧不巧，他这哥哥八九岁上就死了，贾敬自动晋级为长门长孙，顺理成章地袭了官。但他没有就此躺在祖荫、爵位上睡大觉，又考了个进士。这可不容易。要知道贾政当年就希望能够从科举出身而不得，范进中个举登时就能疯掉。这进士可比举人高级多了。事实上，宁荣二府吹了半天"诗礼之家"，从头到尾，只有贾珠中过一个秀才，还早早给累死了。续书里贾宝玉、贾兰弄到最后好不容易中了举人。当年宁国府的这根独苗儿贾敬，一下子就有了双重保险，仕途光明，前程远大。

不知怎么回事儿，牛人都很容易灰心。可能寻常人见识不够，一点儿成绩就能沾沾自喜。牛人站得高想得远，看透所谓功名利禄不过是拉套的蠢驴鼻子前挂的那串胡萝卜，就算够到，意思也不大。

像贾敬，就是这么一位牛人。在应有尽有之后，就厌倦了胡萝卜的诱惑，腻歪了这些红尘游戏。他突然就像那个跟他名字同音的明朝皇帝嘉靖，热上了修道，更像后来的顺治皇帝，抛下偌大家业，跑到都中城外道观里，天天跟那帮道士"胡羼"。

他这一走，给宁国府带来了什么？

他有一儿一女，贾珍和惜春，这两个人的一切表现，都像是没有爹的人。惜春心冷口冷，脸说翻就翻；贾珍无法无天，霸占儿子的老婆，父子聚麀勾引小姨子，带着子侄辈吃喝嫖赌，无恶不作，且不知遮羞布为何物。他表现得如此出格，和他父亲的过早缺席（跟死了还不一样）有很大关系。一个正常的父亲，能给你亲情，又教你敬畏。比如贾政，虽然当父亲不很合格，急了眼能把宝玉打成个烂地瓜，但宝玉能感受到他的父爱，这一点在书中有体现。哪怕这个父亲像贾赦似的既不太正常、当然也很不合格，但只要不缺席，就算给不了儿子多少亲情，至少也能给贾琏一点怕头——真揍他，甭管为什么了。结果是我们看到，贾琏虽也渣得可以，但起码比贾珍有点底线。

母性是天生的，而父性不大一样，是学习来的、体会来的。愿意为孩子鞠躬尽瘁的爸爸，是因为自己也曾被那样爱护过。没有被父亲疼爱过的贾珍，不觉得自己对儿子贾蓉有什么掏心掏肺往正道上领的义务（他自己都不知道正道在哪儿）。大家彼此彼此，你自己想办法活高兴吧。

贾蓉果然心领神会。他是个小机灵鬼儿，"面目清秀，身材俊俏"，头脑更是灵活。他爸欺负他，当着一大堆人让小厮啐他一脸唾沫，他不悲愤、不叫屈、不做激烈之事，很配合地制造父慈子孝的假象。然后，他动用自己的头脑，从父亲手指缝里，偷一点儿残羹冷炙。

他唆使荣国府那边儿的叔父贾琏迎娶尤二姐做二房，打的主意就是把尤二姐从他父亲眼皮子底下弄出去，他好跑去私会。尤三姐对她姐姐说"你我生前淫奔不才，使人家丧伦败行"。"丧伦"两个字很醒目，贾蓉和这位三姨也脱不了干系。他爸没拿他当儿子，他也就不把他当爹。他特别喜欢对他爹的女人下手，哪怕这女人是他姨。这都是些什么心态！让人羞得都没法展开说。

这一切的起因，皆是由贾敬人为、任性地制造了那么一个父子情感的断层。曹公在《好事终》的曲子里，严厉地谴责他"箕裘颓堕皆从敬，家事消亡首罪宁"。有人推测这句词暗示了一大篇宫闱秘事，其实这字字句句，说的不过是人之常情。一个父亲的临阵脱逃，就像抽走了一个家族的脊梁骨，能引发一场"子颓孙堕"的多米诺骨牌效应。在整个贾府"盛极而衰"的转折期，这种伤害，就来得更为致命。

比贾敬长一辈的贾母，是个极有担当的老当家人。这些事情她看得清楚，心里很烦。对这些不负责任、撇家舍业跑出来当假道士、假尼姑的人，她内心是很不以为然的。比如在栊翠庵，她没给妙玉好声气，不吃这个茶不喝那个水的，就是这种心态。对贾敬好端端的逃离，当然更是反感。贾敬死了，她看上去很伤心，那主要是来自她对死亡的恐惧和对贾府前途的担忧，并不是多喜欢她这个老侄子。贾敬活着时，过个生日，高朋满座，吹吹打打吃吃喝喝的。贾母那么爱热闹爱凑场的一位老太太，就因为烦贾敬，一反常态地不赏脸、不出席，连个理由都懒得编，弄得贾珍尤氏等很尴尬。还是凤姐临时抖机灵扯了个谎，说老太太头天晚上吃桃拉肚子，来不了，才给了宁国府一个台阶下。

不过，即便贾敬知道婶子烦他、曹公骂他、读者笑他，大概也不会放在心上。彪悍的人生不需要解释。他更着急修道成仙，不顾众道士"功行未到且服不得"的劝告，半夜三更把他那"秘法新制的丹砂"悄悄服了下去，如愿以偿"便升仙了"。

假如贾政早点儿去查账

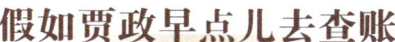

"经济学之父"亚当·斯密曾说过:"国家的崩坏,绝非一朝一夕。"贾府的倾覆,其实也早种下败因。一个地方、一家企业、一个家庭,都会有自己的一本账,祸福兴衰都可以从简单的收支账目上看出端倪。但是贾府有当家权责的人,却完全忽略了经常去看看账本这项基本的职责,直到被抄家"一败涂地",才想起那本烂账的存在。

荣国府第三代的爵位,由长子贾赦世袭。这是封建时代家国体制,用不着讨论。但贾赦不管家事,又由于荣国府未分家,因此,荣国府由其弟贾政当家。当然,将这种爵位与爵产分开的做法,是贾母的意思,因为大儿子贾赦太让她失望。

贾政自幼酷爱读书,在贾氏子孙中,他人品端直、做事严谨,口碑尚好。可惜他无暇也不想把心思用在理家上,"素性潇洒,不以俗务为要,每公暇之时,不过看书着棋而已",将荣国府的财政大权交给了侄子贾琏和侄媳王熙凤。偏偏贾琏与王熙凤是一对"捞钱夫妻档"。贾琏见了钱,"油锅里的还要捞出来花";而王熙凤更是贪财成性、胆大包天,违法私放高利贷、收黑钱帮人"平事儿",从来不信阴司地狱报应。可以说,贾政所托非人。

第二十三回,为着将贵妃省亲后大观园中小沙弥、小道士迁出及日后管理的家务,贾琏跑去跟贾政汇报。凤姐嘱咐贾琏,管理小沙弥小道士的差事,可交与本家侄子贾芹办理,因为贾芹的母亲与王熙凤交好。贾芹这个孩子,品性可疑,贾琏本是看不上的。这个差事,贾琏已答应给另一个人品好些的本家侄子贾芸。但贾琏一是惧内,二是凤姐又以可让贾芸负责大观园绿化作为交换条件,他只好答应了。到贾政跟前,违心地给贾芹说了两句好话。原文说"贾政原不大理论这些事,听贾琏如此说,便依了"。用贾芹这种人办事,如此一个贾琏两口子妥协交易而出来的下策,就这样轻松地钻了贾政"不大理论"家事的空子而得以施行,其恶劣后果很快就显现出来。而贾政这个家长,在贾琏、凤姐两口子眼中,逐渐变成一个可以随便糊弄的傀儡、摆设。

宁国府那边,前边我们说了,第三代单传的法定当家人贾敬,人还活着,就把世袭的爵位和贾氏族长的担子往儿子贾珍那里一丢,跑到城外道观里炼丹修仙去也。贾珍没有父亲管着,哪里肯干正事,"只一味高乐不了,把宁国府竟翻了过来,也没有人敢来管他"。因此,宁、荣二府虽然看起来都有当家理事者,但就像外人评论的,"主仆上下都是安富尊荣,运筹谋划的竟无一个"。

不管是大家族还是小家庭,不能只图眼前安逸,必须有人运筹谋划未来。但是要运筹谋划未来,必须先了解家里的一本账,而贾政平日面对财务的态度又是如何呢?

第九十三回,"只见两个管屯里地租子的家人走来,请了安,磕了头,旁边站着。贾政说:'你们是郝家庄的?'两个答应了一声。贾政也不往下问,竟与贾赦各自说了一回话儿散了"。

随口一问,心不在焉,这就是当家者的日常管理姿态。如果贾政平时稍关心一下屯里地租的情况,应该能早些发现财源的宽紧,以及财务状况引发的种种弊端。

而直到家被抄没,先祖留下的两个世职被革去,贾赦、贾珍戴罪流放边疆,宁、荣二府的吃用都要由他来扛,无路可退了,他才想到要查账。

查账的结果是让他急得跺脚,"这还了得!我打量琏儿管事,在家自有把持,岂知好几年头里,已经'寅年用了卯年'的,还是这样装好看!竟把世职俸禄当作不打紧的事,有什么不败的呢!我如今要省俭起来,已是迟了"。(第一〇六回)

贾政接着查看家仆花名册,发现人名与册子对不上。下人回答,"老爷几年不管家务事,哪里知道这些事呢?老爷只打量着册子上有这个名字就只有这一个人呢!不知道一个人手底下的亲戚们也有好几个,奴才还有奴才呢"。不说别人,只说他家的大总管赖大，自己不过是一个"家生子"奴才头子，家里却丫鬟、婆子、奶妈一大群，晴雯就是当年他家买来的"奴才的奴才"；他家的花园，"虽不及大观园，却也十分齐整宽阔，泉石林木，楼阁亭轩，也有好几处惊人骇目的"；他的儿子赖尚荣当上知县，不是通过科举选任，而是花银子买来。

浮滥的人事开销，犹如椽桁中的蠹虫，早把贾府吃得外强中干了。

当家的直到抄家后才知道只是虚名在外，反倒是外人冷眼看得明白。早在第二回，家奴周瑞的女婿冷子兴就形容贾府，"如今外面的架子虽未甚倒，内囊却也尽上来了"。外人仅从收支差距，就能看出贾府正在坐吃山空。

贾府不经商，财源只有岁俸与地租（详见本书"贾府的有形资产"一节）。这两样收入不光有数，而且有限。地租还要看天，旱灾、水灾、冰雹、蝗害，都会造成颗粒无收。第五十三回叙述岁末腊月，宁国府庄地的乌庄头顶风冒雪押运收成进京，呈上的清单乍看洋洋洒洒，一口气列了几十样禽、畜、鱼鲜、杂粮，但关键是现金只有"外卖粱谷、牲口各项之银共折银二千五百两"。从庄头口中，得知荣府的庄地虽然多些，"今年也只这些东西，不过多二三千两银子，也是有饥荒打呢"！难怪贾珍当时就皱眉道："真真是又别教过年了。"一个"又"字，说明这种歉收情况并不罕见。

收入有限，支出却是无底洞。首先是固定开销的人事费用。宁、荣二府排场大，奴仆省不了，从黛玉初被接进荣府时，就可以看出阵仗："门前列坐着十来个华冠丽服之人……抬进府内、另换了四个眉目秀洁十七八岁的小厮上来抬着轿子"。光守门传达的下人就有十几个，抬轿子的奴仆，还分成内外两批人马。

宁、荣二府究竟有多少人？第六回说"按荣府中一宅人算起来，人口虽不多，从上至下也有三四百丁"。这个"丁"怎么理解？古时专指有劳动能力的成年男子为"丁"。那就是说，这"三四百丁"可能还不是荣国府的全部人口，还没包括女性。这倒跟第五回宝玉说的"单我家里，上上下下，就有几百女孩子呢"合得上。宁国府人口似少一些。这样粗略估计，两府主奴相加，近千人总是有的，且绝大多数是奴仆。各房主仆都有固定月钱与年终压岁钱可领。庞大的人事开销，只有管账的王熙凤一个人清楚：贾府是"一日难似一日"。

固定的人事开销省不下来，空架子还得要摆出来，譬如贾府的红白大礼。第七十二回，贾琏又想偷贾母的金银宝贝去质当，但必须先过贾母贴身大丫鬟鸳鸯这一关。贾琏跟鸳鸯解释说："这两日因老太太的千秋，所有的几千两银子都使了……明儿又要送南安府里的礼，又要预备娘娘的重阳节礼，还有几家红白大礼，至少还得三二千两银子用，一时难去支借。"从这段说词可以略窥贾府往来的红白礼，动辄都是数百两、上千两银子的手笔。

贾府应付往来的红白礼已经很惊人了，自家办红白事时，花钱更如流水。比如可卿那场超豪华葬礼。更主要的，大观园更是大钱坑。还有宫里太监没完没了的敲诈，张口也是成百上千银子……

为了元妃与家族的风光，贾府砸下重金。反观元妃对于娘家的回馈，顶多是逢年过节赏赐一些宫里用不着的彩缎、古董之类没用的顽意儿。就算赏点现钱银子，如贾蓉笑谈中透出的，"不过一百两金子，才值了一千两银子，够一年的什么？"而算算总账，贾家"这二年哪一年不多赔出几千银子来！头一年省亲连盖花园子，你算算那一注花了多少，就知道了。再两年再一回省亲，只怕就精穷了"（第五十三回）。

贾府收入有数也有限，开销却破了若干大洞，当然财务状况严重恶化。贾政等到抄家后查账才知道，"所入不敷所出，又加连年宫里花用，账上多有在外浮借的。再查东省地租，近年所交不及祖上一半，如今用度比祖上加了十倍"（第一〇六回）。

贾政如果早点儿查账，就算要接待贵妃女儿省亲，应该不会再任由亲族子侄们把大观园变成大钱坑；如果早点儿关心财务，风行草偃，子孙一定会跟着重视金钱，而不会出现贾宝玉和麝月连称量银钱的戥子都不会使用的笑话。

贾政在状态之外，王夫人又是"鸵鸟心态"——贾母就是对她理家不力不满，才换上贾琏凤姐，可这小两口又上下其手，藏藏掖掖……

其实就算有专人记账，这本账也失去检验财务的功能了。因为贾府的问题不是做假账，就如贾琏向贾政禀报的，"侄儿办家事，并不敢存一点私心，所有出入的账目，自有赖大、吴新登、戴良等登记，老爷只管叫他们来查问"。贾府的问题是当家的根本没查账、没理账。

有记账、有查账，就能提早注意到人事弊端、财务警报，进而约束奢靡腐化的家风。第一一四回，抄家后，门庭冷落，清客里只有个程日兴陪贾政说话。贾政感慨着提起"家运不好，一连人口死了好些，大老爷和珍大爷又在外头。家计一天难似一天，外头东庄地亩也不知道怎么样，总不得了呀！"东庄地亩现在是贾府的唯一财源了，贾政这时仍然稀里糊涂，搞不清楚为何地租收入一直下滑。旁观者清的程日兴，这时才讲出他看出的问题："我在这里好些年，也知道府上的人哪一个不是肥己的？一年一年都往他家里拿，那自然府上是一年不够一年了。"

清客相公程日兴不只看出贾家的花费无节制，还知道贾府的管理混乱、下人们损公肥私早成常态。贾政的公余暇时，基本都耗在了躲在书房与这些清客相公云山雾罩、闲聊扯淡上，如果能从这大把的时间精力里多少拿出一点儿来去看看账本，那些"藏掖"的、花钱无度的，哪会如此嚣张？

我们当代人读《红楼梦》，茶余饭后在慨叹贾政轻视这"一本账"之余，是否应该自省注意自家的一本账了？记账、看账这些事确实琐碎烦人，但是至少能让我们知道每月、每年的结余或缺口，至少能清楚累积的财富净值是否应付得了老残病死的风险。

《红楼梦》讲的是清代豪门的兴衰，今天的读者肯定会想，我们没有数百位的家人、奴仆要养，更不会有省亲、太监勒索等大的开销，但是不要忘记，每个时代都会有财务"破洞"，我们每个单位、家庭的口袋也会有大大小小的"破洞"。当家人一定要看好该你看的那"一本账"。

假如王夫人是个"贤内助"

其实荣国府经济的衰败,也不能只归咎于贾政这个甩手掌柜。在那个时代,贾政作为顶门立户的一个男子,在朝廷做官当差,还经常被外派。这种情况下,假如他的正妻王夫人能多补一下位,家里的局面或许会好些。

说来贾府最有理家能耐的是贾母,可惜她年事已高,退休交棒给儿子贾政两口子,论理应该是王夫人担起这个"贤内助"的职责,结果王夫人卸责,又转给王熙凤。

王熙凤是贾赦、邢夫人的儿媳妇,王夫人为何会放心交出财务大权?因为王熙凤除了是贾政、王夫人的侄媳妇,还是王夫人的亲侄女,跟王夫人是亲上加亲,既是姻亲也是血亲。

既是如此格局,则荣府的重要决策,其实还是王夫人说了算。但王熙凤提出精简人事的建议时,王夫人并没有支持。管账的王熙凤,最清楚荣府已经是一个出多进少的空架子,排场却还是"照着老祖宗手里的规矩",知道如果不赶紧节省,再过几年就都赔尽了!

因此,当王夫人为绣春囊一事对王熙凤大动肝火时,王熙凤先是为自己辩白,随后及时建议:"不如趁此机会,以后凡年纪大些的,或有些咬牙难缠的,拿个错儿撵出去配了人。一则保得住没有别的事,二则也可省些用度。太太想我这话如何?"王夫人的答复却是,"虽然艰难,难不至此"(第七十四回)。

等到下人故意说宝玉屋里的丫鬟晴雯"妖妖趫趫,大不成个体统",正好踩到王夫人最在意的"红线"上——她最恨丫鬟"勾引"宝贝儿子宝玉,这时才认真地撵了几个她认为是"妖精似的东西"。

王夫人貌似忠厚，怜贫恤老，斋僧布道，但是只要让她犯了疑心病，发现有"带坏"宝玉嫌疑的丫鬟，便会毫不犹豫、毫不手软地施以暴虐打击。前后有两条无辜的女孩子性命送在她的手上，一个是金钏，一个是晴雯。

王夫人没有把权力发挥在对的地方。她对于人事的失察、歪风的放纵，第十六回开头写得清清楚楚，读来令人叹息：

> 那凤姐儿已是得了云光的回信，俱已妥协。老尼达知张家，果然那守备忍气吞声地收了前聘之物。谁知那张家父母如此爱势贪财，却养了一个知义多情的女儿，闻得父母退了前夫，她便一条麻绳悄悄地自缢了。那守备之子闻得金哥自缢，他也是个极多情的，遂也投河而死，不负妻义。张李两家没趣，真是人财两空。这里凤姐却坐享了三千两，王夫人等连一点消息也不知道。自此凤姐胆识愈壮，以后有了这样的事，便恣意地作为起来，也不消多记。

而她对于财务的"鸵鸟心态"，在第七十五回又添了一笔。贾母用膳，要吃稀饭，侄孙媳妇尤氏（贾珍妻子）送上一碗红稻米粥。

因为红稻米粥有补血功效，贾母吩咐下人给小产卧床的孙媳妇王熙凤送一碗过去，当然也公平对待在旁伺候用饭的尤氏，问下人为何不给尤氏也盛一碗红稻米粥。

大丫鬟鸳鸯说："如今都是'可着头做帽子'了，要一点儿富余也不能的。"王夫人赶紧解释，是因为"旱涝不定，庄上的米都不能按数交的，这几样细米更艰难"。

红稻米，又称为胭脂米、红糯米，不容易大量种植。因此，王夫人以"细米艰难"为由，跟婆婆贾母解释为何没剩余。但是旱涝灾情，不会只影响"细米"，王夫人再糊涂、再"鸵鸟"也肯定知道，所有的庄稼收成都会受到冲击。

尤其专管征收春秋两季地租的仆人周瑞，还是王夫人的陪房，是心腹、眼线，王夫人更该掌握地租的第一手情报。

第七十二回，王熙凤跟下人提到，"前儿老太太生日，太太急了两个月，想不出法儿来，还是我提了一句，后楼上现有些没要紧的大铜锡家伙，四五箱子，拿出去弄了三百银子，才把太太遮羞礼儿搪过去了"。由此可知，王夫人早知道贾府已经要靠典当过日子了。

再多一碗也没有的红稻米粥，就像是渐掩的乌云，预兆贾府已经不再有富余，负有当家重要职责的王夫人，却在山雨欲来前选择了闭上眼睛。应了那句话，"你很难叫醒一个装睡的人"。

侄女王熙凤的话，没有听进去，亲外甥女薛宝钗的话，王夫人也当成耳旁风。抄检大观园后，宝钗找个理由要搬出大观园，曾经推心置腹地向姨妈王夫人建议该俭省了，"姨娘深知我家的，难道我家当日也是这样零落不成？"薛宝钗的家族曾是皇商，财富惊人，"丰年好大雪，珍珠如土金如铁"。但是到了宝钗这一代，逐渐衰败。所以聪慧的宝钗深知荣枯盛衰，必须早做打算。但是宝钗的良言，王夫人还是没听进去。

大管家之一的林之孝也曾费了好大一番唇舌，建议贾琏向贾母、贾政禀报，精简使唤的人力：

"人口太重了。不如拣个空日回明老太太老爷，把这些出过力的老家人用不着的，开恩放几家出去。一则他们各有营运，二则家里一年也省些口粮月钱。再者里头的姑娘也太多。俗语说，'一时比不得一时'，如今说不得先时的例了，少不得大家委屈些，该使八个的使六个，该使四个的便使两个。若各房算起来，一年也可以省得许多月米月钱。况且里头的女孩子们一半都太大了，也该配人的配人。成了房，岂不又孳生出人来。"

贾琏道："我也这样想着，只是老爷才回家来，多少大事未回，哪里议到这个上头。前儿官媒拿了个庚帖来求亲，太太还说老爷才来家，每日欢天喜地地说骨肉完聚，忽然就提起这事，恐老爷又伤心，所以且不叫提这事。"

林之孝听后无奈地说："太太想得周到。"

甥女、侄子、下人，都知道要精简，王夫人的态度却是"冷处理"，拖着，理由好奇葩，说是怕贾政"伤心"——她的"贤惠"用到了这里。

假如多几个林黛玉似的理家小帮手

第六十五回兴儿戏说中的"不敢出气儿","生怕这气大了吹倒了"的林黛玉,在理家才能上却别有可圈可点之处。

且看这三个细节。

之一:黛玉因宝玉的言语失当同宝玉怄气,又因为丫鬟偷懒而吃了怡红院的闭门羹,故宝玉第二天打躬作揖地前来赔情,正眼也不看他——

便回头叫紫鹃道:"把屋子收拾了,下一扇纱屉子;看那大燕子回来,把帘子放下来,拿狮子倚住;烧了香,就把炉罩上。"一面说一面仍往外走。(第二十七回)

边走边说(还边跟宝玉赌着气)的一两句话,却利利索索、明明白白,把家政任务交代得有条不紊、到边到沿儿,透出不一般的持家能力和生活情趣。贾府里,不是每一位哥儿姐儿"主子"都能有这样周密细致的管理习惯。

所以,在后来"突击"抄检大观园的闹剧中,几乎各位"小主"管下的团队,都被抄出有各类作案"赃物"或重大嫌疑。主子、丫鬟连哭带闹。在探春那里,"搜查队长"王善保家的还挨了一记响亮耳光!这三更半夜一场"自杀自灭"下来,园子里狼烟四起、狗撕猫咬、一地鸡毛。

人仰马翻中,相对"干净"些、风平浪静的,却只有两家:李纨,和潇湘馆的林黛玉!

我们知道,只有功夫下在平时的常态长效管理,才能在要紧时刻收到这样的理想效果。

李纨,是王熙凤因病不能视事期间代其理家的"三驾马车"中的重要成员。

可以想见，黛玉的日常管理能力，至少不比参与理家的李纨差，分明也是一把好手。

若说这还只是些许自己居所的生活管理小事，那么她对贾府入不敷出、财政危机这些大事的留心、思虑，也非府内常人所能及。

之二：黛玉道："要这样才好，咱们家里也太花费了。我虽不管事，心里每常闲了，替你们一算计，出的多进的少，如今若不省俭，必致后手不接。"宝玉笑道："凭他怎么后手不接，也短不了咱们两个人的。"（第六十二回）

贾府里，正如冷子兴说的，"如今生齿日繁，事务日盛，主仆上下，安富尊荣者尽多，运筹谋划者无一"。

从贾敬、贾赦、贾政、贾珍贾琏这些宁荣二府的头面爷们儿哥儿说起，除了躲在城外当道士的，就是在家里"爬灰"胡闹、"偷狗戏鸡"的酒色之徒，或是迂腐颠顶的书呆子，再就是宝玉这类毫无家庭责任感的"富贵闲人"（宝钗语）。但凡有一个肯"运筹谋划"家事的，何至于轮到王熙凤这样一个"嘴甜心苦，两面三刀；上头一脸笑，脚下使绊子；明是一盆火，暗是一把刀：都占全了"（第六十五回兴儿语）的孙子媳妇、糙蛋娘们儿当家掌权？

在这么一个败家成习、得过且过、浑浑噩噩的家族氛围里，黛玉能发出这番一针见血、深谋远虑的"齐家"之论、忧患之语，怎不令人惊喜交加、刮目相看——这可并不是一个只会葬花读书、"镇日无心镇日闲"的娇小姐！

作为祖上"袭过列侯"的贵族的后裔，作为前科探花、朝廷要员林如海的唯一的女儿，作为那位汲汲于仕途经济的贾雨村的得意门生，她从小受的教育引导、浸润熏陶，无疑是积极入世、勇于任事的儒家文化。这粒自幼种植在一个人思想深处的哲学内核，只会随着年龄的增长、阅历的增加开花结果、日益坚强，而绝不会被几句哼哼唧唧的飘逸诗文、几把小儿女的鼻涕眼泪轻易抹去。

作为老太太强力支持、几乎全家人默认的宝二奶奶"候选人"，她对自己将来在这个家庭几乎毫无意外要承担的使命、履行的义务、面临的难题，也提前做了些功课。第一〇二回，此时黛玉已死，王夫人对凭借"掉包计"上位"宝二奶奶"的薛宝钗说：

"这一番家事,都是你的担子"——对于承担这副"担子",可怜的黛玉原也是有一番准备的。

这位看上去忧郁多疑、高冷脱俗的林诗人,这个动辄撒娇泛酸、哭哭啼啼的小女孩儿,从一开始,就对她舅舅家这摊子烂事上心着呢!

之三:王熙凤的评价。第五十五回,王熙凤与平儿论及理家的帮手、"臂膀",将视野中的"后备干部"数算了一遍,皆无可用之材。说到黛玉和宝钗时,凤姐道:

"林丫头和宝姑娘她两个倒好,偏又都是亲戚,又不好管咱家务事。况且一个是美人灯儿,风吹吹就坏了;一个是拿定了主意,'不干己事不张口,一问摇头三不知',也难十分去问她。"

论理家,偌大贾府,有几个能入大管家王熙凤的法眼?这一个"倒好"的评价,足以说明王熙凤对黛玉才能的认可。

由这几个细节看来,黛玉实非是个省油的"美人灯"。

那问题又来了,既有"忧家"之心、又有"理家"之才、承载着"宝二奶奶"希望和重任、且被"现任领导"王熙凤看好的林黛玉,为何终究没有进入理家的"班子"呢?

根子还是出在王夫人这里。

不是自家人,只是"亲戚"的身份,这不是什么重要原因。若说"亲戚"不便请来理家,那宝钗这个姨表"亲戚"关系,比姑表的黛玉还远些,她能理得,黛玉为何理不得?何况,至少在王熙凤眼中,林黛玉并不算是外人——抄检大观园时,王熙凤向王善保家的道:"我有一句话,不知是不是。要抄检只抄检咱们家的人,薛大姑娘屋里,断乎检抄不得的。"王善保家的笑道:"这个自然。岂有抄起亲戚家来。"果然,接下来,抄了林黛玉的潇湘馆——这是拿她当自家人哩,而躲开了宝钗那里。

身体不好,怕风怕光,这当然是个硬伤。不能"带病"提拔嘛!

但,黛玉身体差些是不错,却并没有差到什么都办不了的程度,也不像王熙凤和兴儿说的那么夸张,"风吹吹就坏了"。

第七十回"林黛玉重建桃花社":说起诗社,大家议定:明日乃三月初二日，就起社，便改"海棠社"为"桃花社"，林黛玉就为社主。明日饭后，齐集潇湘馆。这时前任"海棠社"社长李纨正替王熙凤理家。看这"健康状况"，既能改组诗社，且能充任"社主"，就不能"理家"？

不要以为社团、学会的家就那么好当！因都是知识分子、专业人士，各种毛病和难伺候，要比一般单位多得多。为着一个什么"副会长"，堂堂国字号的大学教授、博导能发公开信"绝交"，闹得网上线下沸反盈天，可见此圈子中事之难办、人之难缠，非心思缜密、精力充沛之"会长"不能驾驭周旋。

所以，黛玉的"病"，恐不只是在身子上。

你不看贾府理家的这两届"班子"，都是谁的干部？

王熙凤，那是王夫人的亲内侄女。

代理王熙凤的"三驾马车"人选，乃由王夫人亲自圈定。名义上的总经理李纨是王夫人的大儿媳妇（丈夫贾珠过早去世）。主持日常工作的副总经理探春，身是赵姨娘生，但那颗心儿却像向日葵一样，始终向着贾府第二红的红太阳王夫人（最红最红的是贾母）；她心心念念的"亲舅舅"，是那"九省的检点"、王夫人的哥哥王子腾！而身为父亲侍妾的亲娘赵姨娘，从来就是她的耻辱、她的累赘、她的不能揭的疮疤和那壶不开的水。要不气得赵姨娘骂她"没有长翎毛儿就忘了根本，只'拣高枝儿飞'去了"！

襄理身份的宝钗，就更不必说了。虽说黛玉说起来和她都是外甥女，但人家宝钗这个"外甥女"，却是王夫人"那边儿"的。薛姨妈和王夫人是亲姐妹。还有一层，这才是王夫人心目中最合适的宝玉媳妇！也是黛玉命运最大的变数。且王夫人对黛玉的不喜，有时竟形诸言表。

第七十四回"抄检大观园"，说到晴雯：

王夫人猛然触动往事，便问凤姐道："上次我们跟了老太太进园逛去，有一个水蛇腰、削肩膀、眉眼又有些像你林妹妹的，正在那里骂小丫头。我的心里很看不上那狂样子……"

潜意识里竟将一个丫鬟、而且是她最"看不上"的"轻狂"丫头的形象跟黛玉重叠起来，这就是一个亲舅妈"无意间"流露出的对一个没爹没娘远道来投的可怜的外甥女儿的真实看法。

"心较比干多一窍"的林黛玉,对当下这个格局态势、对自己在王夫人这个舅妈、这个贾府大主子心中的位置,是有数的。即便身强体健大家期待、就算王熙凤投来橄榄枝签发任命状,她也决计不会轻易去蹚"王记"这池子浑水!

关于贾府的『假命题』

附录

JIAFU DE ZIBEN
BIAN FENGZHENG BIAN SHIWEI

附录一

《红楼梦》中的兵戎之象
——兼话元春之死

第六十九回，贾琏请医生为尤二姐诊治，"谁知王太医亦谋干了军前效力，回来好讨荫封的"。太医都跑去"军前效力"了，说明此刻虽"盛世"而军兴，朝廷用兵方急。

脂砚斋说："《石头记》总于没要紧处，闲闲一二笔，写正文筋骨，看官当用巨眼，不为彼瞒过方好。"（第十五回）

《红楼梦》"大旨谈情"，但并非"毫不干时世"。"石头"于"投胎之处""亲自经历的一段陈迹故事"虽然多是叙说"家庭闺阁琐事""以及闲情诗词"，但这一段"陈迹故事"里却不乏兵戎之象，常令人掩卷深思。

武职与"武荫"

贾府逢红白喜事、年节寿日，常相吊贺的有四王六公（加上他家便是"八公"。这是一股很大的功臣后代政治势力，久为群臣侧目、新皇猜忌）等一干公子王孙，其中武职不少。如定城侯之孙世袭二等男兼京营游击谢鲸、景田侯之孙五城兵马司裘良、神武将军公子冯紫英等等（第十四回）。盖贾氏为军功出身、"武荫之属"（第七十五回贾赦贾政语），其世交往来者多武职，自不为奇。第七十一回，贾母做寿，送礼拜寿者中却又出现一位姓邬的"粤海将军"。第六十回里曾单说"粤东的官儿"给贾府送茯苓霜，不知与这位邬将军是否同一人。

第五十三回，临过年，贾家的姻亲王子腾继担任"九省统制""奉旨出都查边"（第四回），又"升了九省都检点"；攀附贾家王家一路青云直上的贾雨村则"补授了大司马，协理军机参赞朝政"。

贾代化、贾珍、贾赦辈降袭宁荣二公之爵为"一等神威将军""三品爵威烈将军""一等将军"。

这些都是武职，或"武荫之属"的爵位。

贾蓉花钱买的那个五品衔"防护内廷紫金道御前侍卫龙禁尉"，也是。

"弓"

第二十六回，贾兰利用课间休息时间，拿着一张小弓在山坡上"逐鹿"，"演习骑射"。

同一回，来薛蟠、宝玉处吃酒的冯紫英脸上有青伤，自云"是前日打围，在铁网山教兔鹘捎一翅膀"。"打围"即打猎。

第四十九回，写宝玉在冬日"穿一件茄色哆罗呢狐皮袄子，罩一件海龙皮小小鹰膀褂"。这"鹰膀褂"便是满洲阿哥骑射的时髦装束。

第五十四回，凤姐儿嘱咐宝玉："别喝冷酒，仔细手颤，明儿写不得字，拉不得弓。"

第七十五回，贾珍居丧期间，在天香楼下箭道内立了鹄子（箭靶子），约一众世家子弟每日早饭后来射。贾赦、贾政遂命贾环、贾琮、宝玉、贾兰等四人于饭后过来，跟着贾珍习射一回。当然这是贾珍无聊胡闹。本回中秋之夜，贾母见到贾珍，先笑问"这两日，你宝兄弟的箭如何了？"贾珍忙起身笑道："大长进了，不但样式好，而且弓也长了一个力气。"

搬出这一大堆"弓"来的目的，是想说，这些弓都与贾家是军人出身、不废骑射、时刻准备出征打仗紧密相连。

"弓"是宁荣二府贾氏家族的一个武功图腾、文化符号。既如此，第五回里，元春判词中因已有"宫闱"的宫字，则那张隐喻元春命运的画上的"弓"，便不应再重复指代"宫廷"。指什么呢？弓就是弓！贾元春也是铁马金戈的军人后代。这张画上的"弓"，就是指兵戎征伐"虎兕相争"——战争。"弓"上挂着香橼（元），即指元春生死系此一战。

"喜荣华正好"正得宠的贾氏将军后裔元妃随皇帝亲征到"望家乡山高路远"的战场，遭遇如虎狼一般可怕的"无常"（佛语"无常之可怖如虎也"）。至于这"无常"具体是来自不长眼的箭矢流镞，还是内部的"六军不发无奈何"，导致"宛转蛾眉马前死"（白居易《长恨歌》）？不得而知。但若是后者死法，却合了第五回中出现的"安禄山掷过伤了太真乳的木瓜"，第十七至十八回元妃省亲点戏点了《乞巧》（唐玄宗与杨贵妃的"爱情"悲剧），第二十九回贾珍点戏时又偏点《满床笏》（说郭子仪家的富贵），第三十回"我倒像杨妃，只是没一个好哥哥好兄弟可以作得杨国忠的"，第五十一回薛小妹新编怀古诗中有"马嵬怀古"等这些"安史之乱"旧事暗示，也符合元妃托梦（却因曹雪芹舍不得《风月宝鉴》中的一些情节，而提前"增删"移植到了秦可卿身上）"故向爹娘梦里相寻告：儿命已入黄泉，天伦呵，须要退步抽身早"的"人之将死其言也善"的省悟哀鸣。

关于"好兄弟可以作得杨国忠"，我们接下来要说的就是——

"宝玉出征"

第三十六回，宝玉向袭人大谈他对"文死谏、武死战"的分析批判。

第五十一回，薛宝琴所作十首打谜用的怀古诗，涉及兵灾战乱史实的，竟占去"赤壁怀古""交趾怀古""淮阴怀古""马嵬怀古"四首。当时宝玉在场，也做了一首"天上人间两渺茫"，有离乱意味的灯谜诗。

第五十八回，晴雯对宝玉吐槽芳官的不省事，说她："不知狂的什么，也不过是会两出戏，倒像杀了贼王、擒了反叛来的。"

第六十三回，宝玉给芳官改名"耶律雄奴"，并说："凡历朝中跳梁猖獗之小丑，到了如今竟不用一干一戈，皆天使其拱手俛头缘远来降。我们正该作践他们，为君父生色。"芳官抢白他道："既这样着，你该去操习弓马，学些武艺，挺身出去拿几个反叛来，岂不尽忠效力了。"

第六十四回"幽淑女悲题五美吟"，一向吟风悼露、伤春悲秋的黛玉一反常态关注起历史名人来。《五美吟》写了西施、明妃（王昭君）、绿珠等五位奇志女儿，其中《虞姬》《红拂》两首更透出"不爱红装爱武装"的劲头。文文弱弱的黛玉一时间想起与霸王舞剑相别的"虞姬"，不知所伏何事？事实上，本回文字为庚辰、己卯两本所缺，为别本补入。此诗出于黛玉，似显违和牵强。我观其立意、口气甚至格式（又是一首七绝。元妃省亲时作的就是一首七绝），倒更大类幽居内宫的元春所作。

第七十八回，贾政"忽然"与众清客谈及当日出镇青州的恒王被"流贼"所戮、其姬妾在"姽婳将军"林四娘率领下组成娘子军上阵杀"贼"以报王恩的故事。并说林四娘这一番事迹，已按照"着察核前代以来应加褒奖而遗落未经奏请各项人等，无论僧尼乞丐与女妇人等，有一事可嘉，即行汇送履历至礼部备请恩奖"的旨意，报到礼部去了。

这几回的话题，都或隐或显地透出社稷不稳、兵戎有象。特别是"恩旨"征集如"姽婳将军"这一类的事迹，实际像是为战争作舆论鼓动和引导。

奉贾政命，贾环、贾兰均为此赋诗，宝玉所作歌行体长诗《姽婳词》继"大观园试才题对额"后再次博得满堂喝彩，又给贾政长了脸。这一回里，贾政遂不强以读书举业逼宝玉。在军功之家、望子成龙的荣国府，倘子弟不走文章之路，那又该走何路？

第二十九回，张道士与贾母感叹道，看宝玉的举止形象，"怎么就同当日国公爷一个稿子！"

当日国公爷，却是"出过三四回兵"、从死人堆里爬出来、

"九死一生挣下这家业"的将门虎子。

第五回，警幻仙姑说，"宁荣二公之灵"最抱期望的子孙就是宝玉。

还是第二十九回，第三本戏是《南柯梦》。这戏写的是淳于梦梦入大槐安国，与公主成婚，因功拜将，却终被放逐，梦醒后看破红尘"得道"的故事。

神瑛侍者也好、通灵宝玉也好，既来红尘历此繁华一梦，人生如梦，戏如人生，又怎能少这"因功拜将"一折？

元妃最喜宝玉。既然老弟有不走文路走武路的意思，则以"婳婳将军"伴君出征之时，当不忘带挈，似便可成一说。而在"六军"眼中，这姐弟俩正是杨贵妃与杨国忠！

第二十八回，宝玉酒令中便有"女儿愁，悔教夫婿觅封侯"之语；蒋玉菡则头一句就是"女儿悲，丈夫一去不回头"。这里的"女儿"，特别是蒋玉菡说的"女儿"，更像是喻指宝玉准姨娘身份的袭人。就因为袭人的"丈夫"宝玉"一去不回头"，才阴差阳错成就了他和袭人的姻缘——"堪羡优伶有福，谁知公子无缘"。

第五十八回末，宝玉说的"即值仓皇流离之日，虽连香亦无，随便有土有草，只以洁净，便可为祭，不独死者享祭，便是神鬼也来享的"，是不是影指他后来随军出征遭遇"无常"，亲姐横死沙场，家中未婚妻林黛玉思念而亡，"人去梁空巢也倾"（第二十七回《葬花吟》），自己身处"仓皇流离"境地，只好按照黛玉在第四十四回所教，"天下的水总归一源，不拘哪里的水舀一碗看着哭去，也就尽情了"。

兵连祸结，民不聊生

此书虽极口称颂所谓"昌明隆盛之邦"，"花柳繁华地、温柔富贵乡"（第一回），"盛世无饥馁，何须耕织忙"（第十八回），又说"如今四海宾服，八方宁静，千载百载不用武备"（第六十三回），但真实情况如何呢？

第一回，就在这"最是红尘中一二等富贵风流之地"的姑苏，甄士隐的女儿英莲元宵之夜被拐子偷去。甄家雪上加霜，先遇火灾，到乡下栖身，又遇"近年水旱不收，鼠盗蜂起，无非抢田夺地，鼠窃狗偷，民不安生"。

第六十六回，呆霸王薛蟠（他本人就是个在逃的杀人凶手）在"平安（可笑）州""遇一伙强盗，将东西劫走"……

第六十九回，旺儿说"张华是有了几两银子在身上，逃去第三日在京口地界，五更天已被截路人打闷棍打死了"。当然这是不肯担杀人罪名的旺儿在欺瞒凤姐，但当时的"安全感"可窥一斑。

试问，这种治安状况，可算得"八方宁静"么？可以"千载百载不用武备"么？

第四十一回，刘姥姥说他们庄稼人"成日家和树林子作街坊"，"荒年间饿了还吃他（指树皮树根）"。

第五十三回，乌进孝对贾珍说："今年年成实在不好。从三月下雨起，接接连连直到八月，竟没有一连晴过五日。九月里一场碗大的雹子，方近一千三百里地，连人带房并牲口粮食，打伤了上千上万的……"

第六十一回，柳家的抱怨担忧："有一年连草根子都没了的日子还有呢。"

试问，老百姓这种水深火热的生活，也算得"盛世无饥馁"、可以无须耕织忙么？

更不用说把持官府的尽是贾雨村、云光（长安节度使，其事迹见第十五回）、"察院"（第六十八回）这类贪官污吏（他们都为后来的贾府被弹劾查抄做出很大"贡献"），老百姓还有活路吗？

所以，如贾政所说，"次年便有'黄巾''赤眉'一干流贼……"（第七十八回）何足为奇？

一直疑心，八十回后，作者是否写到了征"流贼"或讨"边患"一类的战争情节。前写"粤东的官儿""粤海将军"与贾府交通，不知是否伏此一节。打不赢，只好搭上探春"和番"远嫁海隅。"今上"坐不住了，可能会如恒王一般"御驾亲征"，却又军心不稳继续连吃败仗，气急败坏，先在阵前迁怒嫁祸"红颜"、饶上元妃一条性命，回来又跟贾家新账旧账一起算，"好一似食尽鸟投林，落了片白茫茫大地真干净"——因写得太过不堪，犯忌太多，结果便是或被御用写手大肆涂抹改写，或干脆被见过此稿而大畏"文字狱"之祸的亲戚朋友一把火烧掉，"焚稿断痴情"了。

· 附 录 ·

附录二

"贾史王薛",还是"贾史薛王"

《红楼梦》第四回"护官符"中提到的"四大家族",其排序,在己卯、庚辰、蒙府、戚序、甲辰、舒序、梦稿、俄藏、卞藏等各脂评本、抄本及程甲、程乙本中均作"贾史王薛",只有甲戌本的排序是"贾史薛王"——

> (门子)一面说,一面从顺袋中取出一张抄写的"护官符"来,递与雨村,看时,上面皆是本地大族名宦之家的谚俗口碑。其口碑排写得明白,下面所皆注着始祖官爵并房次。石头亦曾照样抄写一张,今据石上所抄云:
>
> 贾不假,白玉为堂金作马(小字注:宁国、荣国二公之后,共二十房分,除宁、荣亲派八房在都外,现原籍住者十二房)。
>
> 阿房宫,三百里,住不下金陵一个史(小字注:保龄侯尚书令史公之后,房分共十八,都中现住者十房,原籍现居八房)。
>
> 丰年好大雪,珍珠如土金如铁(小字注:紫薇舍人薛公之后,现领内府帑银行商,共八房分)。
>
> 东海缺少白玉床,龙王来请金陵王(小字注:都太尉统制县伯王公之后,共十二房,都中二房,馀皆在籍)。
>
> 雨村犹未看完(眉批:妙极!若只有此四家,则死板不活,若再有两家,又觉累赘,故如此断法),忽闻传点人报:"王老爷来拜。"雨村听说,忙具衣冠出去迎接(侧批:横云断岭法,是板定大章法)。有顿饭工夫,方回来细问。

按照大多数版本,特别是随着程高印本的广泛流传,以及1982年以来人民文学出版社"红研所"校注本的大量印行,在一般读者的概念中,"四大家族"的顺序,就是"贾史王薛",顺嘴得很。则甲戌本的这个"贾史薛王"的排法,就显得特立独行。

蔡义江先生也发现了这个排序问题，他在此处的评注中说：

"护官符"中四大家族的排列顺序，各本皆作贾、史、王、薛，唯独甲戌本作贾、史、薛、王。从版本比较上说，甲戌本正文（不是批语）最接近原著，即最少被他人改动，故最优，最可信。但从这四家"房分"的多少看，诸本的排序不误；从公、侯、伯以至紫薇舍人（即中书舍人）的官爵顺序看，也不存在问题。甲戌本另样排序，不知何故，姑存疑。

"各本"与"孤独"的甲戌本的排序，哪个好些？会如有的研究者所认为的，甲戌本此处乃是"误抄"吗？

我们分别来看。

"贾史王薛"的排法，除了它是版本中的"多数派"、让读者耳熟能详之外，还在于其遵循的是中国千年不易的"官本位"文化。

正如蔡先生所说，贾、史、王三家，俱是老辈儿上有着公爵、侯爵、伯爵头衔的贵族之家。王家这时还有王子腾做着大官。

而薛家明显的，一是无爵，不是贵族，二是到薛蟠这一辈儿，连个官儿也不是，已成了"不过赖祖父之情分、户部挂虚名"的商人，说好听点儿是"皇商"，其实就是一介平民了。

还有一点，书中说得明白，这个"口碑"的排写，不仅系于其家族"始祖官爵"大小，还有"房次"的因素。

四大家族中，贾家支庶最为繁盛、房头最多，共有二十房分，其中亲派八房在都中；其次史家，有十八房，在都中的十房，比贾家还多，所以说势力大嘛；王家差些，共十二房，在都中的有二房；薛家总只八房分，未说有住在都中的，看来都在原籍。

为什么还要强调在"都中"的房分人口？这是因为京城的地位谁都知道，住在"都中"的房分人口多，就说明这个家族的地位高、势力大、核心竞争力强。朝中有人好做官呀！当然这也是双刃剑，伴君如伴虎，风险也大得多。一旦"坏了事"，便是"树倒猢狲散"。

既然如此，甲戌本为何却抄成"贾史薛王"呢？

解读这个排序之前，我们要先了解甲戌本在红学版本研究中的特殊地位——换言之，如果不是因为这个本子的地位特殊，这个问题就不大值得拿出来讨论。蔡先生之"存疑"，也正是基于此而"疑"。

陈守志、邱华栋著《红楼梦版本图说》（北京大学出版社2020年版）是这样介绍甲戌本的：

1927夏，甲戌本现于上海，为胡适购得并题名为《乾隆甲戌脂砚斋重评石头记》，残存十六回。1948年12月，胡适将甲戌本带至台湾。后寄藏于美国康乃尔大学图书馆，2005年初被上海博物馆购藏。

胡适认为甲戌本是"世间最古的红楼梦写本"。红学家们普遍认为，甲戌本所据底本最接近曹雪芹原稿的本来面貌……多数学者认为，现存甲戌本是一个过录本，抄写水平不高，但比较忠实于底本。从内文分析，甲戌本保留了许多优于他本的异文。

……

笔者在此要亮出自己的观点：**甲戌本保留的这个"贾史薛王"的排法，就是一段明显的"优于他本的异文"。**

何以然？有两点。

其一，最重要的一点，是它在文学艺术手法上表现出的高妙、超前。

门子出示给贾雨村的这张"护官符"上，抄写的"本地大族名宦之家"，并不止于这四家，但脂批说得到家，"妙极！若只有此四家，则死板不活，若再有两家，又觉累赘"，所以，只让雨村看到"金陵王"，就"横云断岭"了。怎么截断的呢，是有客人来了。什么客人？来给杀人犯薛蟠说情的！谁来说情？是和以上包括薛家在内的三家"联络有亲，一损皆损，一荣皆荣，扶持遮饰，皆有照应"的"四大家族"之一、王家的人——"王老爷"来拜！

"王老爷"来的当口，恰是门子给贾雨村出示"护官符"、正看到"东海缺少白玉床，龙王来请金陵王"这一句的时候。你想那个镜头：贾雨村的目光刚好落在"金陵王"的"王"字上，"王老爷来拜"的画外音就响起。这个设计，是不是很飒很有创意！

事实上，最初引起笔者对甲戌本"贾史薛王"异文关注和兴趣的，还就是这个电影镜头式的画面感。笔者曾就此请教过电影学专业人士，得到的回答就是，这是一种第一视角单线叙事的视听语言。

周汝昌先生曾评价："雪芹的小说，已经有点像现代电影艺术，很懂得运用'多镜头''多角度''多层次''多衬染'的手法。"（《红楼小讲》第十六讲"刘姥姥"）

这种电影镜头化的文学描写，确如周汝昌先生所说，被曹雪芹运用自如，多处可见。如第七回"送宫花"，就很像是周瑞家的扛着摄像机，一个长镜头下来，把宝钗、迎探惜三春、凤姐、平儿、宝玉、黛玉的性格逐一扫描了出来。

说曹雪芹懂电影，当然是开玩笑。但他懂得戏曲审美，却是骨子里带的。

敦诚《寄怀曹雪芹（霑）》诗"扬州旧梦久已觉"句下小注说他幼年"曾随其先祖寅织造之任"。而他的祖父曹寅"能自做戏自演戏"，在苏州织造任上时，就养了戏班。康熙南巡驻江宁行宫时，"照例每晚'进宴''演戏'，皆寅一人之事。至雪芹时家中尚有遗存旧时女伶，皆'皤然成妪'"（周汝昌《红楼梦新证》第七章"新索隐"）。《红楼梦》第五十四回贾母提到的《续琵琶》，就是曹寅撰写的传奇，今存抄本。

这样一来，当多才多艺的曹雪芹成为一位作家，他在刻画人物、叙述情节时，脑子里会先有一幅幅灵动的导演草图，而借助自己的生花妙笔，将白纸黑字，按照巴甫洛夫理论，通过读者生理上的第二信号系统接收、加工后，还原生成出一组组他预先设计好的活泼的电影镜头式画面，收到让读者会心会意、欣然一笑或是潸然泪下的效果，对他来说还是什么办不到的难事吗？

所以，这就是曹雪芹喜用、惯用的一种涉笔成趣的写法。书中类似的桥段很多。比如，写第四十五回以前宝黛钗三人的交集，我们会发现和总结出一个有趣的现象：只要写宝玉和黛玉在一起，宝姐姐常常就来了；而宝玉和宝钗在一起，林妹妹是肯定来。每次遇到这种情况，结果往往是宝玉与黛玉吵一场、黛玉哭一场。为什么要这样，就是为了故事情节的有趣而特意设置的，无巧不成书嘛。

我们且看第八回，宝玉去探望"生病"的宝钗，宝钗要看宝玉脖子上挂的通灵宝玉，宝玉就要看宝钗颈上的金锁。两个人越凑越近，近到甚至宝玉都闻见宝钗身上"冷香丸"发出的"幽香"（注意，《红楼梦》中说的"幽香"是宝黛钗的重要联络密码）了。这时，就出现了与第四回贾雨村看"护官符"看到"金陵王"时"犹未看完，忽听传点，'王老爷来拜'"如出一辙的写法："一语未了，忽听外面人说：'林姑娘来了。'"与"越凑越近"的"金玉良缘"关系最大的就是林黛玉，正如"金陵王"说的就是"王老爷"家。这当儿呈现的内容跟谁关系最大，谁就突然出现了。

其二，若说"贾史薛王"中的前两家，贾家和史家，公侯之家，实力确为薛家望尘莫及，但说到王家，跟薛家的差距有那么大吗？

王家始祖王公，爵位是"县伯"，职务是所谓"都太尉统制"。这显然是一个武职，看来是像贾家一样，也是军功起家。说起后辈儿孙的糟糕程度，两家也难分伯仲，但还不是一个糟糕法。贾家甭管多糟，好歹还强逼着孩子们读书写诗、骑马射箭，多少装出一点儿公侯府第家教的样子。王家的门风，最大的问题是缺乏文化教养。大家闺秀王夫人的呆直木讷、毫无情趣；王熙凤的大字不识、泼醋打滚；王仁王信的寡廉鲜耻、鬼鬼祟祟；外加乡下一个可笑的刘姥姥找上门来，既不是贾家的亲戚，又不是史家的关系，偏是女婿狗儿的祖上与他们王家"连了宗"的……有一个算一个，几乎人人脸上都刻着一个大写的"俗"字。

史家的文化不多说，单拿出老太太和半个史湘云，就足够碾压王家一家子。

再看薛家，虽说也出了薛蟠这么一位以一当十的"纨绔中的战斗机"，但整体上，从薛姨妈（虽说也是王家的女儿，但气质是肉眼可见的比王夫人、王熙凤娘儿们都强，看来薛家的门风能改造人滋养人）到薛宝钗，再到薛蝌、薛宝琴，大家的评价怎样？但凡王家能有这么一位拿得出手的，咱也就不再质疑"王家""薛家"谁先谁后了。

薛家祖上的确是没有出过爵爷，但出过一位"紫薇舍人"薛公。"红研所"校注本对这一职务的注释是：紫薇舍人，即中书舍人，为撰拟诰敕之专官，以有文学资望者充任。

第四回原文也说得明白，人家薛家"本是书香继世之家"，只是后来"沦落"为商人，特别又出了薛蟠这种不肖子弟，所以蒙府本脂批"为书香人家一叹"。直到薛蟠、宝钗的父亲在日，还是"令其读书识字"。不过薛父死得早，王家女儿出身的母亲又怜惜薛蟠是个"独根孤种"，一味"溺爱纵容"，"遂致老大无成""终日唯有斗鸡走马"，出息成一位"呆霸王"——王家之家教特点，又窥一斑。好在从来女儿随爸爸的多些，宝钗给薛家争了一口气。

宝钗争的这口气，最要紧的，是入了"待选"之列，有望"穿黄袍"。

原来"近因今上崇诗尚礼，征采才能，降不世出之隆恩，除聘选妃嫔外，凡世宦名家之女，皆亲名达部，以备选择为公主、郡主入学陪侍，充为才人、赞善之职"，薛家的女儿，就符合这个条件！

单看"选秀"资格这一点，薛家不仅超越王家，甚至都可以比肩贾家。元春入宫，封妃之前，也是与"才人""赞善"一般的女官，即"女史"。加封贤德妃，同时兼任"凤藻宫尚书"，给人一种掌管后宫文翰笔墨的感觉。宝钗之才华学识、性格修养，直是元妃的影子。若不是曹雪芹非要留她在贾府，安排她与黛玉一起"演出这怀金悼玉的《红楼梦》"，您以为以她的实力，就做不成又一个"穿黄袍的姐姐"吗？

但是，这种资格、这种机会、这份荣耀，王家的女儿，似乎从来没份儿。甭管她们家一度多么阔、多么洋、多么"得烟儿抽"。

这时，人家"今上"选秀旨意中提到的"世宦名家"，显然包含有"紫薇舍人薛公"之家，而排斥了"都太尉统制县伯王公"之家。

这时，您还觉得，"贾史"之后，应该是"王薛"吗？

总之，在曹雪芹那里，艺术高于一切。官位、房头乃至年齿这些世俗的秩序依据，到了他的笔下，都只会服务和让步于小说艺术和情节的需要。

如，宝钗年龄比黛玉大些，故其排序，在书中从来都是钗前黛后。第十八回中，贵妃金口玉言，也终是"薛林二妹"。可是到了第三十四回袭人给王夫人提醒"如今二爷也大了，里头姑娘们也大了"时，就突兀地变成了"林姑娘宝姑娘"。要知道，袭人可是丫头里面最讲规矩秩序的，又是在王夫人跟前。所以，这时她在强调"男女之分"、大谈"君子防不然"时，忽然把年龄小的林姑娘放在了年龄大的薛姑娘前面，则谁才是"男女大防"的一号防范对象，不就在王夫人那"天真烂漫"的脑袋里，重重地打出了个惊叹号么！

我们只能认为，这既不是袭人的口误，更不是作者和抄录者的笔误，而恰恰是曹雪芹特有的、与"贾史薛王"排法一致的文学风格。

以上所论，也是对有些人认为甲戌本"贾史薛王"是"误抄"这种轻率观点的回应——真理并不总是、甚至经常不在"大多数"那里。

附录三

"笑"比"哭"好

——兼谈程乙本几处让人"哭笑不得"的改动

（王夫人）又问："谁是耶律雄奴？"老嬷嬷们便将芳官指出。王夫人道："唱戏的女孩子，自然是狐狸精了！上次放你们，你们又懒待出去，可就该安分守己才是。你就成精鼓捣起来，调唆着宝玉无所不为。"芳官笑辩道："并不敢调唆什么。"王夫人笑道："你还强嘴。我且问你……"（**庚辰本**第七十七回）

此时此地，按说芳官的辩解实不该是"笑"着出来的。

王夫人这趟来怡红院，可不是下基层走访慰问，而是"雷嗔电怒"地"进村扫荡"来了。

在吓蒙了的宝玉眼里，王夫人一进门就"一脸怒色"，根本没搭理他这个当方土地、怡红公子、"绛洞花主"，先是二话不说撵了晴雯，接着赶走了四儿，然后便揪出了小戏子芳官。

"耶律雄奴"是六十三回里宝玉跟芳官开玩笑起的诨名，后因被别的女孩子笑叫成"野驴子"，已经先改"温都里纳"、后改叫"玻璃"了。但这园子里少男少女的小把戏、小情调，怎生被王夫人知道了个底儿掉？花红柳绿、燕语莺声的大观园里，端的到处是眼睛、到处是耳朵、到处是舌头哩。

此情此景此阵仗，面对着贾府好大好大的大人物王夫人鼻子不是鼻子、脸不是脸的责骂，年龄和身份地位小得不能再小的芳官怎能笑得出来？哭还差不多。

更有意思的是，气呼呼的王夫人眼见这"小狐狸精"如此嬉皮笑脸，她的反应又怎会是"笑道……"

故此，不同的版本在这里就有了微妙的区别。

作芳官"笑辩"、王夫人"笑道"的，除庚辰本外，还有**俄藏本、程甲本**。

作芳官"笑辩"、王夫人"冷笑道"的，有**甲辰本**。

作芳官"哭辩"、王夫人"笑道"的，有**戚序本、梦稿本**。给人的感觉是，芳官害怕、委屈，故而"哭"，这反应就"正常"些了吧；王夫人大人欺负孩子、主子修理奴才，降维打击、势如破竹，故而得意地"笑"，也说得过去。

作芳官"哭辩"、王夫人"冷笑道"的，有**蒙府本**。按说这最"入情入理"。

分歧主要在芳官是"笑辩"，还是"哭辩"。

既然"哭辩"和王夫人的"冷笑道"，我们都觉得"合理"，就不必多说了。但"合理"的，就是"最好"的吗？

我们先看这"笑辩"。

我觉得芳官"笑辩"恰恰是最好的表述。何以然？

一是这恰恰符合芳官的年龄、身份、性格。

年龄。芳官等十二个小戏子，是借着元妃省亲营建大观园接驾这个缘由，由贾蔷从姑苏采买来的，年龄都很小。第二十二回里，给薛宝钗祝贺十五岁生日唱戏时，知道其中两个的年龄，"那小旦才十一岁，小丑才九岁"。

身份。她们是贾府买来的艺人。虽然后来因为"国丧"戏班子解散，按照王夫人的指示，有的离去，有的留下分给贾母和公子小姐们听使唤，成了小丫鬟身份。但她们原本是自由身，"也是好人家的儿女"（第五十八回王夫人语），跟贾府的一般女奴、特别是像鸳鸯、司棋、柳五儿等这种"家生子儿"，是不太一样的。

性格。就因为她们年龄小、又是艺人，所以跟其他丫鬟很不一样。这一点王夫人很清楚，说"这学戏的倒比不得使唤的"（第五十八回）。

她们很张扬、很淘气，简直混不吝，但很讲义气、很抱团。这也是过去那些命运悲惨的江湖艺人常见的共同性格。不这样就会更加被人看不起、受人欺负。六十回，听说芳官挨了赵姨娘欺侮，葵官、荳官立马叫上藕官、蕊官,一窝蜂似的跑去围攻赵姨娘。那场面热闹得可以。原文说她"四人终是小孩子心性",这又是说明年龄甚小。第六十二回,芳官、蕊官、藕官、荳官几个跟香菱玩"斗草"游戏,荳官撒野,把香菱推到泥水里,石榴裙都弄湿了。几个小戏子看惹了祸,笑着一哄而散。一群野丫头、坏小孩。

单拿芳官来说,因仗着自己是宝玉房里的丫头,更是如晴雯所说,这孩子很"不省事","不知狂的什么,也不过是会两出戏,倒像杀了贼王、擒了反叛来的"(第五十八回)。就说这次王夫人找寻她的错,就是因为她爱揽事儿,给柳家的拍胸脯说,她有本事把柳五儿弄到怡红院来;而且王夫人还知道她把她的干娘都欺倒了。总之这孩子是有目共睹的很狂。

她的年幼无知、艺人心气、张狂性格,让她可能根本不知道什么叫害怕。她大概也不太在乎王夫人把她赶走。她本来也不属于这个温柔乡、富贵窝,像野草柳絮,随风飘荡,又"会两出戏",到哪儿都能自立。走了更好,强似在这里当奴才。至于对宝玉,她当然有点儿舍不得,因为从小连父母都不要她了,只有宝玉疼她怜她,在怡红院能吃得好、玩得好。但也仅止于此。她年龄小得都还不大懂得男女感情。这就是她面对着张牙舞爪的王夫人,还能轻松地笑着辩解的道理。

二是从小说叙事层次来看,这恰恰符合当时的情势。

王夫人此次来征讨怡红院,主要敌人是晴雯。像收拾四儿、芳官这些小丫头片子,只是搂草打兔子,捎带手儿。

我们细读文本,完全能感觉出王夫人气势汹汹进来后,先是晴雯,后是四儿,再是芳官,然后是袭人、麝月等,那股子邪火明显是由旺到弱的。这些女孩子被处置发落的糟糕程度,也相应层层递减:

首当其冲的晴雯,那是带着重病、"恹恹弱息""蓬头垢面"、被从炕上硬拖下来,几件好衣服都不让带走,连人带贴身衣服给硬扔出去的。其次,四儿,被王夫人冷嘲热讽"这也是个不怕臊的",即命快把她家的人叫来,领出去配人,即没有自主择婿的权利,随便配个小厮,这是大观园里丫鬟们很怕的一件事。到了芳官这里，虽也羞辱一番，但最后的处置是唤她干娘来领去，赏她"在外头自寻个女婿去吧"，她的东西，也允许一概带走。当然，其他小戏子，也跟芳官一个处理法。看出来了吗，虽然都是被撵，但还是很有所区别的。而到了袭人、麝月那里，便只警告了个"你们小心……明年一并给我仍旧搬出去心净"算完——王夫人没劲儿了。

王夫人气焰的这种逐渐弱化，如果连我们都能感觉出来，那惯会察言观色的聪慧的小戏子芳官，焉能看不出来？她更不怕了。

这两点，说通了芳官的"笑辩"。再从王夫人角度分析，她对芳官"笑辩"后的"笑道"，其实也恰恰符合她心态的细微变化。

伤肝损肺、歇斯底里地处置了晴雯，又恶声恶气地打发了四儿——要知道，这两个女孩子年龄都大些。晴雯不用说了，四儿说的什么"同日生日就是夫妻"（四儿正好与宝玉一天生日），这都触碰了王夫人日防夜防宝玉被这些长大了的"坏"女孩"勾引"的高压线——之后，本来"老实"又"多病多痛"（第四十七回贾母语）的老王大姐估计这会儿也真有点累了，至其"又问：'谁是耶律雄奴'"，便很像是冯其庸先生所云那"暴雨后的几声轻雷"。

她情知起这刁钻名字，定是她那宝贝儿子一贯爱玩的小儿女游戏，而这是无须重点防范的。弄不好她在问起这个怪名字的时候，也想到了"野驴子"，心头先就好笑。她"原是天真烂漫之人，喜怒出于心臆"（第七十四回），心头若好笑，脸上很难不浮出轻松的表情来。这丝变化很难不被芳官捕捉到。

看到眼前的这位"耶律雄奴"（程本已将这个蛮有意思的绰号梗删去），这么个"周围的短发剃了去，露出碧青头皮来，当中分大顶"的"小土番儿"似的怪模怪样的假小子，这么个身量未足、形容尚小的"小猫小狗似的小顽意儿"（第六十回探春对小戏子们的看法），火气渐退的王夫人一时忍俊不禁，太有可能了。

而她当头一句"唱戏的女孩子，自然是狐狸精了"——这算什么"自然"的逻辑？听上去跟调侃无异。接着又说芳官"你就成精鼓捣起来，调唆着宝玉无所不为"。"成精""鼓捣"这种家常俗语，都有大人笑嗔孩子的味道。而不是像前面质问四儿，用的是

"冷笑"的疾言厉色的口吻。

还有一点,不知您想到没有?王夫人既然对大观园特别是怡红院的情况如此了如指掌,那之前芳官一伙围攻赵姨娘的闹剧,她没有个不知道。以她和赵姨娘的关系,这伙小戏子的"壮举",不正让她拍手称快吗?今儿终于得见"耶律雄奴"这个拿下赵姨娘的小英雄的真容……

以上,便是在这种严峻气氛下,竟然还能出现"笑辩"和"笑道"的让人哭笑不得的对话场面的分析。谁敢这么写?曹雪芹就敢这么写!他相信有人会看懂。

清代王希廉、姚燮、张新之"三家评本"的底本是用的程甲本,故此处也是"笑辩""笑道"。

太平闲人张新之在"芳官笑辩道"一句后有评:只一"笑"字,而芳官身份心情无不摄入,百忙中从容乃尔。

与我心有戚戚焉。

好笑的是程乙本,此处既不让芳官"笑",也不让她"哭",而是改成:"芳官等辩道……","王夫人笑道……"

似乎这当儿,王夫人是对着一群"狐狸精"发问。芳官一下成了"民意代表"。

当然,程乙本的作者并不是等闲之辈,一定是曾在这个地方有所猜度犹疑:笑比哭好还是哭比笑好?首鼠两端,想了半天,最后到底用了个既不如"哭"应景合理,又不如"笑"发人深思的莫名其妙的"等"字。实是等而下之。显然这是在和稀泥。

而程乙本这种和稀泥式的改法,俯拾皆是。

如:

秦钟的父亲,在程甲本先叫秦邦叶(第八回),后叫秦业(第九回),在程乙本则改称秦邦业。脂本一律作"秦业"。

程甲本第八回之秦邦叶,比脂本多一"邦"字,而改"叶"字,盖因其繁体"葉"与"业"的繁体"業"音同形似,导致传抄有误。这样一个人就出现了"秦业""秦邦叶""秦邦业"三个名字。

程乙本发现了程甲本"葉"的笔误,改了过来,恢复脂本原有的"业"字,却又舍不得程甲本前头增添的那个"邦"字,于是按照数学上的"合并同类项"办法,变出一个"秦邦业"来。

再如第二回冷子兴演说荣国府,介绍到贾赦、贾政时,脂本(如甲戌本)为:

> 长子贾赦袭着官。次子贾政,自幼酷喜读书,祖父最疼。

只有对贾政的好评,并无对贾赦的评价。

程甲本在"长子贾赦袭了官"后面,非加上一句"为人平静中和,也不管理家"的评价。当然这句"为人平静中和",并非程甲本的新创,而是始自甲辰本,却仍然不可避免地成为脂本和程本有重大歧异的所在。

程乙本的做法是,保留程甲本对贾赦的评价,但大概又觉得那句"为人平静中和",实在让贾赦"不敢当",结果又是思量半天,终于改成"为人却也中平,也不管理家事"。

"中平"倒不算是一个好评,似乎稍微减弱了一些为贾赦捧场的色彩。但贾赦这么个彻头彻尾的老不正经、下三滥,还配什么"平静中和""中平"?所有脂本中都一字不着,正说明曹雪芹爱憎分明的态度。可是程乙本偏又来了这么一个让人哭笑不得的和稀泥式评改。

参考书目

- 王昆仑著：《红楼梦人物论》，北京出版社，2004年。
- 蔡义江评注：《蔡义江新评红楼梦》，商务印书馆，2022年。
- 陈大康著：《荣国府的经济账》，人民文学出版社，2019年。
- 王彬著：《无边的风月》，商务印书馆，2015年。
- 马瑞芳评注：《马瑞芳评注〈红楼梦〉》，山东教育出版社，2020年。
- 张麒著：《红楼梦经济学》，海天出版社，2015年。
- 田崇雪著：《细品红楼小人物》，东方出版中心，2023年。
- 闫红著：《又残酷，又温柔：闫红新解〈红楼梦〉》，陕西人民出版社，2023年。
- 朱国凤著：《红楼梦教你的10堂理财课》，中信出版集团，2019年。
- 中国艺术研究院红楼梦研究所、人民文学出版社编辑部编：《红楼梦研究稀见资料汇编》，人民文学出版社，2001年。

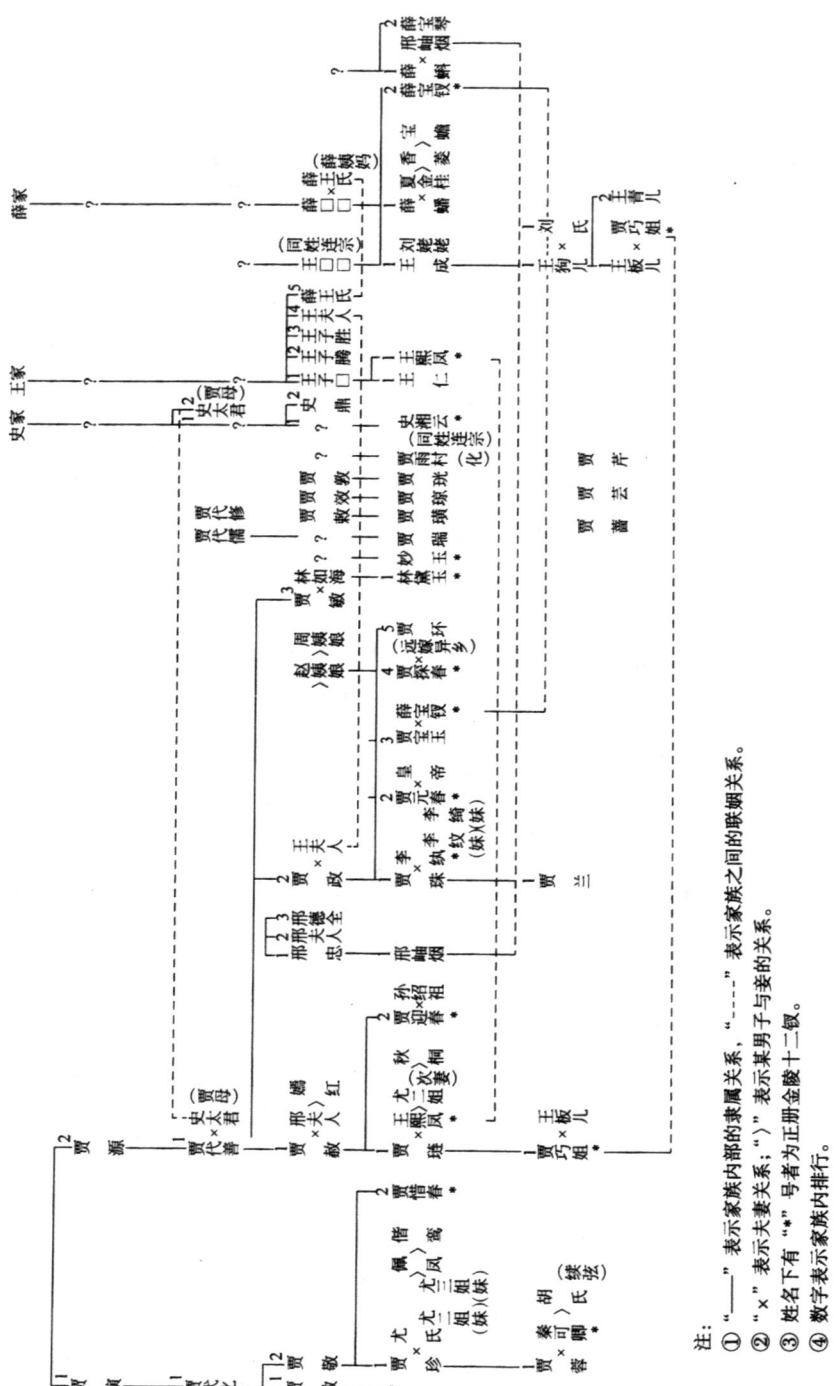

《红楼梦》四大家族关系表

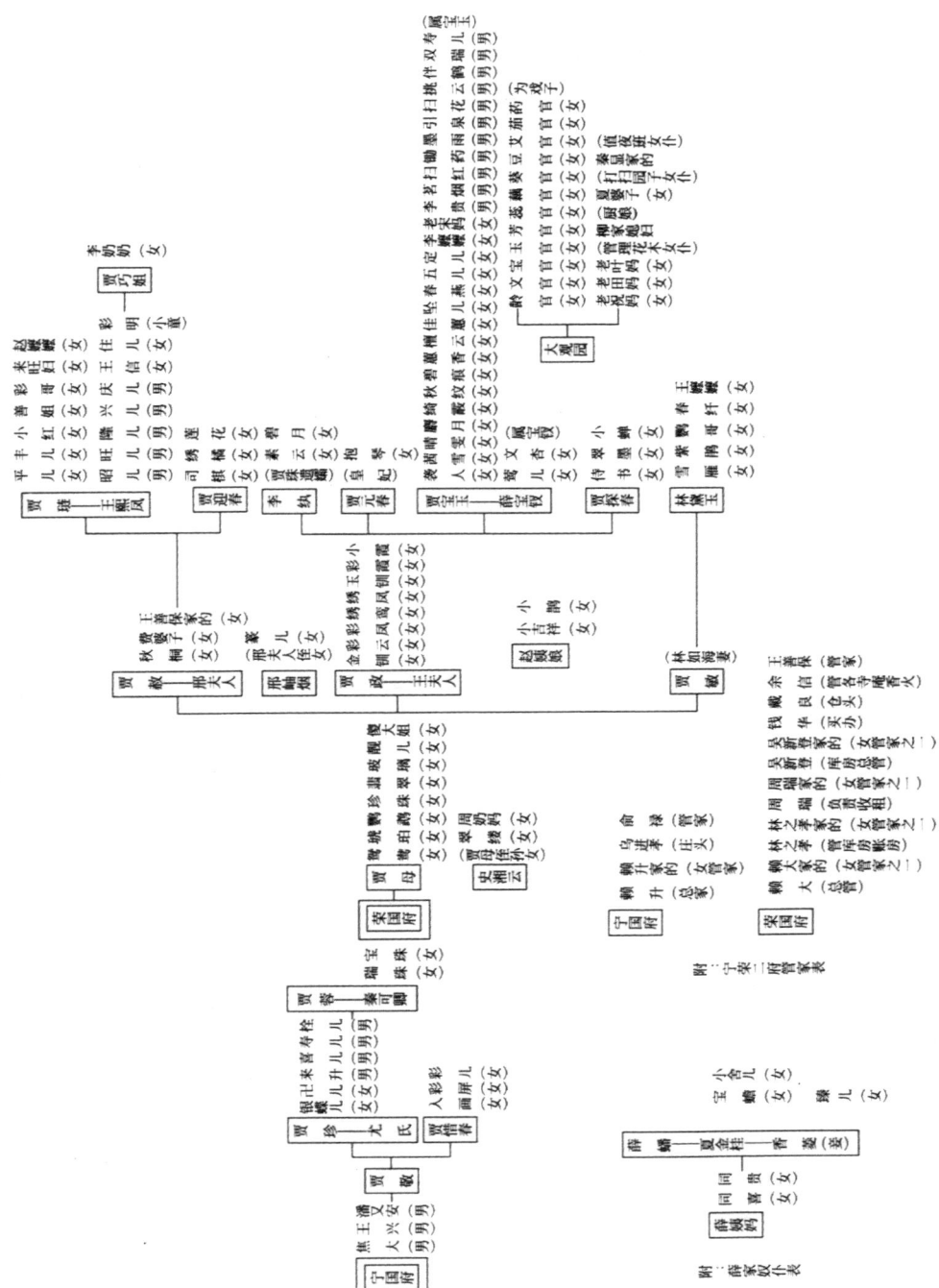